U0134042

21 世 纪 高 等 学 校 美 术 与 设 计 专 业 规 划 教 材

现代数码摄影

马　旭　尹晓燕　编著

湖 南 人 民 出 版 社

21世纪高等学校美术与设计专业规划教材编委会

《现代数码摄影》编委会

编　　著：马　旭　尹晓燕

总 序

湖南人民出版社经过精心策划，组织全国一批高等学校的中青年骨干教师，编写了这套21世纪高等学校美术与设计类专业规划教材。该规划教材是高等学校美术专业(如美术学、艺术设计、工业造型等)及相关专业(如建筑学、城市规划、园林设计等)基础课与专业课教材。

由于我与该规划教材的诸多作者有工作上的联系，他们盛情邀请我为该规划教材写一个序，因此，对该规划教材第一期开发的教材我有幸先睹为快。伴着浓浓的墨香，读过书稿之后，掩卷沉思，规划教材的鲜明特色便在我脑海中清晰起来。

具有优秀的作者队伍。规划教材设有编委会和审定委员会，由全国著名画家、设计家、教育家、出版家组成，具有权威性和公信力。规划教材主编蒋烨、刘永健是我国知名的中青年画家和艺术教育工作者，在当代中国画坛和艺术教育领域，具有忠厚淳朴的人格魅力和令人折服的艺术感染力。规划教材各分册主编和编写者大都由全国高等学校教学一线的中青年教授、副教授组成。他们大都来自全国著名的美术院校及其他高等学校的艺术院系，具有广泛的代表性。他们思想开放，精力充沛，功底扎实，技艺精湛，是一个专业和人文素养都很高的优秀群体。

具有全新的编写理念。在编写过程中，作者自始至终树立了两个与平时编写教材不同的理念：一是树立了全新的“教材”观。他们认为教材既不仅仅是知识体系的浓缩与再现，也不仅仅是学生被动接受的对象和内容，而是引导学生认识发展、生活学习、人格构建的一种范例，是教师与学生沟通的桥梁。教材质量的优劣，对学生学习美术与设计的兴趣、审美趣味、创新能力和个性品质存在着直接的影响。教材的编写，应力求向学生提供美术与设计学习的方法，展示丰富的具有审美价值的图像世界，提高他们的学习兴趣和欣赏水平。二是树立了全新的“系列教材”观。他们认为，现代的美术与设计类教材，有多种多样的呈现方式，例如教科书教材、视听教材、现实教材(将周围的自然环境和社会现实转化而成的教材)、电子教材等，因此，美术与设计教材绝不仅仅限于教科书。这也是这套规划教材一直追求的一个目标。

具有上乘的书稿质量。丛书是在提取、整合现有相关教材、专著、画册、论文，以及教学改革成果的基础之上，针对新时期高等学校美术与设计类专业的教学特点和要求编写而成的。旨在：力求体现我国美术与设计教育的培养目标，体现时代性、基础性和选择性，满足学生发展的需求；力求在教材中让学生能较广泛地接触中外优秀美术与设计作品，拓宽美术和设计视野，尊重世界多元文化，探索人文内涵，提高鉴别和判断能力；力求注重培养学生的独立精神，倡导自主学习、研究性学习和合作学习，引导学生主动探究艺术的本质、特性和文化内涵；力求引导学生逐步形成敏锐的洞察力和乐于探究的精神，鼓励想象、创造和勇于实践，用美术与设计及其他学科相联系的方法表达与交流自己的思想和情感，培养解决问题的能力；力求把握美术与设计专业学习的特点，提倡使用表现性评价、成长记录评价等质性评价的方式，强调培养学生自我评价的能力，帮助学生学会判断自己学习美术与设计的学习态度、方法与成果，确定自己的发展方向。

具有一流的装帧设计。为了充分发挥规划教材本身的美育作用，规划教材编写者与出版者一道，不论从内容的编排，还是到作品的遴选；无论从封面的设计，还是到版式的确立；无论从开本纸张的运用，还是到印刷厂家的安排，都力求达到一流水准，使丛书内容的美与形式的美有机结合起来，力争把全方位的美传达给广大读者。

美术与设计教育是人类重要的文化教育活动，是学校艺术教育的重要组成部分。唐代画论家张彦远曾有“夫画者，成教化，助人伦，穷神变，测幽微，与六籍同功，四时并运”的著名论断，这充分表明古人早已认识到绘画对人的发展存在着很大影响。歌德在读到佳作时曾说过这样一句话：“精神有一个特征，就是对精神起到推动作用。”我企盼这套规划教材的出版，能为实现我国高等学校美术与设计专业教育的培养目标产生积极的推动作用；能为构建我国高等学校美术与设计专业科学和完美的课程体系产生一定的影响。

朱训德

二〇〇六年夏日

序

从1826年人类第一张照片《格拉茨的屋顶》开始，不到两百年，摄影成为发展、变化、更新最快、最彻底的一门艺术，以至于有些人始终无法接受它成为艺术的门类之一。确实，摄影相对于其他的艺术形式，总显得那么不“统一”：极短的发展历程，极快的发展速度，极其丰富的题材，极其广阔的应用途径，对器材的某种程度的依赖，以及与计算机的某种程度的结合。摄影从单纯的记录动机到内心表现，从简单至极的针孔成像到数码背后的瞬间再现，它注定就是时代的产物，注定就是人文与科技的桥梁。在这个快节奏、高效率的科技时代，除了图片，还有能让我们的眼球停留的更好办法吗？

数码摄影的诞生是摄影短暂的发展史上革命性的变化，它使得摄影摆脱了创作环节的阻挡，使摄影师全面、全程控制成为可能，并且提供了史无前例的便利。对于这种“毫不留情”的变化，最适当的态度应该是积极地参与——特别是年轻一代的摄影师，应该毫无保留地参与这场变革，并利用这种便利为摄影师自己服务。

数码摄影艺术的魅力还在于它的亲和力，它比其他任何一种艺术形式都更加容易参与。只要你有摄影的欲望，摄影作品几乎立即就能实现，不需要太多的专业知识和技巧。当然，对器材的熟练的把握、对后期制作的合理运用，都会在很大程度上提升作品的感染力。也许有人不赞成摄影作品有过多的后期制作，认为脱离了摄影的原意，其实回头看看历史上的摄影大师，很多都拥有相当高超的暗房技巧——只是操作平台不同而已。

对摄影的学习，可以粗略地分为观念和技术两个层面。可以肯定的是，好的作品一定是观念和技术完美的结合。观念的不断变化（只能说变化，不能说进步，因为观念也会循环），可以从绘画和设计等领域中得到启发，它们的总体规律是一致的。而摄影器材和后期制作技术，是摄影区别于其他艺术形式的另一个大方面，也是学习摄影必经的一个过程。

本书理论与实践相结合，为提高教材的实用性，侧重于可操作性的知识介绍。在全面介绍摄影知识的同时，突出介绍了数码摄影的特点、不同摄影题材的器材配置、商业摄影技巧以及后期制作的方法。全书共分九个部分，第一部分全面介绍了摄影的发展历程，第二部分介绍了数码摄影的概念。第三、四部分主要介绍不同的摄影题材的器材（以及辅助设施）的配置、特点。第五、第六部分是数码暗房的介绍，虽然不是面面俱到，但通过常用技巧以及关键知识点的介绍，务求以点带面，使读者能够举一反三。第七、第八部分介绍常用的商业摄影技巧，为读者提供切实可行的拍摄方案和技巧。第九部分是photoshop技巧集锦。作为一本实用性很强的摄影教材，适合于对摄影有一定基础的读者，适合高校艺术类学生学习数码摄影。

本书在编写阶段，采用了大量的资料，本书的图片（包括摄影作品）来自各类摄影专著、教材及各种摄影网站，在此表示衷心的感谢。编写的过程中还得到了湘潭大学艺术学院黎青教授的鼎力支持，湖南人民出版社龙仕林先生对本书提出了一些具体的修改意见，在此一并深表谢意和敬意！

编著者

2008年9月

目 录

第一部分 摄影发展简史

第二部分 数码摄影概念

第三部分 数码摄影器材配置

第四部分 数码摄影系统的建立

第五部分 数字暗房基础

第六部分 数字暗房进阶

第七部分 商业摄影（一）

第八部分 商业摄影（二）

第九部分 附录 —— Photoshop 技巧集锦

DESIGN

第一部分

摄影发展简史

ART

一、摄影术的诞生

摄影技术从1837年诞生至今,经过170年的发展,已经成为人们社会生活中不可或缺的一部分。在摄影技术诞生之前,人们记录影像的方法只有通过艺术家和雕刻家把过去很多伟大的形象保留下来。长期以来，人们一直在寻找一种能客观记录，并且迅捷地得到影像的方法。在长期的观察探索与研究中，人们发现，要想把影像记录下来，必须具备两个基本条件：一是成像，二是把影像永久地记录下来。

（一）小孔成像到透视暗箱

摄影技术的载体是照相机,照相机的原理是小孔成像到透视暗箱。2300多年前，我国战国时期的《墨经》中就已经有了小孔成像的记载。在以后两千多年的时间里，古代科学家继续对小孔成像原理进行进一步的观察、实验和研究。我国宋代的著名科学家沈括在其所著的《梦溪笔谈》一书中，详细叙述了小孔成像的基本原理。

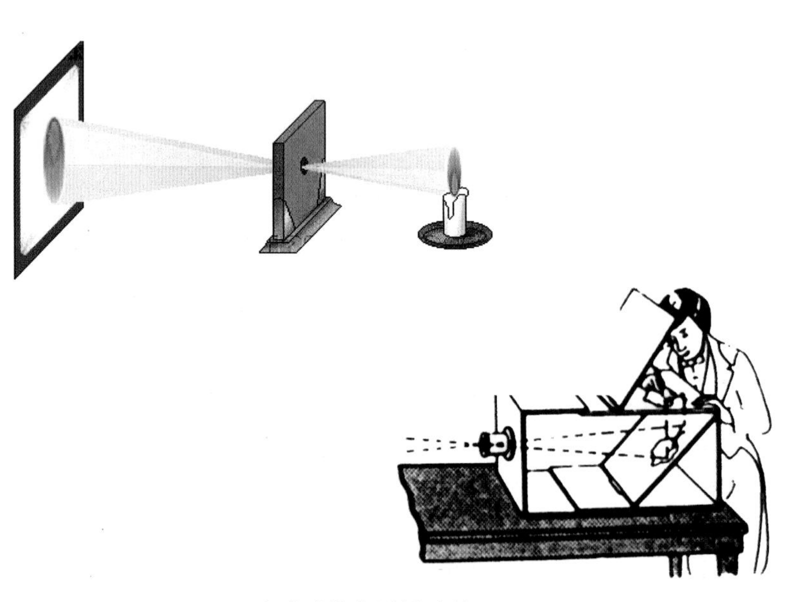

小孔成像与透视暗箱

公元前350年，古希腊哲学家亚里士多德在其著作《质疑篇》中,提到了光线穿过墙壁的小孔可以把孔外的物体的倒影照射在对面墙上的现象。16世纪欧洲文艺复兴时期，杰出的画家达·芬奇观察到物与像之间上下左右的颠倒换位现象,记载了应用小孔成像描绘景物的方法。

小孔暗箱虽然能够成像并也得到应用,但小孔成像的技术不能解决影像清晰度和亮度之间的问题，图像黯淡、模糊，看不清细节，而且必须像针孔一样才能成像。1558年，意大利科学家G·波尔塔(Giovanni Porta)在《自然的魔术》一书中对暗箱绘画作了如下描述：“把影像反射在放有纸张的画板上，用铅笔划出轮廓，再着色就成了一幅画”。

1550年，意大利物理学教授、数学家兼天文学家丹提无意中发现了装水的圆形玻璃瓶子在阳光的照射下,出现了外部世界的倒影。这一现象使他受到启发，他给当时投影画像的暗箱装上凸透镜，就这样出现了透视镜暗箱。

（二）感光材料的发明和摄影术的诞生

1.感光材料的发明

很早以前人们就开始注意到光对各种物质的作用,一些物质经过阳光曝晒之后会发生变色现象，如光照可以使衣服褪色，长期暴露在阳光下人的皮肤会变黑等等。国外的研究学者曾指出：中国在2000多年前制造陶瓷的时候,就学会和使用了感光化学的方法,“就已经知道摄影术的主要原理”。

1725年，德国医学教授舒尔泽(Schulze)发现硝酸银具有感光性，银盐遇光则会变黑。

1777年，瑞典化学家雪勒用硝酸盐对三棱镜分解太阳光做试验，发现该溶液对紫光最为敏感，而对红光则不敏感。

1802年，英国陶瓷画家威基伍德(Thomas Wedgood)将硝酸银涂于布上，在玻璃上作画，再将两者重合放在太阳下晒，结果画布上出现了玻璃上所画的图案，他的实验表明了感光成像的可能。

1813年，法国科学家约瑟夫·尼塞福尔·尼埃普斯(Joseph Nicephore Niepce) 对石版印刷术进行试验。将一种印刷用的沥青涂在金属板上，然后将板置于暗箱中曝光12个小时，从而得到了一张不很清晰的照片。尽管影像很粗糙，但它毕竟是世界上第一张由照相机拍摄，经定影保留下来的图像。经过十年间不断的实验和改进，他成功地用化学方法把影像加工成了铜版照片。

2.摄影术的诞生

窗外静物N・尼埃普斯摄

N・尼埃普斯

1829年，法国画家L・J・N达盖尔(L.J.N.Daguerreo)受到尼埃普斯的邀请，开始研究摄影术。鉴于“日光刻蚀法”曝光时间过于漫长，影像模糊不清，于是达盖尔长期致力于更加快捷、更加精美、更加易于观看和保存的摄影方法的研究。1833年尼埃普斯逝世，达盖尔便独自探索。经过八年的艰辛努力，终于在1837年创立了“达盖尔摄影法”，亦称“银版摄影法”。他使用光敏银层作为感光材料，采用铜板作为影像的最终载体，也就是片基。具备了完整“显影”与“定影”技术，全面完成了现代摄影的基本工艺。

1839年，法国物理学家和天文学家阿拉戈(D・F・J・Arago)向法国科学院报告了达盖尔的发明。同年8月19日，法国科学院和艺术学院举行了一次特别会议，正式确立了“达盖尔银版摄影术”。后来，这一天被世界公认为摄影技术的诞生日。

1834年，英国科学家威廉・亨利・福克斯・塔尔博特(Willam Henry Fox Talbot)也发明了一种负片摄影法，称为“卡罗式摄影法”。他在质地较好的纸上涂上硝酸银，然后在这张具有感光性能的纸上放上植物、羽毛等物进行曝光而留下它们的图案，并使用碘化钾定影获得成功。1835年，他把碘化银涂在纸上，制成了世界上第一张相纸负片，并成功地感光成像，同时还使用浓盐水解决了定影问题。塔尔博特的此项发明经过改进后，于1841年获得专利。

巴黎街道 达盖尔摄

卡罗式摄影法早期作品

1847年，N・尼埃普斯的侄子阿贝尔・尼埃普斯发明了以鸡蛋清作为黏合剂的摄影方法，首次使用蛋清来制作玻璃负片，这对于制作“蛋清像纸”并用于洗相片和制作幻灯片很适宜。1850年，蛋白纸开始应用，有效地提高了影像的层次感，降低了反差和硬度，完善了负片—正片系统。

1851年，英国雕塑家F・S・阿彻尔(Frederick Scott Atcher)发明了用火棉胶代替蛋清作为黏合剂的“火棉胶摄影法”，即将明胶与溴化银混合后涂于玻璃板上作为感光材料，从而把曝光时间从几分钟一下子缩短到几十秒，这就要求火棉胶必须很快做好并立即使用，因此，这种方法又称作“湿版法”。湿版法的优点是光敏度高，感光快，效果好。

1871年，英国医生R・L・马多克斯(Richard Leach Maddox)又发明了使用动物明胶来代替火棉胶的办法，于是出现了“玻璃干版法”。它是摄影技术上的一大突破，摄影技术从此逐渐得到普及。

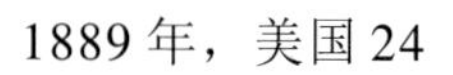

1889年，美国24

使用湿版法的野外拍摄情景

岁的银行记账员、业余摄影爱好者乔治·伊斯曼(Georg Eastman)发明了一个干版涂布机，并由1880年创建的伊斯曼“柯达”公司在1889年生产了成卷的采用赛璐珞作为片基的软片。

1891年，伊斯曼公司制造出摄影者自己能装卸的胶卷，感光材料从此步入了较成熟的阶段。

20世纪初，彩色感光材料得到了迅速发展。1909年，发明了三层一次曝光彩色显影法；1935年，发明了减色法多层乳剂；1936年，德国阿克法公司的彩色反转片也相继问世；1942年，美国柯达公司发明了彩色相纸，并冲洗生产彩色照片。20世纪70年代是彩色感光材料的成熟时期，先后出现了水溶性彩色胶片、油溶性彩色胶片及高温快速的II型和III型胶片。

二、摄影的发展历程

作为摄影技术的有机组成部分，照相机的发展大致可以分为以下四个阶段。

（一）第一阶段（1858年—1924年）

在这一阶段的初始，人们用大帐篷，或用活动房子等各种方法作为暗箱。1558年，意大利科学家G·波尔塔(Giovanni Porta)在《自然的魔术》一书中，提出暗室装置可以作为绘画的辅助工具和观察天体的设备。最原始的暗箱逐渐发展成为可移动的透视暗箱。经过进一步的改进，有人发明了手提式小型暗箱，这种透视暗箱的结构已经很接近后来的照相机，它是现代照相机的雏形。

最早的照相机是由摄影技术发明家达盖尔基于他所发明的银版摄影法，对透镜暗箱进行简单的改进设计成为达盖尔式照相机。照相机的机身由木箱改变为金属机身，镜头由单片新月形透镜发展为校正像差的多组多片正光镜头，镜头上设置了光圈和快门，以控制曝光量。

达盖尔式照相机

1888年，美国柯达公司发明了安装胶卷的方箱照相机，对摄影的普及起了重要作用。

1913年，德国蔡司显微镜厂的奥斯卡·巴纳克（Oskar·Barnark）研制成使用35mm电影胶卷的135照相机。1924年，经过改进后，生产出使用35mm胶片拍摄24mm×36mm照片的小型相机“徕卡”。

1990年美国“猛玛”巨型照相机

（二）第二阶段（1925年—1953年）

1925年，德国莱茨公司改进巴纳克照相机，生产出采用埃尔玛镜头平视取景的135照相机，命名为徕卡I型。徕卡135照相机便于携带和抓拍，对新闻摄影的发展和摄影的普及起了推动作用。

1928年，德国罗莱公司生产出第一台双镜头反光120照相机，命名为“罗莱福莱”。

徕卡照相机

罗莱福莱照相机

1932年，德国蔡司公司和伊康公司生产出装有硒光电池测光表的照相机——康太克斯I型135旁轴取景照相机。

1936年，德国的“爱克森塔”相机第一个把单镜头反光技术运用到135相机上。

1945年，瑞典推出了一种高档的120单反相机“哈苏”，其镜头和机械性能都极其精密，成为现代120单镜头反光照相机的典范。

1947年，美国发明家兼物理学家E·H·兰德博士发明了一次成像的宝丽来照相机，可在一分钟内完成摄影与冲洗照片。

1948年，德国生产出第一台五棱镜单镜头反光135照相机——康太克斯S型照相机。同年，瑞典生产出可更换镜头和片盒的120单镜头反光照相机——哈斯勃莱德（哈苏）照相机。

宝丽来相机

哈苏照相机

在此阶段，镜头单层镀膜技术得到推广，变焦距镜头诞生，照相机性能进一步完善。德国照相机的质量和产量在当时均有明显的优势，徕卡照相机和罗莱弗莱克斯照相机成为各国仿效的对象。

（三）第三阶段（1954年—1994年）

1954年，德国设计了微距镜头。同年，生产莱卡M3型号照相机，它使用扳把卷片、校正取景视差和拍摄记数并自动复零，成为世界名牌照相机。

1956年，德国阿克发公司生产出第一台有镜头外测光功能的阿克发EE（电眼）型135平视取景照相机。从此，电子技术应用于照相机领域。

1959年，阿克发公司生产出具有自动曝光（AE）功能的照相机——奥普蒂马照相机。同年，日本尼康照相机正式配备了变焦距镜头，极大地丰富了摄影的表现力。

1960年，日本将微电子技术应用于照相机，实现了单镜头反光相机的自动测光，从此照相机进入内测光发展阶段。

1962年，日本美能达公司推出装备程序自动曝光系统的美能达照相机。

1965年，佳能Pellix高级135单反相机采用点测光设计。1967年，日本尼康公司首创中央重点测光模式。这种模式经过不断完善，成为135及120单反相机上不可或缺的主流测光模式。

1977年，日本小西六公司生产出第一台自动调焦（AF）照相机——柯尼卡C35AF型平视取景照相机。

1981年，日本索尼公司生产出用磁盘记录影像的静态视频照相机——马维卡（Mavica）照相机，把光信号转变成模拟的电信号记录在软磁盘上，为数字影像系统的实现奠定了基础。

1982年，尼康公司推出的FM2全手控机械照相机，最高快门速度达1／4000秒，闪光同步快门速度达1／200秒。该机型以其优良的性能成为众多专业摄影者的首选机型。

1983年，尼康公司生产具有分区评估测光功能的135单镜头反光照相机——尼康FA型照相机，使测光精确度大大提高。

1984年，日本美能达公司生产的“美能达7000”型相机自动对焦机构被置于机身内部，能在0.45秒内使28-135毫米的变焦镜头清晰聚焦。

1985年2月和9月，日本美能达公司生产由微型计算机控制的135单镜头反光AF照相机——美能达X7000型、X9000型照相机的问世，标志着照相机制作进入以电子技术为主导，并逐步智能化的阶段。

1986年4月，日本尼康公司生产同时具有单次AF模式和连续AF模式的尼康F501型135单镜头反光照相机，可与非AF镜头通用，使用户在照相机的更新换代中减少损失。

1988年5月，美能达公司推出智能化的Dynax7000I型135单镜头反光AF照相机。该照相机能根据动体速度提前调焦至拍摄位置。1988年12月，尼康公司推出尼康F4型135单镜头反光照相机，几乎将当时135单镜头反光照相机所有的功能集于一身，它具有AF焦点预测、1／8000秒高速快门、自动包围曝光、高光／阴影控制、陷阱调焦等功能。因此被美国航天总署装备在“发现号”航天飞机上。

1989年，推出的EOS 630是佳能的第一架具有焦点预测AF方式的单反机。该机是在EOS 650的基础上改进得来的，在程序自动曝光方式上，增加了佳能称之为“程序化影像控制”的系统和用户自选功能。同年，美能达第三架“i”系列照相机Dynax 5000i面世，它是美能达第一架带内置闪光灯的AF单反机，也是世界上第一架带自动变焦内置闪光灯的AF单反机。

1990年，AF单反技术日臻完善。佳能一下就推出了两架佳能称之为“新一代EOS相机”的EOS 10和EOS 700。这类新型相机的特征之一是将以往EOS相机的按钮加转轮选择各种方式的多重做法，改成由一个转盘选择，从而使操作性能大大地得以改善。

1991年，AF技术得到进一步创新。美能达第三代AF单反机Dynax 7xi是采用模糊逻辑推理系统，Dynax 7xi首次采用四组测距组件，使其AF区域比以往的任何一架AF单反机的都要大，从而实现了多维焦点预测AF，能够预测各方向以及突然改向的动体的焦点。同年，潘太克斯推出了其新一代顶级AF单反机Z-1。它的最高快门速度和闪光灯同步速度均达到了目前的最高水准1/8000秒和1/250秒。它是一架面向用户、灵活性极强、自动化程度极高的高档AF单反机。

1992年至1994年，电子技术被广泛应用于照相机领域，使自动测光、自动调焦、自动曝光成为现实。光学传递函数理论的推广，新型光学材料的开发和光学加工技术的提高，使镜头质量得以改善。特别是国产相机工业开始复苏，出现多家合资企业，各厂家已基本适应市场经济，已开始有计划有步骤地发展，相机市场竞争异常激烈。

（四）第四阶段（1995年迄今）

1.发展概况

计算机及相关技术的迅速发展，也带动了数字影像技术的发展，传统的以光学和化学为基础的摄影受到了数字技术的冲击。1995年，柯达公司推出623万像素的柯达DCS 460型数字照相机，将CCD的影像信号变为数字信号记录在磁盘上，该照相机使用尼康F90照相机的机身和镜头。数字照相机的诞生，标志着计算机技术全面进入照相机技术领域。

柯达数字照相机

1996年，尼康公司推出了采用100万像素CCD作测光元件，可评估景物各部分亮度，在追踪AF条件下每秒钟连拍8幅的尼康F5型照相机。

1997年，数码相机克服了画质技术这一难关，柯达成功推出了全球第一款100万像素的商用数码相机DC120，从此，数码相机的成像效果得到了解决，数码相机的发展逐渐转向实用性。具有液晶显示的数码相机纷纷出现，而除了静态图像的摄影功能之外，数码相机也加入了记录声音和选择镜头等功能，这为今后民用数码相机走向多功能化打下了基础。

1998年是数码相机技术发展逐渐成熟的一年。首先，在Windows 98操作系统问世后，数码相机终于可以实现跟电脑之间进行连接，成为即插即用的标准配备之一，这无疑给数码相机的发展产生了巨大的推动作用。随着国内数码相机行业的不断增长和发展，国产数码相机在1998年也正式起步，第一台国产数码相机正式面世。而在这一年里，长焦数码相机也得到了很好的发展，市面上的长焦相机也在迅速增加。

1999年是长焦数码相机飞速发展的一年，数码相机无论在像素方面还是变焦能力上都有了很大的提升。在这一年里，数码相机从100万像素级产品升级为200万像素，拍摄画质获得了质的提高。其次，当年具备变焦能力的数码相机已经开始普及化，直至1999年末，没有配备伸缩镜头的数码相机几乎已经从市场上消失了，这意味着数码相机的发展趋势将朝向模仿传统相机功能的方向发展，并将取代传统相机成为市场的主流。数码相机在经过了1995年至1999年的初步发展后，其研制技术已经基本成熟。

进入21世纪后，长焦数码相机得到了飞速的发展，数码相机像素的不断升高，在克服了画质这一长焦相机的传统软肋后，长焦相机获得了彻底的解放。2000年，300万像素水平的轻便型数字照相机又纷沓而至，如佳能Power Shot S20、尼康coolpix990、索尼DSC-S70、卡西欧QE-3000EX/Ir、JVC GC-X1等。

严格来讲，2001年才算是中国DC正式发展的第一年，共发布了近百款功能品质各异的数码相机，自奥林巴斯推出400万像素的奥林巴斯E-2以来，各大数码相机生产厂家也陆续推出400万像素或500万像素的数码相机，如富士FinePix4900Z、索尼DSC-

S85、佳能PowershotG2等数码相机。

进入2002年，数码相机在专业化方向的发展脚步更迅猛，正式替代了胶片机，而且带动了DC技术的飞速进步。长焦数码相机成为专业数码相机市场上最受欢迎的机型。而这一年，中国的很多消费者都开始了与数码相机“零距离”接触，数码相机开始走向“四化”——国产化、本土化、普及化及实用化。中国开始成为数码相机的世界工厂，廉价数码相机在市场上不断涌现。

2003年是数码相机发展最为突出的一年，当时由于数码相机已经基本普及，所以当时无论是定位高端专业的数码单反相机、面向各层级摄影爱好者的中端全功能产品，还是面向普通家庭用户的傻瓜化操作的轻便数码相机，都从技术规格、销售价格等方面有了巨大突破。长焦领域中也出现了很多经典的产品，如柯达推出的一款经典的长焦数码相机DX6490。

到了2004年，数码相机开始全面向个性化、专业化及时尚化发展，时尚DC的逐步普及，令轻薄数码相机成为民用的主流，数码单反相机开始成为传统单反相机的有力竞争对手。这一年，长焦数码相机已经发展到普遍的10倍光变，数码相机全面进入了500万像素或800万像素时代，佳能Pro1、尼康8700、奥林巴斯C-8080、美能达A1、索尼F828都是其中代表作。同年，卡西欧推出S100，它首次采用了陶瓷镜片，这种内置2.8倍伸缩式光学变焦的S100最薄处仅有14.2mm，成为当时世界上最薄的2.8倍光学变焦数码相机。

2005年，数码相机发展已经不再以提高像素为主线，而是注重对高感光度的追求；一方面提高感光度，另一方面则提高宽容度，使得相机可以适应更大的曝光误差。另外，传统的光学防抖和CCD防抖技术成熟，各种防抖技术获得了前所未有的普及，可以说是全年最明显的一个趋势。2005年的另一股风潮就是大屏幕LCD的采用。比如FinePix V10的3英寸LCD独特的放大取景功能，可以让用户更好地确认对焦和拍摄细节。

2006年，数码相机市场在不经意间已经发生了很多变化。一是数码相机的技术发展进入一个更为复杂，也更为关键的时期。为了满足不同人群的个性需求，数码相机产品类别逐渐细化，演化出了卡片机、家用机、长焦机、广角机等，DC行业的多元化时代终于到来。二是数码相机拥有更高的感光度模式。目前，一些具有“高感光度”的数码相机已经提供ISO1600或ISO800，如富士发布的新品ISO3200的数码相机。三是数码相机市场出现了很多新技术。2006年最引人注目的还是高感光度摄影技术和防手震技术的普及，如像素的缓慢提升，更为省电的DC、SD卡成为主流存储卡格式，三寸甚至尺寸更大的屏幕成为趋势。当然，科技发展的本身就有相当大的跳跃性。一方面现有的技术会不断进步，另一方面也极可能出现全新的技术，完全颠覆当前的形式。2006年的数码相机的发展正是由于旧格局的倾覆而拥有更强的活力。

大尺寸数码相机和防抖相机

2007年，数码相机已经成为人们照相的主要方式，数码单反相机不同于传统意义上的DC产品，更多的继承了传统胶片相机的诸多特点。各种新技术也为数码相机产品增添了更多的新变化和给消费者带来了新的生活感受。

2008年，数码相机更加高端化和人性化，半导体出现在相机上，高端相机像素进一步提升，图像处理性能提高，长焦机焦段向广角延伸，屏幕变大更人性化，存储卡量增大。

2.特点

（1）胶片单反相机保留经典机型。与数码单反相比，胶片单反确实有时效性、便利性的差距，不过传统的胶片单反还有一大优势—胶片上的银颗粒密度要大大高于数码单反感光仪上的像素密度，在军事上以及民用专业级别上还有着不可替代的作用。正因如此，今年各大ＤＣ厂不会将所有胶片单反相机全部停产，只保留几款比较经典的机型。

（2）主流单反“千万”起步。千万像素就像是一块里程碑，它意味着一个时代的结束，同时也意味着另一个时代的开始。索尼公司推出的1200万像素的数码相机在CCD的像素密度制造方面有了很大突破，更好的图像处理器给了像素发展提供了更多空间。相信不久以后各种各样的“千万”单反将会出现在我们眼前。

首款有“千万”像素的数码单反相机 A100

（3）防抖技术普及。在今后的若干年里，防抖技术将会更加普及。索尼的高ISO+光学双重防抖技术、佳能的IS防抖技术、尼康的VR防抖技术已经被广泛应用。光学防抖已经成为了相对普及的配置。但对于大变焦机型而言，镜头防抖的作用更加显著，奥林巴斯SP—550UZ配备了18倍光学变焦的镜头。为了保证长焦段拍摄的稳定性，奥林巴斯SP-550UZ采用了CCD防抖技术，能在拍摄时依靠CCD位移来修正手抖造成的成像偏差。

（4）脸部识别功能的普及化。面部识别系统是数码相机自动化的一个重要功能，它能让相机更好地拍摄带有人像的数码照片，

防抖技术已经成为标准配置

可以根据人物脸部周围的光线环境做出正确的曝光设定，大大降低了用户的拍摄难度，尤其是在逆光等特殊光线条件下。那么今后，面部对焦系统会成为我们无法脱离的一个重要功能，索尼实现了在同一画面内自动识别八个不同人脸从而自动调节对焦、曝光和白平衡，除此之外又推出笑脸快门、智能场景识别模式。

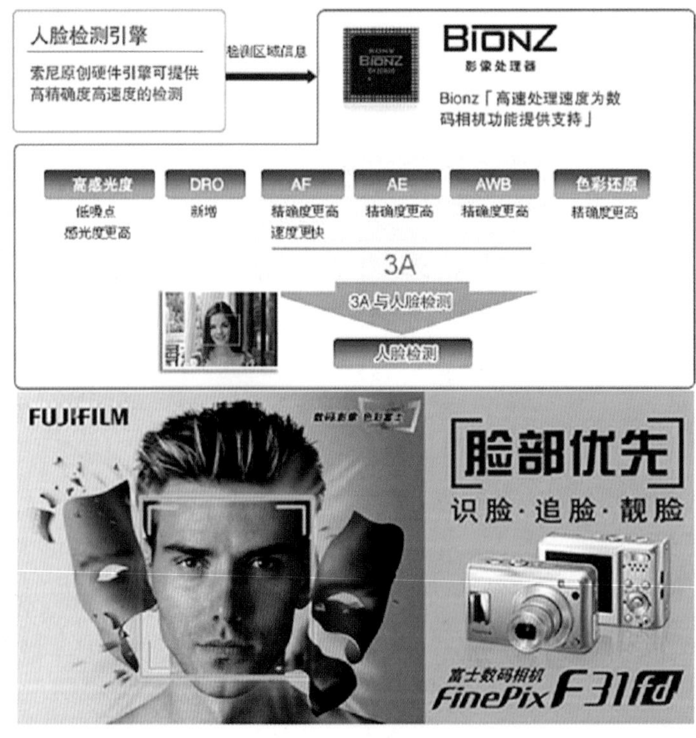

脸部识别功能

（5）CCD除尘已经普及。随着数码单反产品在普通消费人群中的普及，CCD除尘功能得到了更大的重视。索尼的a100就具备双重自动除尘功能，可以通过CCD上的低通滤波器经过防静电涂层处理，可降低静电，减少灰尘的吸附。关机时利用机身防抖功能，使CCD高频震动去除表面吸附的灰尘。之后，佳能400D、宾得K10D也都配备了CCD除尘功能，这项技术已成为2007年数码单反的标准配置。

拥有CCD除尘功能的宾得K10D

（6）高性能带来更精致的画质。2008年，索尼和尼康、三星等厂商纷纷推出了千万像素消费级DC，使消费数码相机的拍摄质量再次大幅提升。

索尼T300不仅具备了千万像素，而且还拥有5倍光学变焦能力的卡尔·蔡司镜头，使T300实现了完美组合，同时更是带来了高品质的画质。而索尼刚刚发布的W300更是达到了惊人的1360万高像素，甚至超过了入门级数码单反的像素水平。

高画质是相机综合实力的最终呈现，图像处理器在这其中发挥着更重要的作用。高质量的图像处理器在提高相机的性能的同时，更可以起到改善画质的重要作用。

（7）更加丰富强大的拍摄功能。随着更先进的影像处理器的应用，现在的消费级数码相机也能为我们提供更加丰富和强大的拍摄功能：首先，消费数码相机拥有了高ISO的拍摄能力。索尼、尼康等品牌的产品都拥有高达ISO3200的感光度，而且索尼的部分产品更是达到了单反相机的水平，拥有高达6400的ISO感光度。

（8）多媒体的集中化。功能一体化是当今电子产品的发展大趋势，将更多人们日常生活中的需要融入数码相机当中也将会是今后发展的趋势。数码相机也不再只扮演拍照的角色，诸如视频播放、MP3、甚至GPS以及无线通讯都没有理由不成为数码相机上的一部分。三星数码相机很早便将MP3、PMP等功能融入家用小型数码相机，以蓝调i7和i70为代表的机型将这种功能融合演绎到更高境界。数码相机的功能更加完善，同时在产品设计和操控方式等方面更是体现出非凡的创造力，为用户呈现出前所未有的全新使用体验，而这也无疑将会成为功能整合性数码相机产品今后发展的风向标。

三星蓝调i7

这一阶段，由于不断采用最新的电子科技成果，照相机智能化程度越来越高，操作越来越方便，数字影像技术得以迅速发展。虽然数字影像在分辨率、宽容度、感光度等方面还不如银盐影像，但由于其传输快捷、处理方便，因此广泛应用于新闻、摄影、工业、军事、航天、科研、艺术、教育、医疗和人们的日常办公、生活等各个领域。

三、数码摄影与传统摄影的区别

近年来数码相机的出现，正在引发近代摄影史上的第二场革命——“数码革命”。随着数码技术的不断进步和数码技术大踏步地进入寻常百姓家，人们在非常方便使用数码相机的同时，又感到数码技术给传统的摄影理论和摄影技术带来巨大的冲击。数码究竟给摄影带来哪些理论和技术上的冲击，下面我们就谈一谈数码摄影与传统摄影有哪些不同。

（一）成像原理不同

传统的摄影成像原理是光化学成像原理，是通过控制光圈和快门决定通过镜头的曝光量，使胶片上的银盐产生化学反应，在底片上产生影像的潜影，然后冲洗和扩印，或者制作成幻灯片。银盐颗粒粗细决定着画面的清晰度。而数码技术成像原理是光电成像，即通过CCD或CMOS电子元件记录光信号，并通过二进制的数字构成影像，其表述影像质量的指标也从线对数变成了像素和色彩深度。像素是构成数码图像的基本元素，是数码图像最基本的单位，数以千计的像素就构成了栩栩如生的数码图像。CCD的像素数就成了决定画质的重要因素，像素数越多，CCD的面积越大，图像质量就越高。数码相机的像素一般都在七八百万像素左右，而传统相机(135相机)的胶片像素就达1200万像素，120相机更可达6500万像素左右。色彩深度是每一种颜色色别和灰度的细分程度。数码图像的输出其数值越大，精度越高，色彩就越丰富，成像质量就越好。

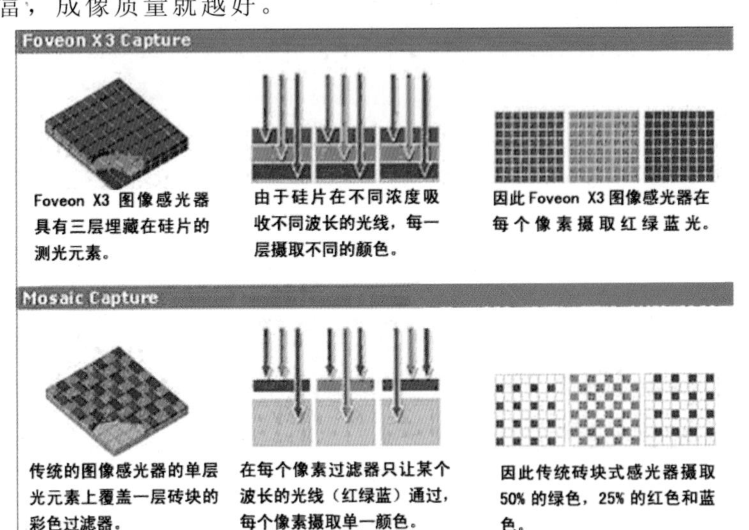

摄影技术成像原理图

（二）记录方式不同

传统摄影技术的记录方式是传统胶卷相机将所拍摄的图像存储在胶卷上，而数码相机则是将图像信号转换为数据文件保存在磁介质设备或光记录介质上。数码相机要求能写，即把拍摄的图像数据记录下来；还要求能读，即计算机能把数码相机记录的图像读取下载。数码相机现在的存储介质主要是芯片和磁性材料，可分三大类：以闪卡、电脑硬盘、移动硬盘与数码伴侣、软盘为代表的磁性材料；以内存为代表的储存芯片；以光盘为代表的记录材料。

数码记录图像的方式被叫做存储格式。数码相机的存储格式决定着记录下来的图像精度、大小、色彩的保真和输出时图像的质量。现在使用的存储格式比较多，但常用的图像存储格式主要有以下几种。

1.JPG格式

JPG格式即文件交换格式。它是目前应用最为广泛的一种图片存储格式，几乎所有的数码相机都支持这种格式。这是一种有损压缩格式，经过压缩的图像，能释放存储空间，特别适用于网络传输，被广泛运用于报纸、杂志等对色彩要求不高的印刷业。

2.TIFF格式

TIFF格式的中文名称叫标记图像文件格式。这种格式是一种无损的压缩格式，其特点是：保存后细节丰富，色彩亮丽不失真，在做图像处理时可支持多通道记录，适合打印高质量的图像。但是，它保存后的容量很大，通常会在1MB以上。

3.RAW格式

RAW翻译过来的中文意思是：原始文件格式。它可被多种图像处理软件所支持，它的特点是它好比没有冲洗的彩色胶卷，可以反复冲洗直到满意为止。

（三）焦距的变化

传统135照相机画面对角线长为43.3mm，焦距40mm～58mm均可称为标准镜头，这些镜头的视角约为40°～55°。数码相机由于受光芯片尺寸的影响，镜头焦距比传统相机短。传统胶片相机标准镜头用在数码相机上时，就成了中焦镜头。镜头只能在数码相机上使用，若用于传统照相机，将会在画面四周出现暗角。

从传统相机到数码相机，镜头变化最大的就是景深。由于数码相机受芯片尺寸较小，因此，同样的视场角，数码相机镜头焦距比传统的胶片相机短，那么所拍摄的影像的景深增加。有使用数码相机经验的摄影师会感觉到数码相机镜头的景深变得十分深，这对于从事新闻、纪实摄影的摄影师来说，可以运用大景深，更好地交代环境。但对于一些需要虚化背景的题材创作，这无疑是不利的。

（四）曝光的区别

数码摄影的感光曲线与我们所熟知的胶片的感光曲线有着明显的不同。数码摄影的感光曲线如同一个台阶，这个台阶的形成由CCD的特性所决定。它是把广泛变化的图像信号通过数字转换器，转换成一个分段式的系列，形成阶梯式的密度级，每一个色调值（信号）都成为一个数字数据，这个数据是由0和1变成的密码，它的变化趋势呈一条直线。对于一个三比特的转换器的每个像素来说，可有8个不同灰度级的一个数据，可被记录下来。但事实上，这些信息至少被分成8比特256个灰度级。高解像率相机后背每个红、绿、蓝输出甚至可达12个比特4096个灰度级。这个比特灰度级亦被称为“色彩深度”。对于数码摄影来说，有效地控制影调和色彩，要比胶片摄影实行起来容易得多。因为我们可以在电脑上对影调和色彩进行再调整，可在拍摄时就没有记录下来的影调和色彩，到了电脑上还是无法获得你想要得到的影调和色彩。但数码摄影与胶片摄影一样也有一个宽容度的问题，对于数码摄影来讲就是记录景物的亮度范围，是景物的最大亮度与景物的最小亮度之间的间距大小。数码摄影的宽容度值为1∶32，较色彩片的1∶64，黑白片的1∶128都要小得多，这主要是数码摄影的宽容度由于白电平和黑电平的切割，曝光曲线上没有胶片曝光曲线的肩部和趾部的弯曲所致。所谓白电平，就是画面中最亮的部分，超过此线以上的亮度在图像中不能得到区分；黑电平是图像信号中最黑时的视频电压值，黑电平线到视频电压为零这段的画面是黑色的，也是无法分辨细节的，都被表现为同一种黑。只有1-32倍亮度范围内的亮度才能被正确表现出来。在拍摄时如果景物的亮度反差也较大，就有可能失去亮部和暗部的一些细节，自然界广阔的亮度范围被严重的压缩了。知道了数码摄影宽容度，在摄影棚里的数码摄影布光就要较胶片摄影还难，在现场光数码摄影时，需要选择光线亮度反差较小的部分。

所以，就布光而言，数码摄影较传统摄影的要求高一些。

（五）白平衡调整

在传统摄影里几乎没有这个概念。所谓白平衡，就是在不同的光线条件下，调整好红、绿、蓝三原色的比例，使其混合后成为白色，使数码摄影在不同的光照条件下得到准确的色彩还原。数码相机白平衡的调整通常有三种模式：自动白平衡、常用白平衡预设、手动白平衡。随着手动白平衡调整的广泛应用，传统彩色摄影中的色温调节问题，在数码相机上已变得相当简单容易了。

（六）持机方式的变化

大多数码相机有两种取景器，分为旁轴、同轴取景两大类。这多出来的一种就是液晶显示屏(LCD)。因为它的面积较大，亦可放在地面、伸出窗外进行拍摄，甚至持机对自己进行拍摄。这给拍摄者以极大的方便，以前没法实现的拍摄角度，现在可以轻而易举地实现，但这样就必然带来一个持机方式的改变。传统的持机取景方式虽然比较呆板，但它持机稳，拍摄的图像清晰度高。而数码相机持机方式灵活、方便，但由于取景时手伸出去离身体比较远，稳定性比较差，拍摄的图像清晰度不高。在情况允许的条件下，单反式专业数码相机应关掉显示屏，用传统取景器取景。一来可以持稳相机，二来可以省电。

（七）传输方式的变化

随着数码时代的来临，利用感光材料冲印的方式已悄然隐去。而快捷的传输方式是数码技术与传统摄影技术相比的一大优势。数码影像传输包含两个方面的传输：一个是数码相机向电脑传输，另一个是图像文件在网络中传输。传输的形式有E-mail信箱邮寄、点对点传输。传输方式有：有线传输、无线传输和互联网传输等方式。传输中为了保证图像的质量，用于报纸的图像文件在100-200KB，就可以达到使用的质量。用于杂志的图像文件理论上越大越好，文件格式一般选用JPG、TIFF、PSD格式，分辨率选用300dpi。

（八）后期加工方式的变化

进入数字化时代，选择传统手式放大照片的人似乎在减少，而更多的是采用电子暗房来处理，也就是运用计算机和图像处理软件，对图像进行加工处理。它在影像处理加工手段上所具有的便利、灵活、高效和多能性，已达到了一个令人叹为观止的地步。

首先，编辑处理系统能接受不同来源的数码影像信息。如，数码相机拍摄的图像，底片或照片扫描仪输入的图像信息，以及从网上下载的图像信息。其次，可以将数码图像信息在硬盘或光盘上储存，并便于编辑、检索和长期保存。最重要的就是，能对数码影像信息进行加工处理。它以强大的软件为后盾，几乎是无所不能：第一，它提供了丰富的加工工具，如工具箱、色彩控制系统、多通道的画面控制等等。第二，它具有强大的修改功能，可对数码影像进行修改、校正、裁剪。第三，它有强大的编辑功能，可对图像进行拷贝、剪贴、放大、缩小、删除、旋转等功能。第四，它有各种艺术效果滤镜可供选择使用，使传统的复杂工序演变成鼠标轻轻一点就可达到自己所要的艺术效果。因此摄影已从单一的拍摄，悄悄地向拍摄加电脑的复合技能上转化。摄影师的创作空间也变得更加广阔，创作手段更加多样化，摄影师越来越多地享受着数码技术的方便和快捷。

索尼数码相机 α700

（九）图像质量的区别

传统相机对摄影的发展功不可没，它是数码摄影发展的基础。因此数码技术与传统技术在很多领域里都是并存的，任何人都不能否认目前最高档的专业数码相机的照片也不可能达到传统银盐成像照片的清晰度。传统银盐胶片也有着不可替代的功用和无法抵挡的魅力。卤化银成像技术的发展已经使胶片的感光度达到了很高的标准，无论是最高感光度还是最低感光度都要比数码相机范围大的多，而且家用型数码相机虽然具有多种感光度选择（通常是50、100、200、400），但是高感光度时拍摄的照片质量和低感光度时拍摄质量相比差距很大。数码影像和传统胶片都是不可缺少的。尽管数码影像有着相当多的优点，但成像清晰度仍是数码相机和机械相机之间最大的差距。

以上讲述的是数码摄影与传统摄影的大致区别，关于数码摄影的一系列理论和运用方面的知识，将在后面的章节里做系统、详细的介绍。

第二部分

数码摄影概念

DESIGN

ART

一、数字图像的分辨率

（一）分辨率的概念

分辨率是用于量度位图图像内数据量多少的一个参数，通常表示成ppi（每英寸像素）。包含的数据越多，图形文件的长度就越大，越能表现更丰富的细节。但更大的文件也需要耗用更多的计算机资源，更多的ram，更大的硬盘空间等等。在另一方面，假如图像包含的数据不够充分（图形分辨率较低），就会显得相当粗糙，特别是把图像放大为一个较大尺寸观看的时候。所以，在图片创建期间，我们必须根据图像最终的用途决定正确的分辨率。这里的技巧是要首先保证图像包含足够多的数据，能满足最终输出的需要。同时也要适量，尽量少占用一些计算机的资源。

通常，“分辨率”被表示成每一个方向上的像素数量，比如640×480等。而在某些情况下，它也可以同时表示成“每英寸像素”（ppi）以及图形的长度和宽度，比如72ppi和8×6英寸。

ppi和dpi（每英寸点数）经常会出现混用现象。从技术角度说，“像素”（ppi）只存在于计算机显示领域，而“点”（dpi）只出现于打印或印刷领域。请读者注意分辨下面两张照片。

分辨率为72

分辨率为300

（二）像素密度

同样面积大小的成像元件可能具有不同的像素密度。单个像素体积越小，一个成像元件便可以容纳更多的像素数。提高成像元件密度比提高成像元件面积所需的成本要小许多，因此深受厂家的欢迎。单体像素越小，受到的光也就越少，图像品质就越低，像素之间的干扰增大也让图像更容易出现噪点。如果搭配口径比较小的镜头，光线稍暗一些就要加上闪光灯以弥补成像元件受光的不足。使用较小的感光原件和廉价镜头，也是一些高像素的廉价机型实际成像效果差强人意的主要原因。

（三）关于像素的两个悖论

悖论一：“如果要达到普通35mm光学相机的画面质量，数码相机的像素至少要达到千万以上。这句话的另外一层意思好像是，即使如800万像素级的高档家用数码相机，其成像质量也无法与普通的光学相机相比。”

但事实并不完全如此，上面的比较是不公平的，因为所有的一切皆取决于我们的应用。在一些特殊的行业，比如出版、影像、广告行业等，它们经常需要将图片放得很大。对这种应用，即使先进的千万像素级数码相机，与传统光学相机相比，也捉襟见肘。而在家用领域，却极少有把照片放大到7寸以上的需求—即使7寸照片，目前的800万像素已经足够满足需要了。

悖论二：“根据下面列出的一组分辨率、像素与实际成像大小的关系：

700×1000　=?　80万像素=5寸照片	3.5×5英寸	mm：89×127
800×1200　=?　100万像素=6寸照片	4×6英寸	mm：102×152
1000×1400　=?　150万像素=7寸照片	5×7英寸	mm：127×178
1200×1600　=?　200万像素=8寸照片	6×8英寸	mm：152×203
1600×2000　=?　310万像素=10寸照片	8×10英寸	mm：203×258
1600×2400　=?　400万像素=?准照片	8×12英寸	mm：203×304
1600×2800　=?　400万像素=?幅照片	8×14英寸	mm：203×356

可以看出，对于普通家庭，如果没有特殊的放大需要，那么，300万像素应该是一个性价比比较好的产品档次，甚至200万像素也说得过去。如果在一种较低价位上，片面追求高像素值，那就极有可能损失相机的其他功能，而这些功能，比如变焦能力、微距拍摄能力、镜头质量、芯片处理速度等，对数码成像的质量而言，同样是极其重要的。这也是为什么有些300万甚至400万像素的数码相机，所拍摄的画面质量倒不如部分200万像素级产品高的原因。”

该悖论的错误在于以偏概全，以个别相机的横向比较代替数码相机发展过程中的整体提高。事实上，除了数码相机的心脏——感光器的像素不断提高，硬件和软件的制作水平也在不断提高。其中包括感光元件制作工艺水平以及数码相机的大脑——数字影像

哈苏120顶级全画幅像素王：H3D（3900万像素）

处理器的不断升级，加上高感光度减噪技术的进步，防抖技术、除尘技术、对焦技术（面部优先等）、超大LCD等的普遍运用，绝对不仅仅是单纯像素数目的增加。

当然，在局部范围内，某些产品利用用户对像素的盲目崇拜，玩起了像素升级的游戏。有些厂商宣传的像素数目是软件运算得到的插值像素。由于新像素不是CCD的物理感光点产生的，虽然画面可以翻倍地增大，但画面质量却有所降低。

二、影像传感器

（一）传感器的种类

提到数码相机，不得不说到数码相机的心脏——传感器（感光器件）。与传统相机相比，传统相机使用“胶卷”作为其记录信息的载体，而数码相机的“胶卷”就是其成像感光器件，感光器是数码相机的核心，也是最关键的技术。数码相机的发展道路，可以说就是感光器的发展道路。目前常用的感光元件有CCD、CMOS、SUPER CCD和Foveon x3（后面两种是由前面两种衍生而来的）。

1.CCD感光器件

CCD，是英文Charge Coupled Device的缩写，中文译名即“电荷耦合器件”。它负责将镜头传来的光信号转换为电信号，类似于普通光学相机的胶片。它使用一种高感光度的半导体材料制成，能把光线转变成电荷，通过模数转换器芯片转换成数字信号，数字信号经过压缩以后由相机内部的闪速存储器或内置硬盘卡保存，因而可以轻而易举地把数据传输给计算机，并借助于计算机的处理手段，根据需要和想象来修改图像。CCD由许多的感光单位（MOS电容）组成，通常以百万像素为单位。当CCD的表面受到光线照射时，每个感光单位会将电荷反映在组件上，所有的感光单位所产生的信号加在一起，就构成了一幅完整的画面。

和传统底片相比，CCD更接近于人眼对视觉的工作方式。只不过，人眼的视网膜是由负责光强度感应的杆细胞和色彩感应的锥细胞，分工合作组成视觉感应。CCD经过长达35年的发展，大致的形状和运作方式都已经定型。它的组成主要是由一个类似马赛克的网格、聚光镜片以及垫于最底下的电子线路矩阵所组成。目前有能力生产CCD的公司分别为：SONY、Philips、Kodak、Matsushita、Fuji和Sharp，大半是日本厂商。

电荷耦合器件（CCD）

2.CMOS感光器件

CMOS全称为Complementary Metal-Oxide Semiconductor，中文翻译为互补性氧化金属半导体。CMOS的制造技术和一般计算机芯片没什么差别，主要是利用硅和锗这两种元素所做成的半导体，使其在CMOS上共存着带N（带负电）和P（带正电）级的半导体，这两个互补效应所产生的电流即可被处理芯片纪录和解读成影像。

CMOS技术已发展了数十年，但直到1998年它才被用于制作图像传感器。CMOS的优点是结构比CCD简单，耗电量只有普通CCD的1/3左右，而且制造成本比较低。自从佳能公司在中高端数码单反相机EOS D30中采用了CMOS以来，已经有越来越多的数码单反相机使用它，目前数码单反相机中几乎有一半采用CMOS作为图像传感器。佳能的大部分数码单反相机都是采用了CMOS传感器，适马最新的SD14也是采用了Foveon X3技术的CMOS，尼康也联合索尼开发出了千万像素级别的CMOS芯片，用在了他们的顶级数码单反相机D2X上。

从左至右依次为：Canon EOS-1Ds CMOS（全幅）、Canon EOS-1D CMOS、 Canon EOS-D60 CMOS

由两种感光器件的工作原理可以看出，CCD的优势在于成像质量好，但是由于制造工艺复杂，只有少数的厂商能够掌握，所以制造成本居高不下，特别是大型CCD，价格非常高昂。

在相同分辨率下，CMOS价格比CCD便宜，但是CMOS器件产生的图像质量相比CCD来说要低一些。比较相同尺寸的CCD与CMOS感光器，CCD感光器的分辨率通常会优于CMOS，而且对比单一个放大器的CCD，CMOS最终计算出的噪声就比较多。在相同画素下，同样大小之感光器尺寸，CMOS的感亮度会低于CCD。CMOS影像传感器的优点之一是电源消耗量比CCD低。优点之二是与周边电路的整合性高。随着厂家对于CMOS技术的不断创新和改良，现在已经有越来越多的数码相机采用了CMOS作为感光元件，包括装备了1200万像素的CMOS的尼康第一台全画幅专业数码单反D3。

3.SUPER CCD

富士的“超级CCD”技术发展于1999年，八角形的光电二极管和蜂窝状的像素排列大大改善了每个像素单元中的光电二极管的空间有效性。这对于同样数量像素的传统CCD而言，它有更高的灵敏度、更高的信噪比和更广泛的动态范围。

普通CCD由于在互相垂直的轴上间隔较大，使其水平和垂直分辨率低于对角线上的分辨率，而“超级CCD”互相垂直的轴上间隔变窄，因此水平和垂直分辨率高于对角线上的分辨率，这也就意味着水平和垂直分辨率得到了相对提高。超级CCD的另一意义是使CCD的面积与像素矛盾得以缓和。因为要提高影像质量就必须增加CCD的像素，而在CCD尺寸一定的情况下，增加像素就意味着缩小了像素中的光电二极管。我们知道单位像素的面积越小，其感光性能越低，信噪比越低，动态范围越窄，因此这种方法不能无限制地增大分辨率，所以，如果不增加CCD面积而一味地提高分辨率，只会引起图像质量的恶化。

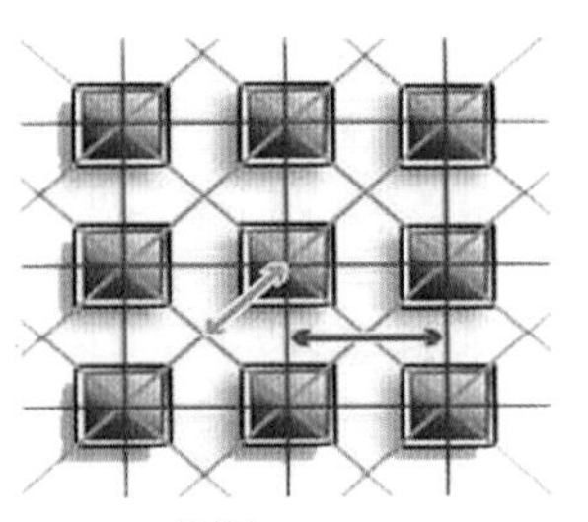

普通CCD

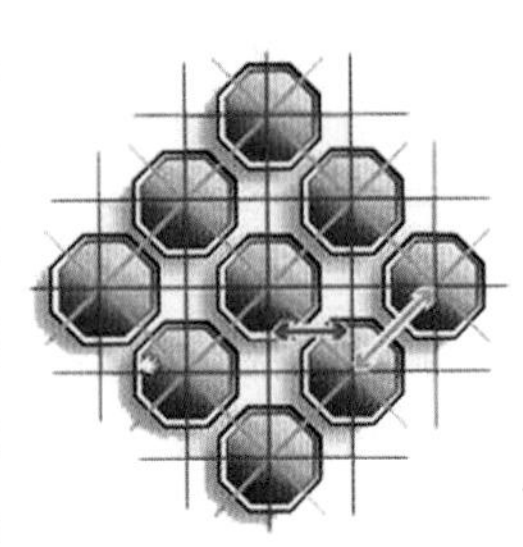

SUPER CCD

4.Foveon X3

美国Foveon公司的Foveon X3技术，是一种用单像素提供三原色的CMOS图像感光器技术。与传统的单像素提供单原色的CCD/CMOS感光器技术不同，X3技术的感光器与银盐彩色胶片相似，由三层感光元素垂直叠在一起。Foveon声称同等像素的X3图像感光器比传统CCD锐利两倍，提供更丰富的彩色还原度以及避免采用Bayer Pattern传统感光器所特有的色彩干扰。另外，由于每个像素提供完整的三原色信息，把色彩信号组合成图像文件的过程简单很多，降低了对图像处理的计算要求。采用CMOS半导体工艺的X3图像感光器耗电比传统CCD小。

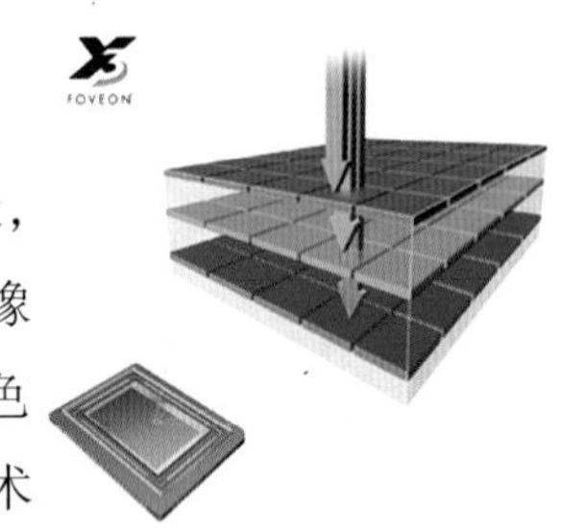

Foveon X3技术

（二）传感器的大小

我们会发现，某产品是600万像素，而另一个是1000万像素，但两者价格却相差不大。原因在于，除了镜头的不同外，CCD面积的大小也是影响数码相机成像质量的一个极重要的因素。

对于专业数码相机，其CCD面积往往做得比较大，比如佳能EOS 5D，其像素与佳能新推出的A640同为1000万像素级，但价格相差2万元左右，一个重要的原因是5D采用35.8mm × 23.9mm

全幅尺寸CMOS感光元件。与之相较A640的CCD面积却只有1/1.8英寸（即8.1mm × 6.64mm），远远小于佳能5D。

EOS 5D 与 EOS 20D CMOS 成像大小比较

数码相机的感光器尺寸经常标为“1/3.2英寸、1/3英寸、1/2.7英寸、1/2英寸、1/1.8英寸、2/3英寸“CCD”之类的尺寸。对于家用数码相机，一般CCD的大小为1/2.5英寸—即使500万像素级产品（如佳能的A610）达到了1/1.8英寸，但考虑到100万像素的增加，其MOS的休积并没有增加，CCD的相对面积也没有发生变化。但如果400万像素级的产品，其CCD面积却只有1/3英寸，那么其成像质量肯定要打折扣；而有的虽然标称像素值很高，比如部分国产500万像素级产品，却不肯标明其CCD大小。

在同样的像素条件下，CCD面积不同，也就直接决定了感光点（MOS）大小的不同。感光点的功能是负责光电转换，其体积越大，能够容纳电荷的极限值也就越高，对光线的敏感性也就越强，描述的层次也就越丰富。相反，如果感光点的体积过小，就容易出现电荷溢出的现象，使画面出现噪点。

不仅如此，CCD的大小还直接决定了焦距的长短。数码相机由于CCD面积远小于传统光学相机的35mm胶片，因而，它的镜头焦距就可以做得很短。如果增大了CCD面积，则必然要带来镜头焦距的变长，这自然会提高生产的成本。同理，如果CCD小一些，那么，相机的在焦距变短的情况下，也能做出类似长焦的效果，当然，其拍摄图片的景深也会大打折扣的，这也是家用数码相机拍摄景深无法与专业相机比美的一个重要原因。

型号	长宽比	直径mm	对角线	宽	高
1/3.6″	4:3	7.056	5.000	4.000	3.000
1/3.2″	4:3	7.938	5.680	4.536	3.416
1/3″	4:3	8.467	6.000	4.800	3.600
1/2.7″	4:3	9.407	6.592	5.270	3.960
1/2″	4:3	12.700	8.000	6.400	4.800
1/1.8″	4:3	14.111	8.933	7.176	5.319
2/3″	4:3	16.933	11.000	8.800	6.600
1″	4:3	25.400	16.000	12.800	9.600
4/3″	4:3	33.867	22.500	18.000	13.500
APS尺寸	3:2		30.100	25.100	16.700
35mm全画幅	3:2		43.300	36.000	24.000
645全画幅	4:3		69.700	56.000	41.500

柯达全幅DSLR

由于绝大多数的数码单反相机所使用的影像传感器的有效面积都要比135胶片的有效成像面积小，即小于24mm × 36mm，所以在数码单反相机上使用为传统胶片单反相机设计的可交换镜头时，镜头的实际焦距就发生了变化，需要在此基础上乘以一个镜头系数才是镜头的实际焦距，即实际焦距＝标称焦距×镜头系数。

镜头系数计算方法是：镜头系数＝135胶片对角线长度/影像传感器有效成像面积对角线长度。135胶片对角线长度约43.27mm，而影像传感器有效成像面积的对角线长度随不同型号的数码单反相机所使用的影像传感器的不同而不同。

比如对于像佳能EOS 1Ds系列、尼康D3等这样的135全画幅数码单反相机来说，由于它们所采用的影像传感器的有效面积与135胶片面积相同，对角线长度一致，所以它们的镜头系数为1，即在这些型号的数码单反相机上使用传统相机镜头，实际焦距与标称焦距相同，不会发生变化。再比如，尼康D300、D40x数码单反相机所使用的CCD的大小是23.7 × 15.6mm，则其对角线长度约是28.37mm，那么它们的镜头系数就是43.27 ÷ 28.37 ≈ 1.52，也就是说，镜头的实际焦距变长了，原来100mm的镜头用在这些相机身上就变成152mm的镜头，200mm镜头则变成了304mm。

尽管镜头的实际光圈大小不会发生变化，但由于镜头的实际焦距发生了变化，并由此带来了诸如景深、像场等一系列的变化，所以在数码单反机身上使用传统镜头还是与传统单反相机有着许多的不同，因此很多厂商还是为数码单反相机专门制造了数码镜头，在某些方面进行了优化，不过如果把这些数码镜头用在传统单反相机上可能会造成暗角，在购买和使用的时候一定要特别注意。

基于这一点，有些摄影师并不看好仅升级像素个数却不改变CCD大小的做法。他们认为，如果CCD面积相同，不如买像素值低的产品。

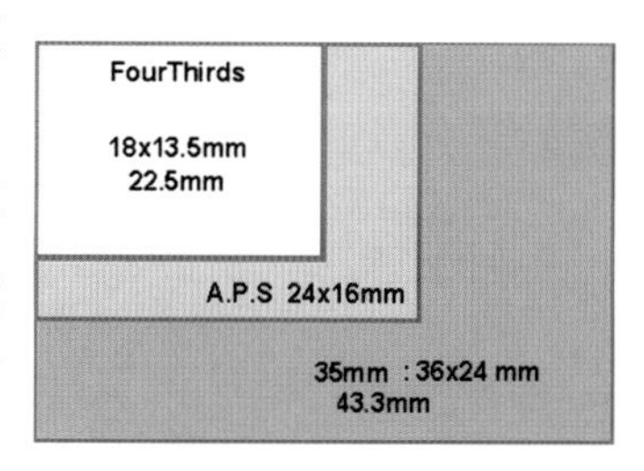

不同规格的CCD大小对比

（三）传感器的清洁和保护

数码单反相机提供了更多的手动选项，而且可以方便地更换镜头。但在使用过程中，因为更换镜头等原因，很容易使得CCD或CMOS感光器件沾上灰尘，而最终影响成像的质量。

灰尘是由于图像传感器在工作时会产生静电，CCD/CMOS就好像是吸尘器一样,会把机身里面的灰尘吸到图像传感器上,而一旦图像传感器沾染过多的灰尘,就会给相机的成像造成很大影响。当使用F8甚至更小光圈拍摄时，画面就会出现比较明显的“黑斑”。如果完全靠后期软件除尘，将大大增加后期工作量。各大厂家对于CCD/CMOS的防尘除尘问题都非常重视，应该说是继防抖功能之后又一个技术增长点，但是各厂家的防尘技术又有不同的特点，可以归纳为四种，其中奥林巴斯的E-300为超声波除尘，佳能EOS 400D为综合除尘（压电晶体震动除尘+防静电低通滤光镜），而索尼α 700和宾得K20D则是依靠CCD震动（原本就是CCD防抖机型）和防静电低通滤光镜来防止灰尘黏附在CCD滤光镜上。适马却另辟蹊径，在图像传感器前设计了一个传感器保护器。在快门未按下时，这一传感器将保护图像传感器不受灰尘的影响。而即使有灰尘附在这个保护器上也不要紧,因为当按下快门进行曝光的同时，这一保护器会自动移开，可以保证灰尘不会影响画质。

当然，我们应该养成良好的使用习惯，不要用清洁工具以外的东西触碰传感器；在户外拍照时，防止大风多尘的天气，更换镜头时更要谨慎,让传感器暴露在没有镜头防护的情况下的时间越短越好。

三、影像处理器

（一）影像处理器的概念

影像处理器是固定到数码相机主机板上的一个大型的集成电路芯片,主要功能是在成像过程中对CCD(或CMOS)蓄积下的电荷信息进行处理，用于完成数码图像的压缩、显示、存储。它在数码相机的整个工作步骤中起到了非常关键的作用,相当于数码相机的大脑。CCD形成的影像的模拟电信号通过数字照相机中的A / D(模拟 / 数字)转换器转换为数字电信号，再通过数字影像处理器把数字电信号按特定的技术格式处理成一份数字影像文件,送入存储器存储。在数字照相机中，A / D(模 / 数)转换器和DSP数字信号处理器一起构成数字信号处理电路。A / D(模 / 数)转换器的作用是把影像的模拟电信号经采样和编码后，转换为“1”和“0”组成的二进制数字、代码，也称作影像的数据。DSP数字信号处理器的作用是将影像的数据进行编码、压缩，处理为JPEG格式、CCDTIFF格式或RAW格式的图像文件，便于影像存储、传输、识别、加工和显示。

（二）影像处理器的种类

影像处理器技术经过几年的发展，已经比较成熟。各大相机厂商也都推出了自己的特色影像处理器作为一个卖点,并且为之单独命名。比较常见的有佳能的“DIGIC”、“DIGIC II”数字影像处理器，Nikon原创运算法最新开发出來的LSI系统，索尼的“真实影像处理器”，松下的“维纳斯修正引擎”和奥林巴斯的“TruePic TURBO”影像处理器。

1.佳能DIGIC数字影像处理器

这是佳能EOS数码单反相机的“大脑”，极高的处理速度和极低的能耗就是通过它实现的。EOS-1D Mark Ⅲ采用了全新一代的DIGIC Ⅲ，DIGIC Ⅲ保留了DIGIC Ⅱ的基本设计理念，并进行了改进。同时，为了满足EOS-1DMark Ⅲ的1010万像素和最高10张 / 秒的连拍速度对大量信号处理的要求，相机同时配置两个DIGIC Ⅲ数字影像处理器，以同时并行进行信号处理。这个双DIGIC Ⅲ数字影像处理器的处理能力达到EOS-1D Mark Ⅱ N的DIGIC Ⅱ的3.6倍。

EOS-1D Mark Ⅲ

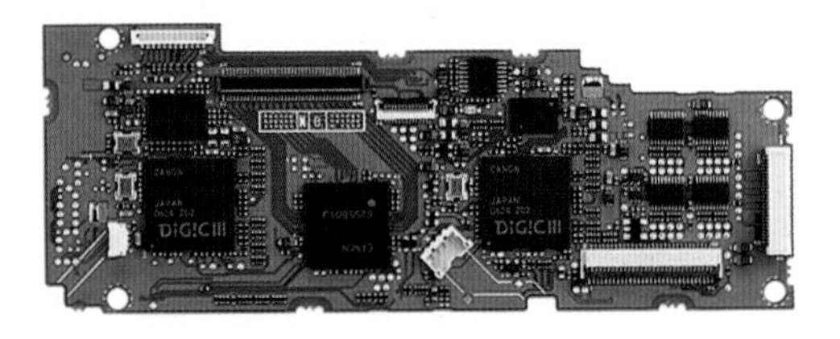

双DIGIC Ⅲ数字影像处理器

2.尼康LSI系统

尼康为D2X新开发的图像处理引擎采用新一代LSI系统，通过A/D转换器大大提高了图像处理速度,实现了超高速化，处理速度比原处理器提高了2～16倍。D2X具有4个独立的读取通道，实现了超高速读取速度。采用最新WT-2无线传输器，兼容IEEE802.11g，实现了高速传输。另外，D2X扩大了色彩模式范围，不仅可对应Adobe RGB，还可对应SYCC。测光方面也采用了最新的3D彩色矩阵测光系统II，提高了复杂摄影环境下的测光准确度。

3.索尼真实影像处理器和Bionz影像处理器

2003年，索尼也推出了自己的特色影像处理器，并将它命名为“真实影像处理器”。索尼的F828数码相机使用了四色CCD和“真实影像处理器”进行图像处理，它导入了“线性矩阵”的演算模式，通过RGBE四色将捕捉到的图像信号转换成最接近人眼视觉特性的理想三色RGB。

2006年索尼在其首款单反相机DSLR-α100中应用了全新的Bionz影像处理器，2007年索尼推出7款融入“Bionz影像处理器”技术的Cyber-shot数码相机。Bionz影像处理器的优势在于能够高速处理高分辨率的图像，还可以在进行高感光度拍摄同时进行降噪，并提高自动对焦、自动曝光、自动白平衡、色彩还原及其他功能的速度和精确度。

Bionz影像处理器

4.松下“维纳斯修正引擎”

“维纳斯修正引擎”是松下公司研发的影像处理器，它提高了50%的对角线分辨率，采用了一个低通滤光镜，真正消除了假信号。降噪电路可以抑制出现在画面深色部分的杂波，获得清晰、优美的画面。它还可进行多任务并行处理，提高连拍速度。

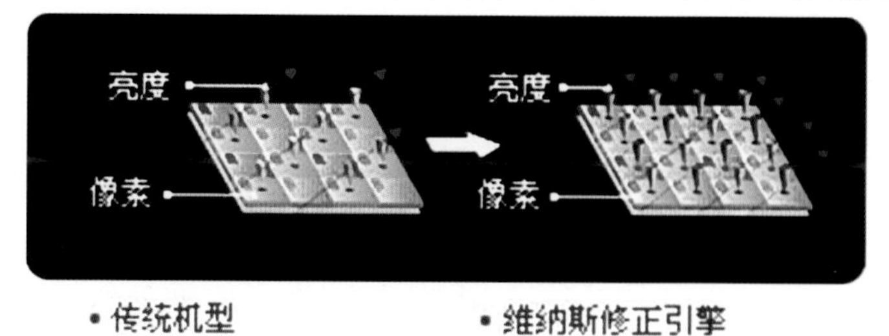

维纳斯修正引擎

5.奥林巴斯的“TruePic TURBO”影像处理器

在2004年推出的800万像素广角数码相机C-8080中，奥林巴斯使用了全新开发的“TruePic TURBO”影像处理器。“TruePic TURBO”代表着“真实”的质量和“涡轮”般的速度。这款影像处理器具有精确伽玛调整技术、专业降噪滤光镜、高级SF滤波技术，使得画质在三个关键方面的性能得到提高：色彩还原性能、信噪比、高分辨率影像清晰度。

TruePic TURBO影像处理器

四、储存介质

存储介质是数字照相机配置的存储影像数据的一类器件，分为内插式存储卡、内置的存储芯片和外接式存储器三种。

数码相机将图像信号转换为数据文件保存在磁介质设备或者光记录介质上。存储记忆体除了可以记载图像文件以外，还可记载其他类型的文件，通过USB和电脑相连，就成了一个移动硬盘。

有的数字照相机如同计算机内配置内存条一样，机身内固定安装有16MB～1GB存储芯片作为基本存储介质。有内置存储芯片的数字照相机，仍然配备内插式存储卡装置。

（一）储存介质的种类

一般数字照相机使用的是可置换的内插式存储卡，目前主流容量有4GB～32GB。根据拍摄照片时选取不同的分辨率，每片存储卡可存储300～3000幅照片。不同的机型选用的存储卡不同，存储卡有PCMCIA卡、SM卡、SD卡、CF卡、XD卡、MMC卡、Memory stick记忆棒等类型。这些存储卡可随时插入和取出。

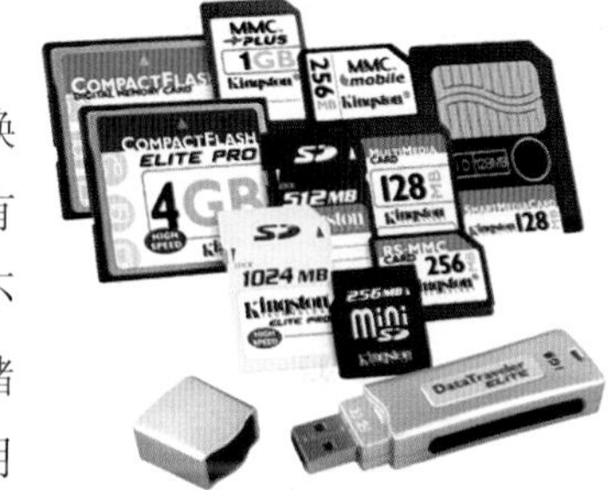

市场上流行不同类型的存储卡

1.CF卡

CF卡全称为Compact Flash Card，由SanDisk公司于1994年首先推出。CF卡采用闪存技术，容量大、读写速度快、价格低廉；存储的数据无需电池维持，稳定性、安全性和保护性都很高，具有良好的兼容性、扩展性与开放性。CF卡的最大弱点是它的体积略微偏大，所以它被用在专业性很强的单反数码相机上采用的比较多，但是现在逐渐有被SDHC取代的趋势。

2.SD卡

SD卡全称为Secure Digital Card，直译成汉语就是“安全数字卡”，是由日本松下公司、东芝公司和美国SANDISK公司共同开发研制的存储卡产品，是目前最主流的存储卡类型。SD卡在外形上同MultiMedia Card卡保持一致，大小尺寸比MMC卡略厚，为2.1mm，并且兼容MMC卡接口规范。读写速度快，安全性也更高。SD卡最大的特点就是具有加密功能，可以保证数据资料的安全保密。SD卡已经逐渐成为各大IT厂商都能接受和兼容的存储格式。

FUJITEK 16GB CF

PRETEC的48G CF

Panasonic 2G SD

3.SDHC卡

SDHC是“High Capacity SD Memory Card”的缩写，即“高容量SD存储卡”。SDHC是SD协会(SD Card Association)重新定义效能和容量而制定的新标准。根据这种标准，SDHC存储卡能够超过现在SD卡最大2GB容量的极限，并且提供几种不同的传输速度层次。2006年5月SD协会发布了最新版的SD 2.0的系统规范，在其中规定SDHC是符合新的规范、且容量大于2GB小于等于32GB的SD卡。SDHC最大的特点就是高容量（2GB～32GB）。另外，SD协会规定SDHC必须采用FAT32文件系统，这是因为之前在SD卡中使用的FAT16文件系统所支持的最大容量为2GB，并不能满足SDHC的要求。在市场上有一些品牌提供的4GB或更高容量的SD卡并不符合以上条件，例如缺少SDHC标志或速度等级标志，这些存储卡不能被称为SDHC卡，严格说来它们不被SD协会所认可，这类卡在使用中很可能出现与设备的兼容性问题。

Panasonic 32GB class 6 SDHC

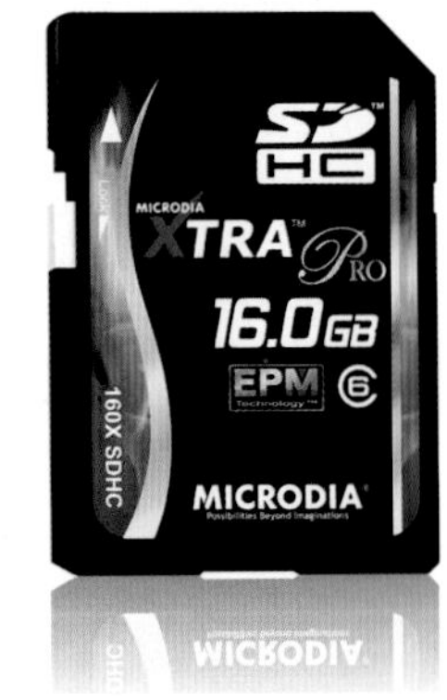

Microdia 16GB class 6 SDHC

4.XD卡

FUJIFILM 2GB XD卡

XD卡全称为XD-Picture Card，是由日本富士胶片公司和奥林巴斯公司共同开发的新一代存储卡，被人们视为SM卡的换代产品。目前奥林巴斯和富士公司新推出的数码相机基本上都采用了这种闪存卡，体积小巧，速度快是它的主要特点，只是目前价格较SD卡而言稍贵，在一定程度上影响了用户购买的情绪。

5.记忆棒

记忆棒全称Memory Stick，它是由日本索尼（SONY）公司研发的移动存储媒体。分为以下几种：

蓝色的记忆棒俗称“蓝棒/条”，多用于数码相机和数码摄像，它具备版权保护功能；“Memory Stick Pro”是新发布不久的一种记忆棒规格，它同样具备版权保护功能，而且速度更快，最大容量理论上可达到32GB；“Memory Stick DUO”是目前记忆棒家族中体积最小巧的，俗称“短棒”，具备版权保护的功能，容量也更大。记忆棒的缺点是兼容性相对不够好。

索尼1GB记忆棒

索尼16G MS PRO Duo记忆棒

6.微型硬盘

微型硬盘的大小和外观都跟CF卡很相似，实际上就是用来存储数码相机图片的小型迷你驱动盘。能使用Type 2CF卡的数码相机，都可以使用微型硬盘。如果你为了省钱，决定购买4GB的微型硬盘，而不购买4GB的CF卡时，便要想到微型硬盘有致命弱点，即由于它附带的移动部件和对于猛烈的撞击、摔打或者其他不当的使用都会比较敏感，微型硬盘在某种程度上来说比较脆弱。

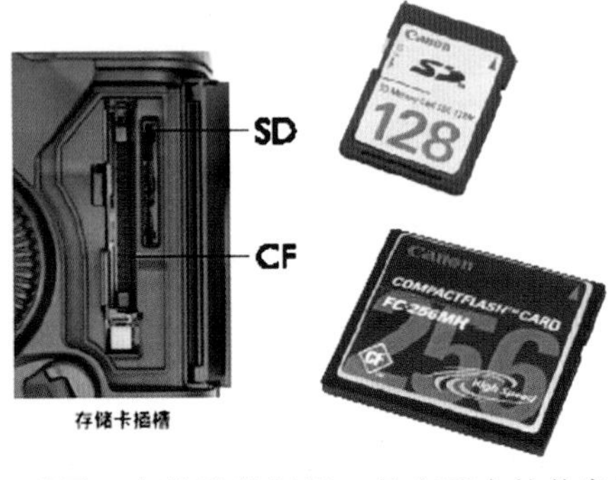

采用双卡设计的相机，具有更大的兼容性

（二）数码照片的保存方式

没有一个瞬间可以复制。显然，数码衍生品方便、快捷，却不是最安全的存储方式。不要让你丢失任何重要和有价值的照片，摄影师存储图片有若干的选择：

1.闪卡

对于数码相机，要尽量使用这些高的像素功能。某些摄影爱好者外出拍摄的时候拍摄较小的图片，使用SQ或HQ模式，这样他们就可以在一张存储卡上存更多的照片。这些640像素×480像素大小的图片，虽然节省了空间，但是对于一些一生只有一次机会拍摄到的瞬间，这些小图片永远达不到很高的质量。随着相机存储卡越来越便宜，所以尽可能买你能负担的最大容量的存储卡。但是对于大容量和长期保存来讲，闪卡不是最好的选择。

2.光盘存储

在调查中我们发现有60%的影友认为刻录成光盘是最便捷保险的方式。一个DVD刻录机，一张光盘，不但花费低，且操作简易。最高成本一张也不到10元。然而，根据科学研究，破损、遗失等意外损失忽略不计，一张光盘的保存期限也只有三年。

3.电脑硬盘存储

一个高配置的电脑，320 G硬盘似乎已足够用了，但是电脑毕竟承载着运转工作的任务。硬盘空间都被图片占据也不现实。另外，网络病毒肆虐，稍不注意，这些珍贵的数字文件就会遭到侵袭。

SEAGATE 备份式移动硬盘(160GB)

4.移动硬盘存储与数码伴侣

另外一种较受人们认同的方式就是购置超大容量的移动硬盘或数码伴侣。相对于光盘来说，这两种设备显然成本偏高，但是保存起来较光盘保险。然而，一旦硬盘坏死，所有的数据也将付之东流。

5.输出保存

银盐冲印——说到照片就无法回避银盐冲印时代，这种传统的方式，几个世纪以来一直令众多摄影人痴迷不已。而今，时间已流逝了近一百八十年，那张具有历史意义的照片，虽早已泛黄，

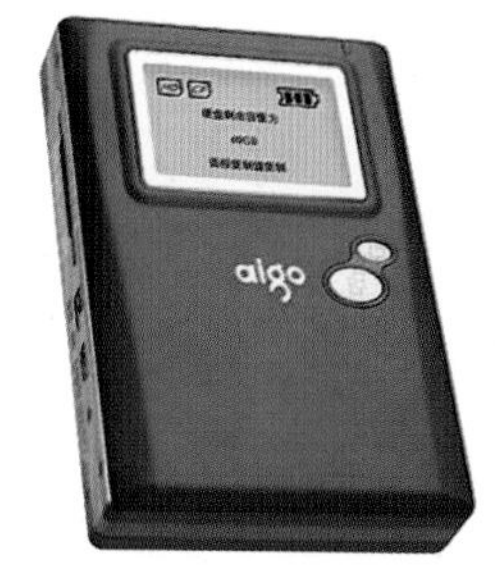

爱国者UH-P606 100G 数码伴侣

爱普生P-5000高端数码伴侣

却仍静静地躺在博物馆里。用照片留住永恒一瞬，无疑经过了历史的考证。然而，随着数码时代的来临，利用感光材料冲印的方式已悄然隐去。

数码打印——EPSON、HP、CANON等主流厂商多年致力于打印技术的研发，令照片这一古老的方式重获新生，同时改变了人们对照片的概念，即打印的也是照片，更重要的是在照片的保存性上有了重大突破。宽广的色域、均匀的色彩表现以及较强的高亮度色彩表现上满足了摄影人挑剔的眼光。

传统照片长时间暴露在阳光和空气中很容易受到光照和臭氧的侵蚀，再加上湿、热的影响就会产生褪色，这是由于光线和氧化分子破坏了染料分子中的原子联结所导致。新型打印机技术的革新使得照片墨具有极强的耐光和耐氧化能力，打印的照片能在各种条件下更持久的保持本色。放置在相册中，更可以不褪色保存长达200年之久。“五十年前文革时期的照片如果是数字文件，恐怕早已流失了。”著名摄影师李振盛不无感慨。照片这种传统的保存方式，除了不易数字调用，显然仍是帮你留住永恒一刻的最佳方式，只是打印已悄悄代替了冲洗。

不管是何种保存方式，都不能保证100%安全，所以国外的摄影师通常会在某一种新存储的技术或者存储介质发明后就把自己的作品重新备份一次，这样，基本上有两套以上备份，加上新技术的安全、稳定性越来越好，作品被“科技”毁掉的可能性大大降低。

五、白平衡

（一）白平衡的概念

白平衡，字面上的理解是白色的平衡。那什么是白色？这就

涉及一些色彩学的知识：白色是指反射到人眼中的光线由于蓝、绿、红三种色光比例相同且具有一定的亮度所形成的视觉反应。白色光由赤、橙、黄、绿、青、蓝、紫七种色光组成的，而这七种色光又是由红、绿、蓝三原色按不同比例混合形成的。当一种光线中的三原色成分比例相同的时候，人们习惯上称之为消色。黑、白、灰、金和银所反射的光都是消色。通俗的理解为：白色是不含有色彩成分的亮度。人眼所见到的白色或其他颜色同物体本身的固有色、光源的色温、物体的反射或透射特性、人眼的视觉感应等诸多因素有关。

在了解白平衡之前还要搞清一个非常重要的概念：色温。所谓色温，就是定量地以开尔文温度（K）来表示色彩。英国著名物理学家开尔文认为，假定某一黑体物质能将落在其上的所有热量吸收而没有损失，同时又能够将热量生成的能量全部以“光”的形式释放出来的话，它便会因受到热力的高低而变成不同的颜色。例如，当黑体受到的热力相当于500℃～550℃时，就会变成暗红色，达到1050℃～1150℃时，就变成黄色，温度继续升高会呈现蓝色。光源的颜色成分是与该黑体所受的热力温度是相对应的，任何光线的色温是相当于上述黑体散发出同样颜色时所受到的“温度”，这个温度就用来表示某种色光的特性以区别其他，这就是色温。打铁过程中，黑色的铁在炉温中逐渐变成红色，这便是黑体理论的最好例证。色温现象在日常生活中非常普遍，相信人们对它并不陌生。钨丝灯所发出的光由于色温较低表现为黄色调。不同的路灯也会发出不同颜色的光。天然气的火焰是蓝色的，原因是色温较高。万里无云的蓝天的色温约为10000K，阴天约为7000K～9000K，晴天日光直射下的色温约为6000K，日出或日落时的色温约为2000K，烛光的色温约为1000K。这时我们不难发现一个规律：色温越高，光色越偏蓝；色温越低则光色越偏红。某一种色光比其他色光的色温高时，说明该色光比其他色光偏蓝，反之则偏红；同样，当一种色光比其他色光偏蓝时说明该色光的色温偏高，反之偏低。

白平衡是数码相机非常有效的一个功能，可当作创意性的工具来使用。在胶片机时代，通常会在镜头前添加81A滤光镜。这个滤光镜带来一种暖色效果，使得拍摄场景的氛围看起来更让人赏心悦目。如果采用数码相机拍摄，将白平衡设置为色温6000K。如果在多云天气，大多数数码相机都会采用这个数值。如此一来，相机显示器的小云状物质就意味着白平衡设置会产生暖色效果。白平衡模式同样也可以中和荧光灯的绿色或者家中常用的钨丝灯泡发射出的过于偏橘黄色的光线。

（二）白平衡的设置

通常，白平衡的设置选项分为以下三种：

1.自动白平衡

这个选项几乎所有的数码照相机都有，它的实现方式就是由数码照相机的处理器对当前取景窗内的物体进行分析测量，计算出应有的白平衡比例。在大部分情况下，自动白平衡能够获得不错的效果，色彩还原基本正确。但是认真的摄影师会觉得照相机本身的判断可能不准确，就需要试试其他白平衡设置选项。

2.常用白平衡预设

这种状态下通常都提供了数种常见的白平衡模式，例如日光(5500K)、白炽灯(即钨丝灯泡2800K)、荧光灯(也称日光灯7500K)、闪光灯(5600K)、阴天(7500K)等，如果拍摄的环境恰好符合这些情况，就可以把白平衡设置为相应的模式。

3.手动白平衡

色彩的准确还原是非常难以克服的问题，影响色彩呈现的因素有很多。根据我们的经验，一般用户在日常应用的情况下无需苛求异常精确的色彩还原，推荐将相机的色彩平衡选项手动设置为5000K～6500K日光区间，以获得类似人眼的色彩再现。手动白平衡可以直接设置色温数值，比自动白平衡和预设白平衡更精确。

拍照的时候，让白平衡模式和曝光尽量准确。后期对图片调整得越多，对最终输出图片的质量的负面影响越大。除非使用相机的RAW格式拍摄，由于它已经包含了照片的所有信息，所以可以在专用的软件里进行后期的调整，效果就好像拍照前进行调整一样。

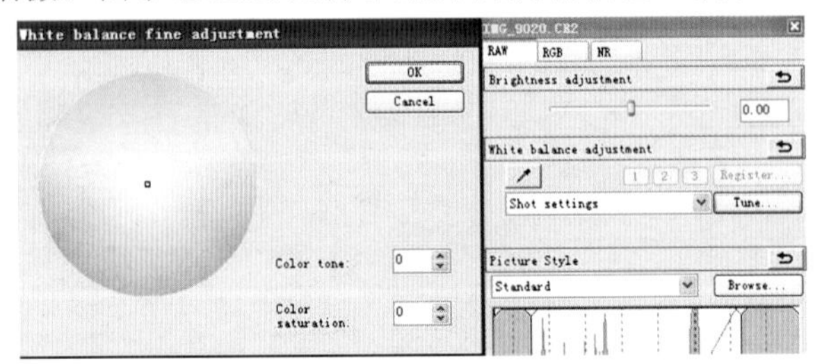

专用软件中调整RAW格式的白平衡非常容易

六、感光度与数码噪音

（一）感光度与数码噪音的关系

一般数字相机都具有可调整的灵敏度范围。灵敏度主要标示成像元件对光线的敏感程度。与传统胶片的感光度相似，在相机中也多以相对感光度来标示。数字照相机一般有ISO100～ISO800的感光度设定，专业数字照相机的感光度设定范围可达ISO50～ISO3200。实际拍摄中，为得到纯净的影像应根据光线情况优选最小的灵敏度（感光度）数值，如ISO50、ISO100。因为提升灵敏度实际上提高了CCD的工作电压，也就是更容易导致信号干扰，画面中电子噪点增加，进而降低图像清晰度、色彩层次，最终生成不纯净的影像。如果用户希望获得粗颗粒效果，最好是依然使用低ISO获取纯净画面，然后依靠数字图像软件来模拟颗粒。因为电子噪点不同于胶片颗粒，特性难以控制，而且多数情况下无助于画面效果的呈现。

原图

ISO 100时局部

ISO 1600时局部

各个厂家也对控制噪点做了很大的努力。有些相机的电子噪点响应非常接近胶片的颗粒感，可在拍摄前进行一些针对本机的感光度测试，仔细对比各种感光度下的噪点响应差异，在测试中寻找最合适的噪点感觉。应注意的是，数字摄影切忌曝光过度。在感光度设定后，务必根据测光指示设定光圈大小和快门速度，使曝光准确。否则，宁可曝光欠缺一点。因为，曝光过度会导致信息的严重丢失，俗称“死白”，无法恢复。

（二）噪音与感光单元的关系

与单反相机不同，为控制成本和压缩体积，一体化的数字相机通常成像元件偏小，通过增加像素密度而不是表面积来提高分辨率，这也导致在高感光度下普遍表现较差，而分辨率也受制于成像元件面积而不能达到较高的质量，成像质量与数字单反相机相比有不小的差异。另外，在同一档次的相机中，机内软件的算法不同，也会产生明显的区别。

KODAK Z7590

七、数字图像大小和格式

（一）最高像素带来最大图像

用最高像素来拍摄才会带来最大的图像，其中包括了最大的分辨率（在相机设定里面又称为“图片精度”）以及最大的图像尺寸。理论上来说，拍摄时应当考虑照片的用途和大小，以此进行相机的图形大小设定，即拍摄时选择多大的像素值。数字照相机的图形大小有RAW格式、极精细、精细、一般等档次选择，每一档次对应一定的像素值。如广告或出版印刷等重要用途，需要设定为RAW格式或极精细档次，这样拍摄的影像像素值高，形成的文件数据容量大，放大的照片在暗部、层次和色彩时会有令人满意的效果。当然，文件数据量并非越大越好，大文件占的空间大，处理时太耗费精力和时间。恰当地选择图形大小是摄影者应当注意的问题。图形大小设定可以这样考虑，如你准备以200dpi分辨率打印出14英寸的优质照片，图形文件大小应有17.8M，拍摄时应选择630万像素的相应图形大小。

在实际操作中，问题往往是除了一些专项的、有目的的拍摄任务之外，很多时候我们并非可以预知照片的用途，所以，在储存卡一再降价，硬盘储存成本也一再降低的今天，摄影师已经不太在意每张照片所占用的空间，为了图片质量及检阅照片的方便和安全，一些摄影师甚至喜欢设定为每张照片拍摄时都以RAW格式和JPEG (静态图像压缩标准)格式同时储存。

（二）数字图像的文件格式

数字图像是指以数字形式存储的影像。常见的数字图像分为矢量图和点阵图两种。矢量图由矢量轮廓线和矢量色块组成，可以无限放大而不会模糊。其文件的大小由图像的复杂程度决定，与图形的大小无关。点阵图也叫位图，由像素点组成的。我们平时看到的很多图像如数码照片就是一种点阵，它们是由许多像小方块一样的像素点(Pixels)组成的，位图中的像素由其位置值和颜色值表示。点阵图的分辨率有一定大小，所以不能无限放大。在这里主要介绍数码照片的格式类型。

1.JPEG格式

它由联合照片专家组（Joint Photographic Experts Group）开发并命名为“ISO10918-1”，JPEG仅仅是一种俗称而已，扩展名为jpg或jpeg。其压缩技术十分先进，它用有损压缩方式去除冗余的图像和彩色数据，获得极高的压缩率的同时展现十分丰富生动的图像。换句话说，就是可以用最少的磁盘空间得到较好的图像质量。JPEG(静态图像压缩标准)图像格式可支持24bit全彩。它精确地纪录每一个像素的亮度，但以取出平衡色调的方式来压缩图像，如此在我们的肉眼看来并无法明显区别。事实上，它是在纪录一张图像的描述说明，而不是对图像进行压缩。浏览者所使用的网络浏览器或图像编辑软件将解译它所纪录的描述说明成为一张点阵图像，让它看起来可以类似原始的影像。

重现图像的准确性高低要依你所选择的压缩比而定。可以从大部分的图像编辑工具中选择JPEG的压缩比值。解译后的色调以扩散的形状放入一个一个的范本区域中。因为这些范本区域会相互重叠，所以不同的颜色之间，很难在夹带着大量资料下的情形还能明显地区分出彼此的界限范围。但这项技术却非常适合用在渐层改变颜色和没有明显边缘的摄影作品上，例如热带鸟类。

有一个原则：如果不需要非常高质量的复制品，或者没有高质量的打印需求，一般来说高精度JPEG(Super—High Quality JPEG)格式的图片就足够用了。同样的图片，TIFF格式会比JPEG格式的文件大4～5倍，但TIFF格式的好处就是不会有JPEG格式压缩图片导致的质量损失问题。任何时候你打开JPEG格式的图片，做任何的修改，即使保存修改，图片的质量都会有所损失，图片信息也会丢失，所以如果没有必要，千万不要重复储存同一张JPEG 文件。如果是TIFF格式，就不会有这些问题。在做高品质的输出印刷时，JPEG格式还可支持72dpi以外的像素解析度。在网络上，任何图片超过72dpi都是一种浪费，因为当要打印到纸张上的时候，较高分辨率的图像也不会有多大的差别。所以，当要把图像存成JPEG格式的时候，别忘了再确认图像的分辨率。

2.TIFF格式

TIFF (Tagged Information File Format) 是一个不失真的24bit彩色图像格式为大多数的系统和图像编辑软件所接受。唯一的缺点就是TIFF本身有一些连自己都互不相容的版本，所以不同的图像编辑软件之间也许无法读取对方的TIFF文件。但这个问题在新版的软件如Photoshop和CorelDraw已经得到了解决。

3.PNG格式

目前保证最不失真的格式就是PNG。它能精确地压缩24bit或是32bit的彩色图像——一种新的支持24bit图像加上8bit的alpha或透明。它也可以将图像压缩至256或更少色的索引色且还支持gamma校正。更棒的是，它就是设计要成为网络格式的。虽然只有最近的一些应用程序可以正确地读取或建立PNG文件，但4.0的浏览器已经可支持这个格式了。

4.RAW格式

RAW格式本质上是原始数据，严格来说不能称为“图像文件”，它仅仅是一个数据包。RAW即“原始文件格式”，一个RAW文件存储的是相机CCD直接捕获的光学信息，并没有经过相机内部的加工，因而RAW保存了最为“原始”，同时也是最好的影像内容。相机的白平衡设置、锐化和任何其他的处理过程都不会影响到原文件。原始文件格式就好比没有冲洗的彩色胶卷，可以反复冲洗直到满意为止，可以让你对图片有更多的控制空间。因此，RAW也是我们在数字摄影及后期调整中应被优先使用的格式。

RAW 格式图像在Photoshop中打开的示意图

如果需要TIFF或JPEG文件，那么相机将通过运算算出相邻的像素信息，将其他信息填满空格，就形成了红、绿、蓝三个包含不同明度信息的灰色通道。如果选择RAW格式，那么实际记录的文件信息只包含拍摄后的信息，即没有经过色彩推算的亮度信息。推算色彩信息的步骤将保留到在计算机内打开文件后来完成。

一般情况下，RAW格式可以带来更高的图像和色彩质量，同时由于数据没有被扩张，数据相对量要小于TIFF格式，而且也省却了JPEG格式的机内压缩过程，因而存储速度更快。RAW并非固定文件后缀，各家厂商的RAW并不统一，常见的有RAW、DNC(Adobe定义的数字负片)、CRW(佳能)、NEF(尼康)等。

（三）Exif拍摄信息

在Windows 系统查看Exif拍摄信息

Exif是英文Exchangeable Image File(可交换图形文件)的缩写，它实际上是可生成一种镶嵌在JPEG图形文件头部的一个小信息文件的功能插件，用来记录数字相机拍摄时的各种数据，如拍摄日期、时间、相机型号、拍摄模式、光圈、快门、是否使用闪光灯、曝光补偿数值、白平衡模式、分辨率、拍摄时录制的声音以及全球定位系统信息等。目前，大部分数字照相机都支持Exif，采用的是Exif2.1版或Exif 2.2版软件，拍摄的同时记录下拍摄信息并编码为Exif文件，保存在每张JPEG格式的图形文件中。由于Exif文件是附在JPEG文件中的，所以文件格式仍然是JPEG。读出Exif信息有几种方法：一是利用数字照相机随机附带的看图和编辑软件，该类软件可以同屏显示图片和Exif信息；二是利用图形处理软件如ACD See或Photoshop查看；三是利用专用的Exif处理软件查看；四是利用Windows系统软件中的“图片和传真查看器”查看。

八、数字图像专业术语

（一）动态范围

动态范围指数字照相机表现被摄对象明暗层次级差的范围，也称宽容度。一般来说，像素较小的数字照相机拍摄出数字影像的动态范围不及彩色反转片，暗部和高光部分的细节清晰范围也不及彩色反转片大。但数字照片动态范围可以通过图像处理软件进行亮部和暗部的调整，改善照片的动态范围。数字照相机的影像传感器尺寸和像素点大小都与动态范围有密切的关系。通常，较大传感器和较小像素点的影像传感器可以获得更宽的动态范围。

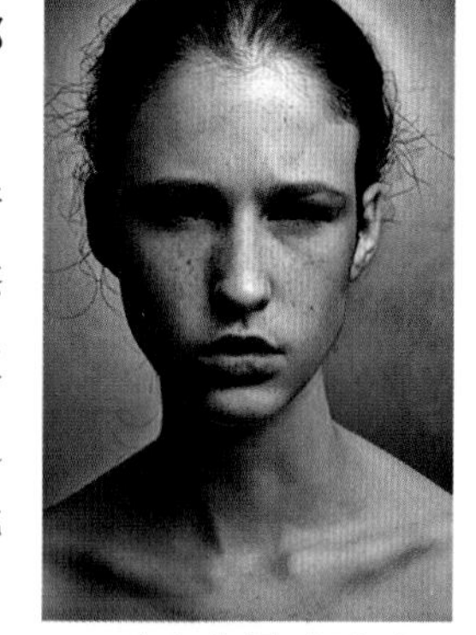
动态范围对画面的层次产生影响

（二）色彩保真度

色彩保真度是数字照相机反映拍摄对象真实色彩效果的评价标准。一般数字照相机有较高的色彩保真度，影像的色彩丰富逼真，色彩的饱和度可调节。能选择RAW文件格式存储图像的数字照相机提供更多更好的色彩数据供后期处理，色彩保真度更高。

（三）信噪比

信噪比是指图像中有效影像信号和影像噪声的数据量的比值。信噪比越大，影像噪声点越少，数字照相机性能就越好。影像噪声点是指影像传感器记录及输出过程中所产生的影像粗糙成分。有的近似胶片的粗颗粒，有的出现模糊的小白点，也有的形同水波纹条。噪声点的形成与影像传感器的品质、传感器的尺寸、像素的密集程度、动态范围、相机内部的热效应等都有关。通常，采用正确的曝光和较低的感光度，可以有效减少影像噪声点的产生。

（四）直方图

直方图是描绘传统相片层次的数码地图，使用图像来表现照片的影调和色彩分布。这基本就是数码影像大厦的基石，所有变化建立于其上。RGB色彩(O～255)在密度直方图横轴中最左边显示为O，最右边为255，横轴上部分的曲线表示对应色彩的像素含量。

一张曝光准确的数码照片的密度直方图距离横轴两端的距离应该很小，而中间段的色彩分布也应该是均匀的。或者你觉得每张照片的密度直方图看上去雷同，甚至一幅难得的佳图也不能从这里看出；然而调节横轴两端的距离以及协调色调或者可能的色调分离也是不可或缺的必要步骤。每一张密度直方图都有着两段平滑靠近横轴以及中央的波峰。

摄影作品

（五）色深

色深(Color Depth)也称色位深度。在某一分辨率下，每一个在Photoshop中按照真彩色(RGB)、灰阶(Grayscale)和印刷色(CMYK)模式存储的像素点可以有多种色彩来描述，它的单位是bit(位)。从黑到白的色调范围被划分成不同的区域来编码和处理。典型的色深有8bit、16bit、24bit和32bit；深度数值越高，可获得越多色彩。最典型的8bit被划分成256个小区域，而16bit拥有上千的细分区域。当然这并不能让影像更加明亮或色调更加丰富，它只是在你校正曝光的时候减少图质的损失，因此通常被用于原始图像数据的处理。但是另一方面，16bit图像文件是8bit文件的双倍大小，在Photoshop处理过程中随着层次感的大量增加，其文件会更加庞大。为了使程序运作顺利，Photoshop多采用256(O～255)真彩色和附加色彩管理信息来进行操作。

（六）高动态范围图像

摄影师总是用胶片或者数码相片挑战人眼的宽容度，而现阶段大多数数码相机的宽容度还只是6挡光圈，远远小于人眼的16挡。HDR图像，是一种亮度范围非常广的图像，可以表现18挡的宽容度，这就使摄影师可以尽可能地向观众表现他眼中的即时情景。专业的数码摄影师通过对不同曝光程度的照片进行合成可以创作出包含从高光到暗部所有细节的高亮度范围图像。Photoshop可通过合并在三脚架上拍摄的同一地点不同曝光程度的照片，得到一个单通道32bit或者每个通道8bit～12bit的HDR图像。Photoshop提供了对于高反差光线宽容度的多可能选择；滑动鼠标可调整从高光到暗部，只要显示器可以表现的所有色彩范围。

但是HDR图像也有缺点，其一是受到显示器或者打印机等硬件的局限，其二就是文件空间过于大。受到显示器和打印机的解析能力的限制，我们往往会损失一部分细节。在不久的将来HDR图像的支持硬件可以有更广的宽容度，摄影师可以打破5～7挡光圈的宽容度局限，并且解决以前传统技术难以处理的高反差场景。

（七）快门时滞

就目前数码相机的工艺水平来看，便携式数码相机有些天生的缺陷。通常来说，这种数码相机都有时滞，也就是说从拍摄者按下快门那一刻到照相机实际打开快门让感应器曝光那一刻之间有一个时差。因为，大量的信息，诸如曝光和对焦，传入相机内置处理器需要一个反应时间。对于严谨的摄影师来说，这些都会导致可大可小的损失。这里面有个很直接的关系，就是越贵的数码相机，拍摄时的时滞就会越短。尽管时滞问题在不断地得到改善（例如在理光的部分高档便携式相机中已经达到可以抓拍的程度），但还是建议选购的时候，尝试拿着数码相机多拍摄几次，然后评估一下时滞是否会成为你拍照时的问题。

（八）色域设定

数字照相机体现了数字技术强大的色彩处理能力，为拍摄者提供了很大的色域选择空间。色域用于标示图像的色彩表现空间大小，标示各种颜色所能达到的丰富程度，超过所能表现色域的光学影像色彩将不被保留。较常见的有AdObe RGB、SRGB等。各类型具体区别为：标准(色彩正常)、人像(增加了品红+2挡，使肤色略显红润)、SRGB(适用于PC机屏幕显示，色域窄，艳丽但层次少)、Adobe RGB(适合专业应用，色彩不太艳丽但色域宽，色彩的记录能力高，有优良的后期制作空间，能最大限度地再现色彩)。实际应用中，Adobe RGB能保留尽可能多的色彩信息，有利于后期计算机制作。而SRGB则具有较好的通用性，如图像不再准备进行后期处理而直接输出的话，则应选择SRGB模式。

Adobe RGB的影像在不同平台下色彩会有许多变化，在windows中使用直接文件夹预览方式下所使用的都是SRGB空间。在我们的实验中，SRGB和Adobe RCB的色彩表现差异并没有想象中那么大，如果受到这个问题的困扰，可选用SRGB以减少麻烦。

DESIGN

第三部分

数码摄影器材配置

ART

一、不同的相机系统

随着时代的发展和科技的进步，在家庭、企业和影楼，数码相机已初现取代传统相机的趋势。特别是数码单反相机（即Digital数码、Single单独、Lens镜头、Reflex反光的英文缩写DSLR）逐渐普及。目前市面上常见的单反数码相机品牌有尼康、佳能、宾得、富士等。数码相机比传统相机有使用方便，冲印成本少（不用购买胶卷），容易进行后期加工等优势。而对画面质量非常执著的摄影师可能还是会选择中幅或者大幅的胶片相机，又或者购买极其昂贵的数码后背。如何选择适合你的相机系统，涉及的因素很多，包括用途、经济条件、拍摄风格、拍摄水平等因素。而整个数码摄影系统的建立，首先是相机的选择。

尼康镜头群

（一）画幅的选择

对于相机的选择，在确定具体品牌和型号之前，先确定画幅是一种比较明智的做法。

1.35mm相机

35mm相机又叫做135照相机，使用35毫米胶卷，是现在世界上普及程度最高的一种相机。35mm照相机发展成熟，配有强大的镜头群，操作使用灵活轻巧，机动性强，价格、体积适中，是绝大多数摄影爱好者的首选机型。35mm胶片照相机的画幅一般是24mm×36mm，也有24mm×18mm的半幅照相机，如哈苏XPAN照相机以24mm×54mm画幅可以连续拍摄72张照片。35mm数码相机通常是指感光单元面积小于或等于35mm胶片面积的相机。

2003年初，奥林巴斯与柯达联合推出了所谓4/3数码单反相机系统，这是一个专门为数码摄影而设计的一个开放的标准，富士、松下随后也加入了这一系统。

奥林巴斯数码单反系统

4/3系统得名于该系统采用了一块4/3型影像传感器(长宽比为4/3)，其实际面积为18mm×13.5mm，对角线为22.5mm。这套系统的基本特点是其影像传感器的大小(对角线长度)是135画幅的1/2。其镜头焦距与135相机的换算系数为2，即4/3相机的50mm镜头相当于135相机的100mm。

35mm相机是一般摄影师学习的必经之路，圈内人士认为某些必定的经历就是从“小”玩到“大”，至少尝试过中画幅系统的不在少数，而更多的却是屈服于中画幅的沉重和过于单调以及过于昂贵的附件，于是回归到35mm系统之中。

佳能EOS 5D全画幅数码相机

索尼a100数码单反相机

2.中画幅相机

中画幅相机又称为120照相机，使用120或220胶片，根据不同相机和后背，画幅大小可以分为6cm×4.5cm、6cm×6cm、6cm×7cm、6cm×9cm、6cm×12cm。120照相机的画幅比大画幅照相机的小，但比135照相机的大，放大时有一定的优势，与大画幅照相机相比，操作简便，便携性好。

Mamiya 645 AFD Ⅱ中画幅数码单反

以下是部分摄影师关于中画幅相机系统的评价，仅作参考：

（1）6 × 7 幅面。优点：提供较大的幅面，同时相机的尺寸也不大，放大到 20 × 24 英寸仍然有很高的清晰度，模块化，相机有较多的选择余地，宝利来后背通常较大也较重，可以手持拍摄最大画幅 SLR(虽然某些 4 × 5 大画幅 SLR 也可手持)，120 每卷 10 张照片还过得去，大多数镜头比 6 × 6 系统的镜头便宜,所有的 6 × 7 相机都很坚固。

缺点：镜头通常比 6 × 6 和 645 系统的速度低(某些镜头例外)，反光板的振动问题比较大SLR系统显得笨重且不便于携带，通常不适合街头抓拍，所有的 6 × 7 相机声音都很大，加上过片马达后只能使用三脚架拍摄，每张照片的消费比 6 × 6 系统多 20%，比 645 系统多 33%。

Pentax 67Ⅱ

Mamiya RZ67 ⅡD

（2）6 × 6 幅面。优点：较小的体积，较大的底片幅面，放大到 20 英寸× 20 英寸，模块化系统设计，几乎都有过片马达和可更换后背作为选择配件，自动曝光机身 / 棱镜很多，庞大的镜头群和附件，用户也最多，照片剪裁方便，12 幅 120 胶卷足够街头抓拍，某些系统的镜头十分便宜，Rollei 和 Hassblad 提供最为优秀的测光选择，可以提供比 2.4 更为高速的镜头，反光镜振动中等 SLR 系统可以手持拍摄，无过片马达 / 手柄仍然便于手持拍摄，方形底片最好地利用了镜头。

缺点：镜头通常比 645 系统速度低，长焦镜头比 645 和 67 系统少，所有的 66SLR 声音大(Rollei 6008i 可以提供静音模式)，新系统是一笔巨大的开销(除了 Kiev 和 Lubitel)，方形构图不易。

Rolleiflex 6008AF

Hasselblad 905SWC超广角照相机

（3）6 × 4.5 幅面。 优点：645 相机具有 66 和 67 系统的大部分优点，还增加了几点：最小、最轻的中画幅系统，价格适中，一般都内置卷片马达，单张照片的费用最低的中画幅系统 与缺 35mm 系统的操作类似，容易上手，高速镜头较多，噪声和振动都很小，220 胶卷可以拍摄 30 张，所有型号都有自动测光棱镜可选。

Pentax645N Ⅱ

缺点：与其他中画幅系统比较，价格仍然偏高，使用了更多的塑料材料，比较脆弱易损，所有 645 系统依赖电池。

3.大画幅相机

大幅相机大体分为 View Camera 和 Field Camera 两种。在结构上前者为单轨式，在使用长焦镜头和移轴方面有优势，适合室内广告和室外的建筑摄影，不过大多比较重，一般轻量型也有三公斤以上，一般五到七公斤的居多。后者为双轨折叠式，具有适当的移轴功能和重量轻的优点，便捷明快的操作方式特别适合野外

大画幅相机

摄影。机身选择很重要的一点是要明确拍摄的目的、主要场所、习惯运用的镜头焦距等等，由此决定相机机身。因为不论相机还是附件，一套的重量都相当可观，不可能像选择小片幅胶片相机那样有机动性和灵活性，贪多或完全追求功能是不可取的。

大画幅照相机又称机背取景式照相机，使用的胶片都是散页片，面积有4英寸×5英寸、6英寸×8英寸和8英寸×10英寸几种。为什么使用笨重的大幅机拍摄？一般原因有两个：其一是胶片面积大，约为135胶片的13倍以上，影像质量有优势，对于细节的刻画不同凡响，常用于广告、风光和建筑摄影；其二是大画幅照相机的操作技术性强，拍摄过程有品位，花上一个小时拍上一张4英寸×5英寸胶片，体验每一个细小的操作很有乐趣。

看看大画幅相机的操作，从中也许可以感受到大画幅相机的特点，实际操作步骤将取决于所使用机器的型号和题材的要求。但就如何使用大画幅产生影像而言，以下这些步骤是最具代表性的。用简单的词语来表达这个过程就是：观察、取景、调焦、检查像场、再调焦、调整影像尺寸、校正、影像的再居中、调整清晰范围、清晰区的辅助调整、再调焦、计算曝光量、增加曝光量、检查景深、检查取景磨砂玻璃、确定快门速度并扳上快门解扣装置、曝光测试、插入片盒、抽出保护挡板、稳定、曝光、将保护挡板复位、锁定、检查保护挡板、检查调焦情况、移去片盒，打开机器的快门和光圈，再次检查调焦情况，确信在操作照相机的全过程中调焦没有发生任何偏差。

仙娜F3SL单轨座机

这二十几个步骤就是拍摄大画幅的全过程，虽然步骤较多，但是这其中任何一步的失误都会使你的努力付诸东流，这每一步都是确保照片专业、完美的基础。

大画幅相机的镜头的牌子常见的有Schneider，Rodestock，Sinar，Nikkor，Fujinon等等，大多采用日本Copal产快门。不能一概而论何种镜头最适合什么题材，因为用户的个人喜好也起很大作用，有人觉得Schneider色彩稍微偏丽，线条细腻，整体表现比较平衡；而Fujinon的色彩比较温厚，但是轮廓感表现不太理想，基本属于软基调的，尤其画面内的阴影感表现非常出色。比较受好评的镜头有Nikkor M300mm/9、Schneider Symmar-S210mm/5.6、Fujinon T400mm/8等。

仙娜F3单轨座机

大幅相机的特点就是附件比较多，基本上都是必需的，如大体有片盒、手持测光表、冠布、暗袋、机械快门线、取景放大镜、水平仪等。一般的片盒可以正反两面各装一张胶片，事先在家中使用暗袋安装好，通常有5～10个就可以了，一般在不同的相机上可以通用。至于120胶片的后背有6cm×7cm，6cm×9cm，6cm×12cm几种规格，大都为120胶片和220胶片专用，由于压板间距不能调节，所以不能混用。一般来说，这种后背只要是国际规格的话，都可以通用于不同机身，但是要注意Horseman生产的某些后背仅仅能用于它的机身。还有Sinar有一种多功能后背，可以在同一个后背上更换不同片幅，不过价格昂贵。

（二）旁轴还是单反

旁轴相机同单反相机类似，各有特定的外形样式，功能各有侧重，以下介绍的各自的优点，相对来说就是另一方的缺点。

单反的优点：第一，可更换镜头多（特别是长焦端），用途广泛。第二，取景器中可以看到实际的效果。第三，可以实现精确曝光。第四，可以实现高速连拍。第五，功能全面、性价比高。第六，技术先进，代表着主流趋势。

旁轴的优点是：第一，快门声音小，振动小，安静，便于手持。第二，取景器明亮。第三，广角镜头的素质好于单反。第四，小巧轻便。

LEICA M8旁轴数码相机

全球第一台旁轴数码相机 Epson R-D1

从器材档次来讲，预算足够的话，顶级器材（例如35mm系统的徕卡M系列，或者佳能、尼康的顶级镜头，中画幅里面的哈苏、禄莱，以至于大画幅）几乎可以做任何想做的事情，但是，顶级器材会带来十几万甚至几十万的顶级消费。在国外，大部分摄影师的器材需要自己掏钱购买，所以他们不会第一时间考虑顶级器材，他们考虑得更多的是能够完成任务的器材，最好不要太贵。所以，有些报道摄影师几乎只用一只镜头就完成他绝大部分的工作，例如一只28mm镜头。

（三）数码后背

数码后背是一种新型的摄影工具，主要用于商业摄影。它是将传统照相机(胶片相机)中的胶片记录系统更换为先进的数码成像系统，从而可以拍摄数码图像。从原理上看，它与数码照相机相同，但从功能上看，它比数码照相机更为专业。因此，有些专家更倾向于把数码后背看成是不同于数码照相机的一种摄影工具。

数码后背的像素一般比数码照相机要高，成像效果也更好，应用领域更加专业，而且像单反照相机的镜头一样，拆卸后可以用在不同的照相机上。数码后背多由一些专门从事数码成像研究的公司研制，而不是一些传统意义上的照相机生产厂。这也正是大多数人更愿意将数码后背与数码照相机看作两种不同的摄影工具的原因之一。

Horseman 1d Pro数码后背

数码后背均基于120等篇幅照相机的开发，即在120照相机成像结构的基础上开发的专业影像产品，因此为后背产品的长远发展打下了坚实基础。它可以很好地解决CCD的散热问题和处理超大文件的问题等，而135数码单反照相机现阶段实现起来成本较高。

数码后背采用未压缩的图像格式，为将来处理图像打下了基础。数码后背生产厂商都有自己核心的软件压缩技术，例如PHASEONE使用独立开发的非常复杂的格式，使图像在后期处理和还原中达到了一个新的水平。

目前国际和国内比较著名的数码后背生产厂商有PHASEONE、SINAR、LEAF、IMACON。从2002年开始，国内使用数码后背的商业摄影师越来越多，从沿海迅速发展到内地，这也就充分肯定了数码后背在商业领域中的应用得到了摄影师们的认可，国内摄影师的拍摄观念也逐渐向国际摄影师靠拢。

（四）典型专业数码棚配置

这是国内某个专业数码摄影棚在相机配置方面的典型实例：

仙娜P2及全套镜头；

仙娜Emotion22数码后背；

飞思P45数码后背；

佳能EOS 1Ds Mark Ⅱ两台，EOS 5D一台；

哈苏503及全套镜头，H1及全套镜头；

禄来6008及全套镜头；

林哈夫及全套镜头，特艺4×5及全套镜头；

玛米亚RB67两台及全套镜头。

二、人像摄影的器材选择

（一）相机

数码相机种类繁多，规格不一；比较适合严肃的灯光人像创作的应该具备手动光圈设置功能，比如手动快门/速度操控或至少有A门(光圈先决设置)。目前，从价格较便宜的Panasonic FZ7到专业高端的Canon 1Ds Mark Ⅱ，符合这样条件的数码相机选择相当丰富。在拍摄

人像摄影器材需要更多的机动性

人物时，大部分被拍摄主体都显露出令人不快的毛孔和皱纹。这就意味着使用普通摄影的设备——高对比度胶片、犀利的镜头、体现高度细节的大底片——不一定适合你的人物肖像照。拍摄肖像时，小底片、高速胶片、较弱的色彩平衡、不太锐利的镜头、甚至价格便宜的老式变焦镜头也占尽优势。手动对焦和手动曝光当然很重要，因为你将拥有许多时间来设置、对焦并且检查曝光。

在商业领域，曾经一度活跃在各大影楼的经典中画幅相机Mamiya RB67似乎逐渐在被中高端的数码单反相机取代，主要原因是基于婚纱或者艺术摄影的效率、机动性、修片的方便性以及后期制作的多样性。比较典型的例子是FinePix S5 Pro、Canon EOS 5D等。当然，在不考虑预算的情况下，Mamiya 645 AFD II、世界上首台48毫米全幅数码单反相机Hasselblad H3D、Rolleiflex 6008 AF都是人像摄影的顶级利器，也是风光摄影的常用器材。

FinePix S5 Pro

Canon EOS 5D

（二）镜头

85mm f1.4（1.8）一般被看做传统人像镜头。大光圈有利于模糊背景并把注意力集中在眼睛上。焦距范围85mm～120mm的镜头通常被称作人像镜头是由于它们方便的工作距离和显而易见的令人愉快的远景。但是日本摄影师近年来更喜欢用广角镜头拍人像，所以24mm～70mm的镜头被广泛运用。广角镜头甚至鱼眼镜头非常适用于环境型的人像摄影，而较短的焦距（50mm以下）拍肖像常常会夸张人物面部的特征，透视效果强烈。使用85mm～135mm的较长镜头时，透视则有所压缩，这样面部特征就会表现出相对正确的比例。而若要使用200mm以上的长焦距镜头的话，则会使面孔显得太平。极端地说，为了追求创新效果，几乎所有焦距的镜头都可以用来拍摄人像。但是对于浅景深的追求，就要有较大光圈（f2.8以上），否则将在后期制作中付出更多的精力。

佳能EF 85mm f/1.2L Ⅱ USM

蔡司为索尼制做的
Planar T* 85m F1.4 ZA

（三）三脚架

严肃的摄影师都需要稳固的三脚架，以防快门速度过慢时，因手晃动造成的画面模糊。相比之下，人像摄影算是比较灵活的工作，尤其是使用35mm系统的相机拍摄，更加容易捕捉对象表情、动作的瞬间变化。防抖镜头（机身）的普及、高感光度噪点的控制技术的不断完善，使手持拍摄成为可能。

（四）反光板

常用四种类型的反光板——白色、银色、金色和黑色。前三种是用来反射自然光线的（在户外拍摄时），而黑色的与其说是反光板，不如说是吸光板。具体的使用技巧以后的章节会讨论到。反光板的尺寸不同，其效果也会不同。反光板的尺寸越小，其效果越差。不仅如此，当使用加光性的反光板时，你必须把它们看做光源。那意味着光源越大并且离被摄者越近，光线越柔和。小型的反光板和灯则成为点光源，会产生出生硬清晰的阴影。至于小型黑色反光板对肖像的阻光作用，它几乎不起什么作用，在大多数情况下仅仅是因为它太小。

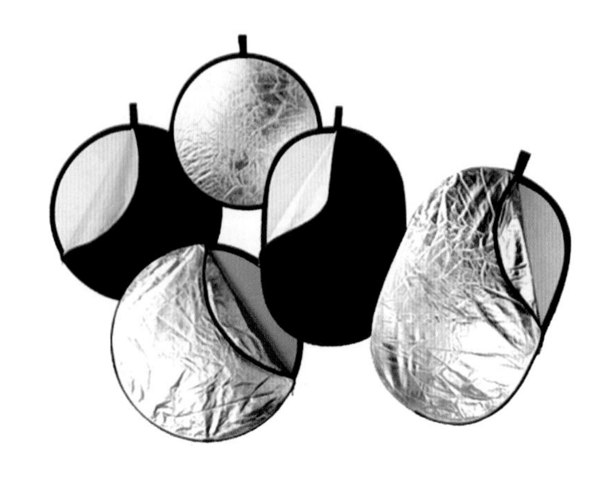

各种型号的反光板

使用反光板是给阴影中的人物面部添加光线的最简单的办法，但却可以让被拍摄对象更引人注意。它所起到的全部作用就是在有些需要稍微补光的时候，能让整个图片看起来更出色。你希望你的照片因为其内容而吸引人，而不希望有人看到的时候会评价“太多，太硬，太直白的用光”。通常，这种情形需要光线简单化，只是增加一点点闪光来补光或反光补光。

反光板可以简单到是一张白纸，只要能被用来改变光线的方向，投射到你所希望它投射的地方。在田野中拍摄鲜花的时候，尝试使用一张纸作为反光板，让光线投射到有阴影的区域。这个简单的技巧可以让一张普通图片变得精美。

反光板的一面是完全的金色，可以反射非常温暖的光线。金色的反光面可以反射85%的光线，但这对于拍摄人物来说色调会显得过于温暖。另一面往往是金银混合的表面，同纯金表面比起来，不会显得那么暖，被使用得最多，它能反射90%的光线。纯银表面能反射95%的光线，看起来会有点过于硬，或者是有点粗糙。这是一个个人喜好问题。还一种可能是反光板的一面是黑色，被用来减少光线。如果你希望拍摄肖像在其一面有些阴影，就可以将黑色反光板放到被拍摄对象的一侧，用来减少光线。

（五）外拍灯

即使天气晴朗，某些婚纱摄影师在户外拍照时还会用闪灯补光，目的是获取大面积的补光以及眼神光点，这样就可以不使用反光板或投射灯，却只有脸部补得到光。或者加上柔光罩等小道具柔化光线。另一些摄影师则使用反光板来获得比较自然的补光效果。光线不够强烈时，大多数人像摄影师会选择使用外拍灯。

典型的外拍闪灯的组合

外拍套装

摄影经常用到的影棚长亮灯能产生的照明度是远远无法和室外阳光相提并论的，所以在外景拍摄中几乎起不了作用。比较理想的外拍灯光器材一般为闪光灯。市场上可选择的外拍灯品种很多，一般生产影棚闪光灯的厂家都有出品。在国内应用广泛且使用性能比较理想的有“U2”、“金贝”、“光宝”、“永江”等品牌。

外拍用闪光灯从外形和性能上和影棚用的差不多，也可以作为室内和影棚灯用，只是相对来讲同功率的外拍闪光灯比纯室内用灯价格略高一点。外拍闪光灯和室内用灯的本质区别在于电源属性和电源配件。它不同于室内专用灯光而采用直流供电。购买外拍闪光灯还必须配备外带直流蓄电池和直流无线引闪配件。使用胶卷相机的摄影师还需要配置闪光测光表。另外，专用外拍闪光灯的辅助配件很多，灯架、柔光罩、反光伞、蜂巢、色片、挡光板等等，这些可以根据需要另行购置。

室内人体摄影

闪光灯的型号一般按功率大小进行标识，比如300、600、1200等，数值越大，功率越大。功率大小也可以根据需要调节。在预算许可的范围内，外拍用灯建议尽可能选择大功率的。此外，闪光灯配置的数量也没有必要太多，因为室外还有太阳可以被利用。刚开始用的时候建议用单灯与阳光和反光板一起配合使用，以后可以根据操作熟练程度和需要另行添置。

三、纪实摄影的器材选择

为了行文的方便，这里的纪实摄影包括了人文、新闻、报导、纪实等题材。最合适的相机才是好相机。根据自己的拍摄体裁选择正确的器材不但工作起来比较顺手，还可以节约不必要的开支。相机的选择不仅仅取决于题材，很大程度上还反映出摄影师的摄影认识和摄影理念。

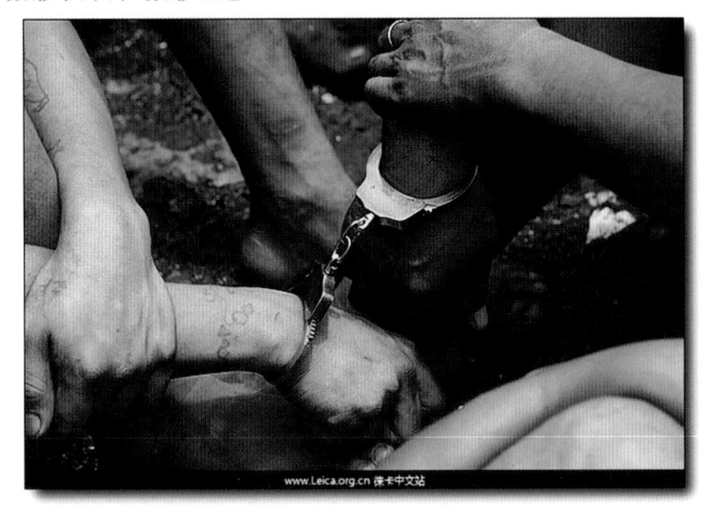

一名菲律宾毒贩者在马尼拉被捕（徕卡拍摄）

（一）相机和镜头

纪实摄影要求的相机以不干涉对象为原则，所以器材的选配不要太张扬。例如在“扫街”（街头抓拍）过程中，随意性、偶然性，以及旁观者的视角和原生态的场景记录方式，都使得笨重的单反和晃眼“长枪短炮”成了累赘。如果看到有人用这些看似“专业”的家伙来从事街头摄影，那也许是：一，他的虚荣指数超过了他的理智；二，在“扫街”一族中暂时还只是初级。

在专业摄影队伍中，因为法国摄影家布勒松等大师等纪实大师的影响力，纪实摄影似乎与徕卡直接挂上了关系。坚固的机身、精美的制作工艺、近乎无声的快门、简单的功能、出色的镜头成像、迷人的成像风格……加上徕卡的名声，昂贵的机身、镜头、配件，关于徕卡的种种神秘的传说，构成了一个特殊的文化王国。一些摄影师认为，用徕卡才是严肃的，才具有关注人文的基础。不过，也许应该提醒那些并没有真正用过徕卡的摄影师，在中国，真正用徕卡拍出的作品并不多，包括被誉为徕卡 M7（在 M7 没有出世之前）的超级经典柯尼卡 HEXAR RF。适合自己才是最重要的，哪怕只是一台 LOMO。

柯尼卡经典胶片HEXAR RF

纪实类的镜头，除了被无数发烧友推崇过的徕卡 35mm/f1.4 以及 35mm/f2 以外，其实，所有相机品牌的28mm～50mm镜头都被认为是这类题材的标准装备。

LEICA NOCTILUX-M 50mm/f1.0 镜头

不过，随着人们文化素质的提高以及文明程度的深入，对于拿相机拍照的摄影师逐渐习惯，所以有越来越多的人用单反相机在城市、农村、医院、学校进行各种类型的纪实摄影。所以，适合的器材只是一个相对的概念。

（二）闪光灯

纪实摄影所用到的闪光灯主要有两种：相机内置的闪光灯与装在热靴上的外接闪光灯。这两种闪光灯的区别主要在于闪灯指数、功能以及闪灯位置等方面。内置闪光灯的指数比较小，一般在 11GN～15GN，外接闪光灯的指数通常在40GN～60GN；内置闪光灯的功能比较简单，通常有强制、夜景、慢速、防红眼等，而外接闪光灯可以调节闪灯时间、前后帘、闪灯功率调节、频闪、高速同步、多灯闪光等；内置闪光灯的位置固定、照射方向固定，外接闪光灯可以通过反射闪光、离机闪光、遥控闪光等改变闪光灯的位置，从而达到更有创意的闪光效果。

纪实类的摄影并非每一种题材都经常用闪光灯，事实上有些传统的摄影师根本不用闪光灯，他们认为闪光灯会破坏现场感，破坏场面和主题的真实性，并且严重干扰被摄人物的存在。所以，大名鼎鼎的徕卡经典旁轴 M6 以前的 M

Nikon SB-800外接闪灯

系列相机都是没有TTL闪光灯测光功能的，据说是徕卡的设计师认为拥有大光圈、成像一流的M接口镜头，以及旁轴相机的轻灵的特性，足以应付在任何环境下拍摄。不过，在越来越快的生活节奏的压力下，闪光灯似乎变成了记者、报导摄影师们的必备器材，毕竟，1/250s比1/30s还是快了很多，特别是在“拍到”比“拍好”重要的情况下。

黑白纪实摄影作品

松图山湖风光

四、风光摄影的器材选择

（一）相机

风光摄影是胶片固守的最大一片自留地，目前仍然有很多风光摄影师在坚持使用胶片。其中最重要的理由往往是使用大画幅和中画幅的相机可以纪录更丰富的细节。另外一些风光摄影师使用胶片完全是因为习惯，习惯于通过选择不同类型的反转片来控制色彩特性、影调特性。但是，就现在主流数码相机的成像质量而言，其实已经达到甚至超越了传统135系统胶片的成像质量。某些评论认为顶级的135数码单反已经具备了中画幅相机的成像质量。

在分辨率上，数码超越传统已经是不争的事实。在影调层次上，RAW电子底片的16位色彩层次足够丰富。另外，数码相机曝光的宽容度也超过了反转片，达到甚至超过了彩色负片。在后期处理的问题上，数码照片用一台计算机就替代了一个暗房，将数码的优势发挥得淋漓尽致。

由于数码相机的种种优势，它已经开始大规模进入风光摄影的范畴。考虑到风光摄影对分辨率以及像素的要求，可以考虑35mm片幅的全幅机器，例如佳能1Ds MARK Ⅱ、5D等，或者是120片幅的数码单反，例如Mamiya ZD（CCD面积36mm × 48mm)、哈苏全球首款48mm全幅数码单反相机H3D等。H3D现在有两个型号可供选择，哈苏H3D-22和哈苏H3D-39，它们能在当前数码摄影所能提供的最大图像传感器上进行2200万像素或者卓越的3900万像素分辨率的图像拍摄，这比高端135相机的传感器尺寸大了两倍多。该相机系统的取景器和大而明亮的镜头可以保证得到极精细的细节并且在昏暗光线下易于操作。

Mamiya RZ67 Ⅱ D2数码后背

尽管严肃的摄影师大多还是选择单反或者大画幅相机作为工

具，但风光摄影的实践告诉我们，便携数码相机自有其优势，特别是相对于数码而言。影像传感器上的灰尘是数码单反最大的弊病。这些肉眼难辨的颗粒非常难以清理，包括最新的防尘技术，目前还没有完美解决之道。因此，我们可以说单反的优势是有代价的，特别是在风沙比较大的地区。不可更换镜头的便携数码相机就没有这个问题。特别是作为备用机，一台不可更换镜头的高端便携数码相机也是不错的选择，如索尼 R-1、富士 S9500。

（二）镜头

对风光摄影而言，镜头是具有决定性的摄影工具。最理想的镜头配置当然是覆盖各个焦段，变焦和定焦兼备，光圈越大越好。但现实中往往既不能承担这样的成本，也无法携带如此多的镜头，因此，我们还是要进行权衡和取舍。取舍的依据主要是自己的摄影习惯和偏好，同时要兼顾自己的购买能力和背负器材的体能。

Aps 规格数码单反相机的顶级标变
NIKON AF-S DX 17-55mm f2.8G IF-ED

有一种观点认为，广角适合拍风光，长焦适合拍人像。但事实上，风光摄影既需要广角，也需要长焦。

CANON EF 24-105mm F4L IS USM

实际运用中，广角镜头的运用难度往往更大，尤其是视角大于24mm 的镜头。由于包含的信息过多，照片的主题在组织过程中容易出现各种各样的问题，比如元素过多，喧宾夺主；组织无序，画面杂乱等。广角镜头本身的透视畸变也经常难以控制而产生副作用，这都要特别注意。

Carl Zeiss推出的Nikon F卡口
Distagon T* 25 f2.8 ZF

对初学者来说，长焦也许更有助于培养观察能力，更易拍出满意的照片，而广角也许是更好的纪录工具，出好片的难度较大。总之，在风光摄影中长焦和广角都不可偏废，一只视角相当于135相机24mm～105mm的变焦镜头可能是一个很好的起点。

而在便携式数码相机中，类似富士S9500这样的高端固定镜头数码相机则提供了近乎完美的焦距选择，它的手动变焦镜头覆盖了28mm～300mm 的焦距段，无论是宏大的场面，还是远处优美的细节小品都可以轻松获取。

有人认为风光摄影中的广角镜头没有必要强调大光圈。尽管我们在风光摄影中更多的时候需要收缩光圈，但是并不意味着大光圈镜头不重要。很多昏暗的室内和夜景光线环境下，特别是有人文环境的风光摄影中，三脚架是无助的，大光圈镜头是纪录特定光线氛围的利器。因此，f2.8 的大光圈变焦镜头会比 f4 的镜头有更广泛的适用环境。

不过，变焦镜头的光圈很难做到大于 f2.8。因此，很多数码单反用户还会选择一支大光圈的定焦镜头以应付特殊的光线环境。与人像摄影不同的是，风光摄影师此时会倾向于选择广角定焦镜头，比如 24mm、28mm、35mm，在使用大光圈时仍然具有足够的景深，而避免背景过于虚化。

（三）滤光镜

滤光镜是能够明显改变照片外观的最便宜的一种附件，其实就是拍摄时放在照相机镜头前端的一块玻璃片或塑料片。滤光镜的种类繁多，作用各异，有些滤光镜可以用来校正照片的外观，有些可以用来加强照片效果，而特殊效果滤光镜可以完全改变照片的外观。

蓝色渐变滤光镜的使用

黑白摄影中，滤光镜可以使某种颜色在黑白底片或照片上产生的灰色调变亮或变暗。彩色摄影中，滤光镜的使用要更复杂一些，因为滤光镜自身的颜色对照片或幻灯片上每种颜色都会产生影响。然而，如果适当地加以运用，可以证实滤光镜在许多彩色的场合中都极其有效。比如一枚简单的红滤光镜，如果用它来拍摄彩色胶片，那么幻灯片或照片上将会有很强的红色调。如果我们喜欢红色的天空而不是蓝色的天空，使用红滤光镜就可以实现愿望。这就是通常所说的“特殊效果”。

滤光镜带来绚丽的色彩变化

滤光镜是我们所能运用的一种重要的创造性工具。我们也要认识到，有些滤光镜只适合于黑白摄影，而有些则只适合于彩色摄影。当然，也有些滤光镜对两者都适合，比如偏振滤光镜。

对于风光来说，其本身变幻莫测的色彩、光线效果使得摄影师总是希望得到比现场更加完美或者特别的效果。除了后期制作以外，拍摄时的滤光镜使用似乎可以减少后期很多麻烦，减少因为软件处理带来的成像质量的恶化。

滤光镜带来色调统一的画面

滤光镜压低了天空的亮度

风光摄影对滤光镜要求更多

1.常见的滤光镜品牌

（1）B+W。B+W牌滤光镜是德国施耐德光学公司(http:www.schneid eroptic.com)的产品，该公司以生产高素质的大规格光学镜头而著名。它的专业滤光镜品质优良，使用光学玻璃制造，并进行了多层镀膜，以避免镜头产生眩光。

（2）COKIN。法国高坚牌滤光镜(www.minoltausa.com) 分为方形和圆形两大系列，其中方形系列产品有三种专用滤光 镜插座，分别适用于A系列、P系列和X-Pro系列。A系列滤光镜镜片尺寸较小（67′ 67mm），适用于焦距超过35mm的镜头；P系列滤光镜镜片尺寸较大(84′ 84mm)，可以满足广角镜头的使用要求；X-Pro系列滤光镜镜片尺寸极大（5′ 7英寸），特别适合于专业的大口径远摄镜头使用。高坚的滤光镜型号超过三百种，除了上面介绍的之外，还有许多特殊效果的滤光镜。

（3）HELIOPAN。这是德国的皓亮牌螺纹式滤光镜(www.hpmarketingcorp.com)采用树脂镜片，还为其他品牌的滤光镜生产滤光镜接环。它的荧光系列滤光镜可以校正室内拍摄时的偏淡绿色调，该系列中的淡品红荧光滤光镜，是获得日出和日落特殊效果的拍摄利器。它的新型SLIM超薄系列滤光镜用于广角镜头，能够避免出现四角发虚的现象，减少了产生暗角的概率。

（4）HOYA。日本保谷牌圆形滤光镜(www.thkphoto.com) 覆盖了所有的滤光镜口径（其实它也生产方形滤光镜），它的双色镜可以使拍摄的景物同时显现冷暖色调。另外，保谷公司还生产了一系列的转接环，以便使它的滤光镜（偏振或UV等）用于望远镜。

（5）LEE。LEE牌滤光镜(www.leefilters.com) 用高质量的树脂和聚酯镜片制成，装在一个独特规格的滤光镜插座上。由于所使用的镜片尺寸极大，因此即便用于前组镜片特别大的镜头上也不会出现暗角现象。LEE牌滤光镜独立成套，有风光系列、日出日落系列等，可以根据不同系列加以选择。

（6）SINGH-RAY。SINGH-RAY牌的方形树脂滤光镜和圆形螺纹式滤光镜(www.singh-ray.com)因高品质而享有盛誉。特别是它的特殊效果偏振镜系列，不仅可以提供普通偏振镜的效果，而且可以改变景物颜色的浓淡及其色调。SINGH-RAY牌的方形树脂滤光镜可以用于高坚或LEE的滤光镜插座上。

（7）SUNPAK。SUNPAK是生产摄影相关产品的老牌厂家(www.tocad.com)，新系列滤光镜有250多种，为摄影提供所有常用的滤光镜、特殊效果滤光镜及增强滤光镜。镜片多采用多层镀膜玻璃，提供全面的滤光镜口径，可配合单反相机、数码相机甚至摄像机的镜头使用。SUNPAK还为它的滤光镜提供终身保修。

（8）TIFFEN。美国蒂芬是世界上著名的专业摄影用滤光镜生产厂家(www.tiffen.com)。为保证其产品的高品质，所生产的螺纹式滤光镜采用多层光学玻璃夹胶的结构形式，可避免镜头出现眩光或导致其他光学失常的问题。包括HOLLYWOOD/FX系列滤光镜在内，蒂芬公司提供了类型总数超过200的各种滤光镜，从偏振镜到有着奇异效果的星光镜，蒂芬的产品一应俱全。

2.风光摄影比较常用的滤光镜

（1）偏振滤光镜。它由两块玻璃组成，较厚，在广角镜头上易出现暗角。因此，应为广角镜头专门配备超薄型偏振滤光镜。

TIFFEN 72mm CPL

很多风光摄影师都习惯于在镜头前一直拧着一片偏振滤光镜，特别是光线较好的时候，用它使蓝天更蓝和消除玻璃、水和金属的反光。但实际上，它的功能有很多，甚至在密云的天气偏振滤光镜同样有明显的效果。虽然它不能将灰色的天空变蓝，但它可以通过去除表面的反光使色彩更浓。比如，在密云的天气下每片叶子、玻璃的切面和湿滑的石头都会反射一些来自灰色天空的光，这些反光明显地使色彩变淡。加一块偏振滤光镜在镜头前，转动它，你会发现色彩变浓了。

需要注意的是自动聚焦和数码相机需要圆偏振滤光镜（不是线偏光镜），因为线偏光镜会影响测光和自动聚焦。

（2）渐变滤光镜。使用与未使用的效果区别可能就是一张成功的照片和一张近乎成功的照片之间的区别。当天空比前景明亮时，就需要用到渐变滤光镜。渐变滤光镜都是顶部要暗一些，然后往下要么陡然地，要么柔和地渐变，到底部的时候变得清楚。这就有助于摄影师在同一个画面拍摄到明亮的天空和相对灰暗的前景。如果没有渐变滤光镜，这几乎是不可能做到的，因为这两个区域的曝光差异太大了。法国高坚的滤光镜是长方形的，能方便地在镜头前上下移动，让你更容易把握受滤光镜效果影响的区域。

7B+W 62mm 25%灰渐变滤光镜

高坚X120灰色渐变滤光镜1号(ND2)6

（3）中灰度滤光镜。很多风光摄影师的包里，还有一个中灰度滤光镜（又叫密度镜）。使用中灰度滤光镜是为了减少所有来自镜头的光线，从而延长曝光时间，达到某种创意效果。

（四）三脚架

在风光摄影中，为了应付户外不同的天气状况，一支比较重的三脚架是有必要的，尤其是中画幅以上的机器。风光摄影师对三脚架可说是又爱又恨，一方面三脚架保证了照片的清晰度，另一方面越稳固的三脚架越笨重。尽管新型的碳素纤维脚架解决了重量问题，并有很高的刚性，可是在长途跋山涉水之后，几十克的重量也会变得很沉重。国外有些摄影师喜欢自制一个土豆包，挂在较轻型三脚架的下端，可以明显地改善脚架在风中摇晃的状况。

1.如何得到更清晰的照片

为什么一幅影像到头来会是出乎意料的模糊呢？可能有两个原因：一个是疏于精确地聚焦，另外一个就是照相机的震动。采用下面两项简单防范措施中的任何一项都可以避免照相机的震动。

（1）以足够高的快门速度进行拍摄，就能够消除任何明显的照相机震动结果。通常快门速度必须高于镜头焦距数的倒数，也就是说，如果你用200mm镜头拍照，你的最低快门速度是1/200s，1/300s会更好，不要相信自己的工夫可以用1/60s获得清晰的影像——如果放大到100%看看，你就知道真相。

（2）只要条件许可，就使用三脚架。对于任何一位严肃的摄影者来说，三脚架都是一件必不可少的装备。如果真诚地希望拍摄到顶级质量的照片，三脚架是绝对必要的，并且不能只是四处携带着它，而是只要可能就使用它。

2.怎样选择三脚架

好的三脚架应该足够轻而便于携带，并足够结实，要能稳固地支撑照相机，并且具有下列特性：

（1）云台可以旋转360°，可以直上直下地倾斜照相机。

（2）所有紧固部件均应该提供绝对的锁定，不能有滑动现象。

（3）管状结构的三脚架其主支腿部分的直径应至少为3～4英寸。

（4）支腿底部应装有防滑的橡皮头，室内拍摄时可以避免划伤地板。

（5）位于中央的升降圆柱既可以是套管式的，也可以是齿轮齿条结构的。无论哪种类型的设计，都适用于小型照相机。但是，对摄影室类型的4英寸×5英寸或更大型的照相机来说，齿条、中心柱的三脚架更为可取。

曼富图数码三脚架714SHB

（6）所有调节装置的旋钮和手柄也都应该体现出精良的设计。

（7） 当支腿伸展开时，重量主要集中在三脚架的中心，它应该承受得住所施加的压力。最后，用挑剔的眼光检查整个三脚架的质量和做工。

捷信GT1540T脚架

（8）很多三脚架都具有“快速装卡”机构，这是一种非常方便的装置，能够瞬间就将照相机安装在三脚架上，并且还可以快速地从三脚架上取下照相机。

（9）有些三脚架具有可互换的云台，其中有的云台可以安装在中心柱的底端，供低角度拍摄时使用。

我们建议三脚架一定要买个好的。因为确实需要我们才用它，而照相机和三脚架之间的任何附件都可能成为不稳定因素的来源。

五、体育摄影的器材选择

从摄影角度来说，体育摄影是典型的动体摄影，体育题材摄影相比其他摄影而言，难度极高，主要是因为体育摄影的拍摄对象变化快，而且具备不可预知性。在足球赛场的运动员始终处在高速的运动当中，要求摄影师能在最短的时间内拍下最动人的瞬间。体育摄影师之所以能够准确地拍摄，那是因为他们对于画面的构图、测光以及对焦等基本技术都有过非常好的训练，体育摄影可以强化观赏者对体育竞技惊险性、激烈性、趣味性的艺术审美感受。体育摄影作品虽然是静止无声的画面，但它呈现给人们的却是紧张激烈的竞赛气氛和惊险优美的瞬间形态。所以说，体育摄影的灵魂是创造性地凝固真实的动感画面。

精彩刺激的足球比赛瞬间

体育比赛场边的“大炮阵”

（一）相机

体育摄影最好配备体积小、便于携带，并且拍摄时可随机应变的35cm单反相机。配备两台以上机身，可以省却频繁换镜头的时间。相机应具有高速对焦以及连拍功能，这对相机的运算能力和整体性能要求很高。

CANON EOS-1D Mark Ⅲ

例如最新的佳能EOS 1D Mark III将像素水平提升至1010万，搭载了Integrated Cleaning System除尘系统并且将连拍速度提升至令人惊讶的每秒10张。佳能EOS 1D Mark Ⅲ的传感器依然保持在APS-H画幅，其尺寸为28.1mm × 18.7mm，镜头转换系数为1.3X，但是采用两枚DIGICⅢ影像处理引擎，在JPEG格式下，EOS 1D Mark III可以连续拍摄高达110张照片；在RAW

下可拍摄 30 张；而在 RAW+JPEG 格式下则可以拍摄 22 张。

EOS 1D Mark III 采用佳能新开发的 45 点自动对焦系统，在 45 个 AF 点中，有 19 个高精度十字自动对焦点（F2.8 对应）和 26 个辅助自动对焦点（F5.6 对应）。快门速度的范围由 1/8000 秒至 30 秒，最高闪光同步速度达到业界最高的 1/300 秒。

Nikon D2Xs 数码单反相机

佳能的对手尼康在速度上最快的是 D2Xs，采用有效像素 1221 万的 CMOS 传感器在全尺寸模式下可以达到5fps的连拍速度；CMOS 传感器及其周边电路、11 点 CAM2000 自动对焦传感器和

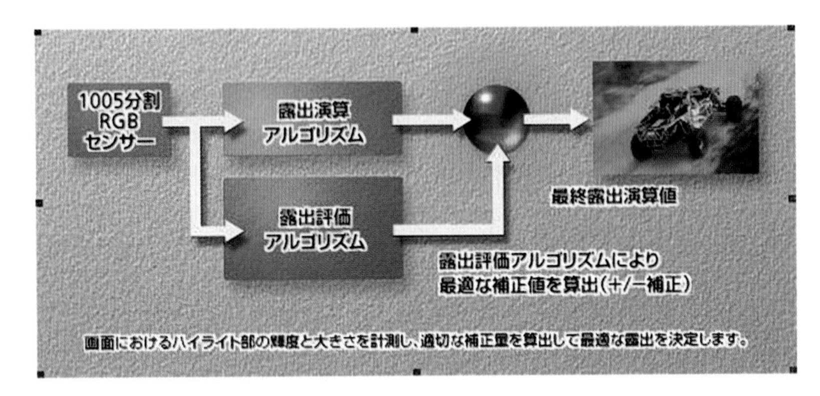

尼康特有的高速裁切模式下的测光系统

1005 像素 RGB 测光系统；快门寿命高达 15 万次。D2X 已经具有 3D 色彩矩阵测光以及 i-TTL 闪光控制能力，即便在高速连拍裁切模式下也是如此。但是 D2X 在高速连拍裁切模式下，这两种曝光控制系统还是按照原有的计算方法进行计算，并不能准确反映裁剪区域内的光线情况。相比而言，D2Xs 在进入高速连拍裁切模式后，所有的曝光控制系统均以裁剪范围内的光线信息为基准进行计算。这无疑会带来更为准确的曝光效果。

（二）镜头

由于体育比赛场地的限制，拍摄者往往不能充分地接近被摄体，也不能随心所欲到处走动，因而，远摄镜头对体育摄影是必须的。比如，300mm/2.8 或 400mm/2.8 定焦镜头。

佳能的 EF300mm F2.8 L IS USM镜头

200mm f2G IF-ED 镜头

被称为是体育摄影记者的“标准镜头”。70mm～200mm 的变焦镜头是体育摄影的常用镜头，基本能应付大多数体育项目的拍摄。如果是拍摄竞赛赛场的大场面或大型团体操之类的画面，一只 28mm 的广角镜头也是需要的。

由于体育摄影经常受灯光和胶片感光度的限制，而体育摄影必须使用较快的快门速度。因此，如果没有大光圈（F2.8 以上）的“快速镜头”，往往是无法得到高质量的拍摄效果的。

“快速镜头”是镜头孔径衍生出来的一种称谓。镜头本身是不存在速度的，不过当镜头的有效孔径比较大时，在暗光下拍摄，相机的快门速度可以快一点。因此，有人将大孔径的镜头，比如达到 F1∶2.8 以上的镜头称为“快速镜头”。有些专业照相机甚至可以做到 1∶1 的孔径，但是比起小孔径镜头，大孔径镜头的价格要昂贵得多。从使用的角度看，大孔径镜头的优点很多，不仅在暗光下可以用比较高的快门速度手持拍摄，也可以在平时用最大光圈提高快门速度，抓取动态瞬间，而且还可以用大光圈获得极短的景深，以突出主体。

（三）三脚架

三脚架虽然并非必备之物（用它有行动、取景不灵活的弊端），但是，对于拍摄点、取景角度相对稳定的体育项目的拍摄来说，使用三脚架有助于提高影像质量。如果使用的镜头体积和重量都很大，配备三脚架就非常必要了。如果想在清晰度和便携性之间取得平衡，可以考虑独脚架。

第四部分

数码摄影系统的建立

DESIGN

ART

一、室内用灯光系统

室内摄影，尤其是广告摄影对影像的再现效果有着极为严格的要求，因此，许多被摄对象都被置于影室内精雕细琢地进行布光和拍摄。用于影室内照明的光源有钨丝灯和电子闪光灯两种。由于电子闪光灯具有发光强度大，色温稳定，发热少和电耗小等优点，因此，目前广告摄影影室照明多采用电子闪光灯。

康素EH Pro 灯头系列（适合日常高强度工作）

（一）影室灯具选择

数码影室在选择灯具时就应根据数码摄影的特点来选择配备。数码相机对光质的要求较高，对色温的变化很敏感。选择不同品牌影室灯拍摄照片的区别要比用彩色负片拍摄的区别明显。现在许多厂商都适应数码需求，向市场推出了适合数码摄影的色温较准确的各种影室灯。

灯光的回电时间尽量短一些，这样就能够满足数码相机高速抓拍的需要了。影室闪光灯的功率最好不低于400W，如果太小，拍摄时会经常感觉不够用。

正面照明的灯光质量要好，其他的修饰灯光可以选择较普通的影室灯，但功率要和正面灯光相匹配。

室内影棚主要以闪光灯为主打光源，结合反光板、柔光箱、背景布等辅助手段。国际著名的闪光灯有：爱玲珑、美兹、汉森、宝佳、布朗，一般400W价格都在4000～6000元左右。国产较好的有：银燕、光宝、金鹰、永江、柏灵，一般300W～400W的价格在千元左右。国际名牌主要优势是电容和灯管相对可靠，闪光灯色温比较准确，并且长久稳定。

（二）连续光源

连续光源指可以连续发光的电光源，摄影用的一般包括强光白炽灯、卤钨灯、金属卤素灯等几类。家庭使用的白炽灯色温太低，荧光灯色温太高，功率都太小，不能用在专业摄影上。

强光白炽灯指发光功率在200W以上的白炽灯，其色温接近3200K，用灯光片拍摄只需加用滤色片或在后期略加调色就可以。

卤钨灯包括摄录像常用的碘钨灯(新闻灯)和溴钨灯。市场上有种称为“石英灯”的也是卤钨灯。独立用作摄影照明的卤钨灯功率一般在1000W以上，色温恒定为3200K，可直接用灯光片拍摄。

金属卤素灯是将不同的金属卤化物加入高压汞灯中，有镐灯、钢灯等几种。这种灯色温可达6000K，可直接用日光片拍摄，发光效率高，显色性好，多用于电影摄影中的照明。

石英灯泡

石英灯

（三）影室闪光灯的分类

大型闪光灯又称影室闪光灯，主要用于摄影室的广告摄影、人像摄影、婚纱摄影等。影室闪光灯的主要特点：一是功率大，二是有造型灯，三是有一系列配套附件用于改变光质。影室闪光灯主要有独立式与分体式两类。影室闪光灯的闪光指数越大，就越有利于调控，但是灯的功率越大，价格就越贵。

1.独立式

独立式影室闪光灯又称“单头灯”，单头灯是将电容器、闪光管、造型灯及控制系统全部容纳在灯头上。它的优点是轻便，易于操作，全部调节开关也都在灯头上。灯头内通常装有闪光同步器，可做多灯闪光同步。输出功率通常也可调节。

爱玲珑 全新数码闪灯RX 1200 单

光宝CR 数码思维系列

2.分体式

分体式影室闪光灯的电容器与灯头分离，全部调节开关也在装有电容器的电源箱面板上，一个分体电源箱可接插两个以上闪光灯，故又称“多头灯”。它的优点是闪灯的重量轻、体积小，灯位较高布光时，在电源箱上调节显得更方便。它的电源箱上通常也装有闪光同步器，用于多灯闪光同步。分体式闪光灯使用的各种调节光质的附件比独立式闪光灯更方便，功能更齐全。输出功率在电源箱上可直接调节。

例如爱玲珑全新设计的数码 3000 AS（3000 瓦 / 秒）电源箱，可保证在高强度的工作环境下功率输出以及色温的一致。更可配合遥控器控制所有功能，每一遥控器可控制多达 8 个电箱，24 个灯头并精确到 1/10 光圈的精度。缺点就是价格比较昂贵。

康素泰亚分体式数码闪灯　康素Pro Mini 1200 AS 不对称输出电源箱

3.造型灯

造型灯是影室闪光灯不可缺少的辅助(参考)光源，位于闪光管附近，既可用于对焦时的照明，又可为布光时提供闪光的模拟造型效果。摄影师可根据造型灯的效果布置灯光的角度和设置闪光灯光力的强弱。目前国际上专业的影室灯几乎全部采用卤素灯泡，其特点是光效高、色温较高、功率大、体积小、通用性好。

中间的小灯就是造型灯，对最终效果不产生影响

4.光导纤维灯头

在普通灯头上增加一套由3～4根光导纤维管构成的系统装置，将光通过光导纤维分成几束，用于拍摄首饰珠宝等无法用普通大面积光布光的小件物品。通过光导纤维的弯曲延伸，亦可为一些普通布光中的死角补光。

（四）使用影室灯的注意事项

1.每次关掉电箱电源时先放电

电箱的电容储存高压电，所以每次关掉电箱电源时，最好先按一下“Test”按钮放电，在完全回电前关掉电箱，免得高压电积存在电容内。

2.不要让灯泡沾上油污

灯泡产生高温，若灯泡表面沾有油污或其他污垢，便会令灯泡表面产生高温而熏黑，严重的话甚至会引致破裂。

3.不可直望闪光灯

闪光灯发出的强光亮度很高，直望闪光灯灯泡对眼睛损害很大。有时数盏闪光灯一齐闪光，很难判断某一闪光灯有没有闪光，正确方法是先关掉其他闪光灯,只剩下要确认的一盏开启，便可确认它有没有闪光。

4.注意闪光灯高温

灯泡容易达到高温，应避免靠近它。闪光灯需冷却后才可收纳，避免灯泡在高热时碰到其他温度低的物体导致灯泡破裂。当然高热的灯泡易烫伤皮肤也是主要原因。

（五）调节闪光灯效果的附件

影棚使用的光源拥有庞大的灯头效果附件，可以利用这一系列的附件组合成不同光效的灯具。这些附件包括多款的反光伞、柔光罩、反光罩、聚光罩等。

1.反光伞

反光伞用于反射闪光灯的闪光，外形如伞。具有闪光照度均匀、发光面积大、光性柔和、反差弱、不易产生投影、易于布光等特点。反光伞反射的光为散射光，柔光伞的光比反光伞稍硬，两种伞由于可以折叠收藏，便于携带，故多用于外拍及时装人像摄影。

瑞士布朗 Para 220 大型反光伞

金银伞

黑银伞

2.柔光罩

它的作用是把光线进一步散射和柔化，以取得十分柔和或无投影的照明效果。柔光效果在广告摄影中得到广泛的运用。柔光屏的材料通常采用乳白色塑料薄膜或白色半透明描图纸等。大型柔光罩主要是提供大面积均匀柔和的光线，一般可以定做。大型雾灯发光表面积可达十至几十平方米，里面需安装多个灯头才能使光线均匀，多用于汽车等超大型被摄体的拍摄，使光线雾化散射，模拟天空光的效果。一般600W的灯具配80cm × 120cm的柔光箱。要拍摄硬一些的人像照时，可以适当缩小上述柔光箱的尺寸。

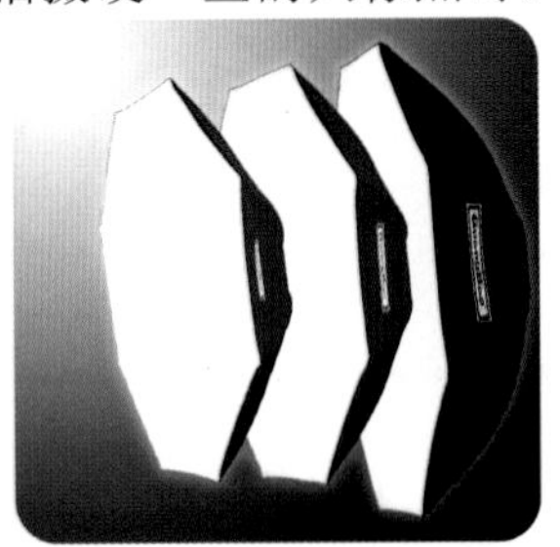

八角柔光罩

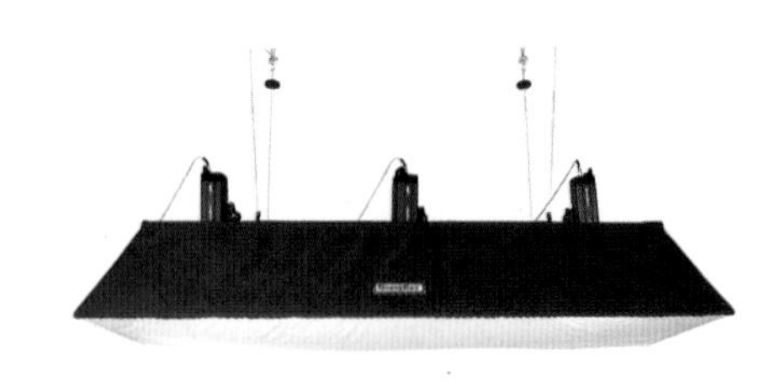

大型柔光箱

3.反光罩

反光罩的作用是把光线向前反射，形成均匀的散射式照明。反光罩直径越大、越靠近主体时，光线的发散性越强。标准反光罩的角度为70° 左右；聚光型反光罩的角度为50° 左右，光质较硬；广角型反光罩的角度在100° 以上，光质较软。

反光罩反射面的种类明显影响反射光的光质，产生各种泛光效果。反光罩内壁有的平滑，反射光质较硬；有的内壁斑状起伏，反射的光质较软；还有变焦反光罩，可调节不同的反射角度。

12寸反光罩

4.聚光筒、束光筒

聚光筒可使闪光成为小面积照射的硬光。不同种类的聚光筒聚光性能不同，其中以锥形聚光筒控制光束的能力最强。锥形聚光筒为内置聚光镜片的筒状结构，形成小范围的光斑，可作背景效果光或被摄体的局部修饰光，还可插入不同图案的幻灯片作背景或现场效果的投影。束光筒只是一只锥形圆筒，前端带有蜂巢。因为没有聚光镜片，效果不如聚光筒强烈。

康素星光聚光灯

束光筒

5.太阳伞

太阳伞是目前欧洲较流行的闪光灯附件，用于人像、时装及产品拍摄。它照射面积大，立体感强，拍摄人像时脸部的高光柔和、过渡自然、层次丰富，弥补了柔光箱多点光斑的不足，突出眼神光的奇妙变化。用光方法多样：直射、反射、变焦，也可附加柔光布。太阳伞的直径为1.7m～2m左右。

6.滤光片

灯罩上有蜂巢、挡光板与滤光片三种配用件。滤光片是圆形或方形彩色胶膜片，插在灯罩前，能产生不同色彩的色光效果。

7.蜂巢罩

蜂巢罩的作用就是滤去各个方向的散射光，让光线变成直射光，光域边缘比较柔和，没有很硬的边缘。光线经过蜂巢过滤以后，方向性变得极为明显，光域中心向边缘的衰减过渡也比较自然，这样的光线适合用作修饰光，能对特定的部位进行光的描写，一般不做主光。装上蜂巢以后，光的衰减比较大，因此需要大功率的灯。蜂巢罩有很多种，一般有大、中、小三种型号。

8.雷达罩

雷达罩和镜头一样，也有窄角、标准、广角之分，主要是光域的覆盖角度不一样。雷达罩是利用光线的两次折射对物体进行

蜂巢套件

康素柔光箱蜂巢片

受光的。常配以专用蜂巢控制光片，提高对比，并且控制光线的散射，产生硬中带柔的光源效果，适合描写物体的材质。

9.遮光活门

遮光活门通常装在灯具上，其作用类似挡光板。通过调节活门的上、下、左、右的角度来控制照明范围。

瑞士布朗Bron Elektronik AG电箱

二、影棚配套系统

（一）天花路轨

除普通三脚灯架系列外，主要有天花路轨，安装在天花板上的两根固定轨道上有1～3根可滑动的轨道，配以可伸缩的机动吊架。闪灯安装在上面可轻松调整位置、方向和高度，同时也省去三脚灯架占用的空间。高档的路轨可以遥控移动或升降。天花路轨的缺点是一旦固定就不能完全移动，而且移动的时候悬臂架容易摇晃，而大型支架系统更加灵活、方便，稳定不会摇晃。

天花路轨

（二）拍摄台

摄影台是广告摄影的常用设备，主要用于小型产品静物的拍摄。这种摄影台的台面采用半透明的乳白色塑料有机玻璃制成。专业厂家生产的这种乳白色有机玻璃采用特殊工艺制成，色温基本正常，耐高温并且不会偏色，也称为“半透明桌”或“亮桌”。摄影台的三大优点是：

第一，摄影台采用乳白色的有机玻璃，这样可以让光通过台面的“下方”或“后方”向台面“上方”的被摄物体打光，非常方便。因此，这种半透明桌是拍摄玻璃制品的常用设备。

第二，摄影台的台面与靠背的交界处成一定的弧度，并且这种弧度的大小是可以灵活调节的。这样设计的好处：一是不会在背景上产生明显的水平、垂直分界线；二是便于运用灯光来营造渐变的背景效果。

第三，摄影台不同于普通的桌子，它可以根据拍摄对象的不同需要进行灵活的设计。在摄影台的台面上也可以铺设整块背景纸，灵活地更换不同色彩、不同图案的背景。

这类设备规模不大却经常可以完成令人惊讶的工作。

简单的静物拍摄台

典型的静物拍摄台

（三）静物拍摄亮棚

专门用于拍摄较小的静物（产品）的设备，实际上是用白色细密的织布、制图硫酸纸或半透明的无色塑料纸制作一个特殊的立体柔光罩，将被摄物体完全包围起来，使其不受外面环境中其他杂物的反光影响，只在放入相机的镜头处开设一个孔。然后通过聚光灯在亮棚之外进行布光，使亮棚里面的被摄物被散射的柔和光线均匀地照亮。这是一种既快捷又方便的办法。另外一些便携式柔光摄影套件主要应用于专业摄影师的反转片拍摄和数码相机的连续光源摄影用途，是搭建一个静物摄影台的极好帮手。

静物拍摄亮棚拍摄透明物体还具有镜子的效果，能像镜子一样照出前景中的一切色彩、现场的人物以及照相机、灯光等。因此在拍摄这类透明的静物时还必须消除它们的镜面。透明物体的表现目的通常有三种：展示物体的透明度、展现透明物体的造型、表现透明物体的质感。

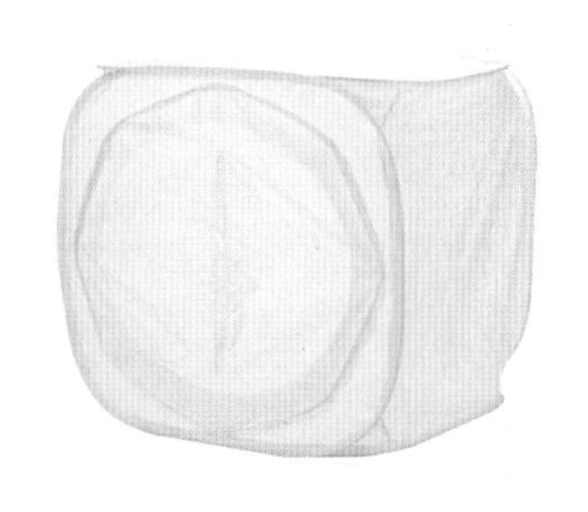

静物拍摄亮棚

美国Sell-IT品牌柔光摄影棚

（四）挡光板、反光板

挡光板通常用黑色吸光材料制成，被置于光源前方，用来控制光照范围。

反光板是我们在拍摄过程中普遍使用的一种补光设备，它的作用是通过反射光给物体暗部补光以调节反差效果或强化被摄体某些部位的再现效果。反光板作为拍摄时的辅助工具其常见程度并不亚于闪光灯。一般根据拍摄环境的需要选用合适的反光板，可以让平淡的画面变得更加饱满，使照片体现出良好的光感、质感。它也是室外拍摄人像的最佳用具，可以把阳光反射到身体的暗部位置，加以补光。反光板通常采用银锡纸、铝箔或白卡纸甚至白布和泡沫板制成。

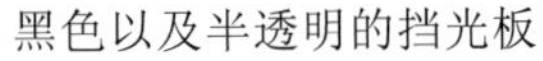

黑色以及半透明的挡光板

有时候，反光板的作用不亚于闪光灯

（五）无缝背景纸

为使摄影室更加专业化，你可以购买无缝背景纸。这种纸结实、厚实，包装规格有每卷7.6m、15.2m或30.5m；宽度为2.4m～3.6m不等；颜色多种多样，如：白色、灰色或黑色。建议你在开始时选用白色无缝背景纸，这种纸在照相器材商店和某些美术用品商店均有出售。

在专业摄影室中，我们把整卷背景纸固定在天花板的挂轴上。你可以根据拍摄需要把它垂下一定的长度。在家庭摄影中，较好的办法是把背景纸裁开，每次拍摄时再把你所需要的那张纸钉在墙上。或者采用一张简易的无缝置物架。

通常，无缝卷纸不仅用于做背景，而且还可以沿地面铺展开。这样背景就一贯而下，与地面连接成一个无缝整体。于是你便可以通过变换布光方式来改变主体身后或地面的影调，从而制造出处于精心调控之下的效果。

手绘背景

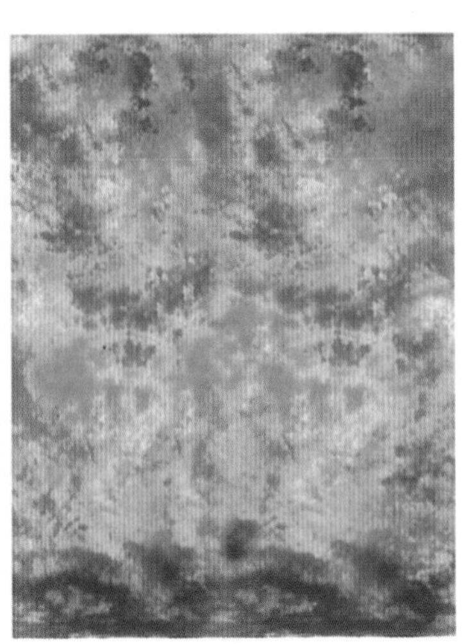

扎染背景

（六）测光表

由于曝光对拍摄一张照片非常重要，因此正确测量场景的光线就十分关键。相机内置测光表可能不会给你提供稳定而精确的结果。即使相机内置复杂的多模式反射式测光表，亮度模式仍会影响至关重要的部分色调。通常这些测光表都是中心测光，因为多数拍摄师喜欢把拍摄对象放在画面中央。

测光表分为照相机内TTL(Through The Lens)测光表和独立式测光表两大类。现代生产的照相机大多装有TTL测光表，这种测光表只能测量反射光的亮度，是亮度测光表。独立式测光表是独立于照相机外的测光表，通常说测光表均指这种类型。它能测入射光照度和反射光的亮度，测量的准确度较高，是专业摄影师或摄影棚拍摄不可缺少的重要辅助工具。

1.反射式测光表

这些测光表的问题源自这样一个事实：测光表测量的是场景中

所有亮度的平均值，从而得出一个普遍能接受的曝光值。确切说，内置式测光表的设计是提供一个色调相当于反射率为 18% 灰卡的读数。这样对于那些超过或者不足 18% 灰的物体来讲，这个数值就不准确了。因此，如果你用的是内置式测光表，一定要按拍摄对象前面的 18% 灰卡测光，灰卡一定要大到能充满画面的大部分。如果使用手持式反射光测光表，也要这样做。

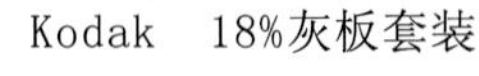
Kodak　18%灰板套装

Kodak　18% 灰板

2.入射光测光表

另一种理想的摄影测光表是手持式入射光测光表。它不测量拍摄对象的光线反射率，而测量照射到场景内的光量。你只需站在你想要拍摄的对象所在的地方，将测光表的半球面正对着相机镜头，然后测个读数。要保证你所测的光就是要照射到拍摄对象身上的那束光。这种测光表测出的结果极为稳定，因为它测量的是照射到拍摄对象身上的光，而不是拍摄对象反射的光。它不太可能被高反射性或者吸光表面所影响。

3.闪光测光

大多数手持式入射光测光表都具有对闪光灯的测量功能，这对商业摄影师至关重要，可以用来测量光比。当你在一个大房间里使用多盏闪光灯，并且试图测量光线的总平均值时，手持式入射闪光测光表就尤其宝贵。它也是环境入射光测光表，它测量落在拍摄对象身上的光，而不像内置式测光表那样去测量光源或拍摄对象反射的光。

Sekonic L-558-L世光测光表

三、专业影棚配置实例

作为专业影棚，除了相机和灯光系统之外，整个影棚的配套设施、装置都直接影响到业务流程的进展。影棚的大小由自己的预算大小以及拍摄题材而决定，事实上，国外的摄影师很喜欢租用专业影棚，这样既节省了开支，又节省了打理影棚的精力。国内目前也有一些专业影棚，主要集中在北京、上海、广州等大城市，例如北京康乾盛世影棚、上海映真摄影棚、北京和创图文制作有限公司等。

（一）不同拍摄题材的灯光组合

1.产品、静物拍摄推荐器材

EH系列闪光灯—型号从EH-300K到EH-2000K多达七个，能满足各种不同规模和形式的产品摄影的需要。该系列产品输出稳定，色温在 5200K～5600K 的理想范围之内，闪光持续时间在 1/1000s（大功率）～1/3000s（小功率），调光范围为三级光圈。

2.服装拍摄推荐器材

LB-600、LB-1000 型闪光灯。回电时间分别为 1s（LB-600）和 1.5s（LB-1000），闪光持续时间 1/1800s。独特的电路设计和特制主要部件完全满足大强度和高密度的使用条件。虽然本系列闪光灯的相对价位较高，但假如以使用性能及使用寿命（闪光次数）来衡量的话，本系列闪光灯无疑是性价比非常高的闪光灯。

3.汽车拍摄推荐器材

YZX-4000T型电源箱套灯与EHK单灯系列、10m×3m大型柔光箱（特制），YZX-4000T 型电源箱与灯头之间的连线长度达到 10m～20m（以独特的中性设计来实现），这是大型柔光箱必需。

（二）影室灯光配置实例

1.一般影室要配置的灯光系统

单灯： 3～6 支。

电箱：数码电源箱。

灯头、灯罩、反光伞、蜂巢：数只。

其他：连续光系列。

柔光箱；标准柔光箱有不同规格，80cm、100cm、150cm 八角、1m × 2m 双灯柔光箱。

路轨：3m × 3m、3m × 6m 等。

灯架：专业灯架、气垫灯架、悬臂架等。

聚光箱：聚光投射器。

滤色片：红、黄、蓝、磨砂等。

2.比较大型的专业影棚的照明系统

布朗电源箱：A8，8个，A4，10个，A2，3个。

高明电源箱：A4，40个。

布朗及高明灯头：100个。

8m × 10m 超大雾灯（布朗灯头）：1台及布朗灯柱。

超大蝴蝶板：5m × 10m。

地上反光板：3m × 8m。

地上反光板：5m × 10m。

巴赫导轨全套系统。

反光伞、蜂巢、柔光箱、引闪器、静物台、佛霸接杆等。

影棚里庞大的照明系统

（三）摄影设施棚配套实例

大型专业摄影棚通常面积都很大，配置齐全，有完整、配套的服务设施。一般包括：摄影棚、装页片用的暗室、以钨丝灯照明的化妆间、办公室、洗手间、电脑后期制作室等。如下例：

面积：A 棚 588m²，B 棚 158m²。

层高：6m。

地面：白色无缝地面。

墙面处理：白色墙面，其中两面连地白色无缝墙。

配套设施：60m² 休息区，备有冰箱、音响、电视。

20m² 妆间，有空调，卫浴，可供4人同时化妆。

通风系统：A 棚 10 匹大型空调及鼓风机通风。

B 棚 3 匹空调、鼓风机及门窗自然通风。

排水系统：A、B 棚有专门设计用来排水的排水沟。

供电系统：电压 380V&220V，总功率 80 千瓦。

典型的专业汽车影棚

专业影棚外观

四、室内摄影布光

摄影师可以在摄影室里完全由自己来控制光线，安排强光和阴影的位置以创造出满意的照片，而不需要像在室外拍摄那样，必须等待大自然给予恰当的光线。刚刚接触室内摄影的摄影师不太容易理解布光的技巧，最好的方式之一就是多看杂志和图书中的摄影作品，分析一下作品中所采用的灯光，站在摄影师的角度设想一下，拍这张特殊照片的动机。或者把自己的作品收集成册，详细记录下你创作时的初始动机，和你所采用的方式。如果能够把每一特殊灯光背景都拍下来，一定会大有裨益。

在胶片时代，许多摄影师以宝丽莱试拍照片作为被摄体和灯光布置的“样片”、布光等内容。在其背面记下曝光量、拍摄过程中进行详细记录的笔记本、拍摄的宝丽莱照片及绘制的草图都有助于以后新技巧的诞生，而不必多次重复试拍。纽约著名摄影师霍华德·绍茨仔细从各个不同角度记录下每张拍摄的过程，为以后的摄影保留了准确的参考资料。

（一）光线特性

在摄影的角度，光线特性的研究一般从光度、光质、光位、光型、光比和光色等六个方面着手。

1.光度

光度是光的最基本因素，是光源发光强度和光线在物体表面所呈现亮度的总称。光度与曝光直接相关，光度大，所需的曝光量小；光度小，所需的曝光量大。此外，光度的大小也间接地影响景深的大小和运动物体的清晰或模糊。大光度易产生大景深和清晰影像的效果；小光度则容易产生小景深和模糊的运动影像效果。

2.光质

光质指光的硬、软特性。所谓硬，指光线产生的阴影明晰而浓重，轮廓鲜明、反差高；所谓软，指光线产生的阴影柔和不明快，轮廓渐变、反差低。硬光有明显的方向性，能使被摄物产生鲜明的明暗对比，有助于质感的表现，往往给人刚毅、富有生气的感觉；软光则没有明显的方向性，它适于反映物体的形态和色彩，但不善于表现物体的质感，往往给人轻柔细腻之感。

3.光位

光位指光源的照射方向以及光源相对于被摄体的位置。摄影中，光位决定着被摄体明暗所处的位置，同时也影响着被摄体的质感和形态。光位可以千变万化，但在被摄体与照相机位置相对固定的情况下，光位可分为顺光、侧光、逆光、顶光、脚光和散射光等六种。

4.光型

对被摄体而言，拍摄时所受到的照射光线往往不止一种，各种光线有着不同的作用和效果。光型是指各种光线在拍摄时对被摄体起的作用。光型通常分为主光、辅光、轮廓光、装饰光和背景光等五种（详细说明见下一节）。

5.光比

瑞士布朗Bron Elektronik AG 灯光系统

光比是指被摄体上亮部与暗部受光强弱的差别。光比大，被摄体上亮部与暗部之间的反差就大；反之，亮部与暗部之间的反差就小。通常，主光和辅光的强弱及与被摄体的距离决定了光比的大小。所以，拍摄时调节光比的方式有以下两种：第一，调节主光与辅光的强度。第二，调节主灯、辅灯至被摄体的距离。

6.光色

光色指光的“颜色”，通常也称为色温。对黑白摄影来说，光色并不十分重要。但在彩色摄影中，光色就显得非常重要了，拍摄时必须选择色温同胶片平衡色温相一致的照明光源，不然，拍摄出来的影像会偏色。

现代化的设备是现代数码摄影的保障

（二）影室布光的一般步骤与规律

室内摄影的时候，摄影师几乎是一个导演的角色，从光源到被摄体、道具以及相机的操控，都必须加以考虑。就布光而言，成熟的摄影师完全可以根据主观构思和表现需要，运用娴熟的布光技巧，营造出奇妙的光影效果。为了提高布光的效果和速度，我们应该了解下面一些可能在影室中出现的光线，熟悉它们的作用以及布置方法：

1.主光

主光是主导光源，它决定着画面的主调。或者可以说它在最大限度上决定了被摄体的明暗对比及分布，只有确定了主光，才有根据去添加辅助光、背景光和轮廓光等。在确定主光的过程中，要根据被摄体的造型特征、质感表现、明暗分配和主体与背景的分离等情况来系统考虑主光光源的光性、强度、涵盖面以及与被摄体的距离。

对于大多数的拍摄题材，一般都选择光性较柔的灯，像反光伞、柔光灯和雾灯等作为主光。直射的泛光灯和聚光灯较少作为主光，除非画面需要由它们带来强烈反差的效果。主光通常要高于被摄体，因为使人感到最舒适自然的照明通常是模拟自然光的光效。主光过低，会使被摄体形成反常态的底光照明，而主光过高则形成顶光，使被摄体的侧面与顶面反差偏大。

2.辅助光

主光的照射会使被摄体产生阴影，除非摄影画面需要强烈的反差，一般的，为了改善阴影面的层次与影调，在布光时均要加置辅光。加置辅光时要注意控制好光比，恰当的光比通常在1∶3～1∶6之间。根据画面效果的需要，辅助光可以为一个，也可以多个。在使用各种灯具作辅助光的同时，尽量多使用反光板，它往往能产生出乎意料的好效果。

3.背景光

背景的主要作用是烘托主体或渲染气氛，因此，对背景光的处理，既要讲究对比，又要注意和谐。拍摄细小物体时，往往因主体与背景距离很近，一般难以对背景单独布光，此时主光兼作背景光。当被摄体较大，且被摄体与背景有足够的距离时，可对背景单独布光。

4.轮廓光

轮廓光的主要作用是让被摄体产生鲜明光亮的轮廓，从而从背景中（特别是深色背景）分离出来。轮廓光通常从背景后上方或侧上方逆光投射，光位一般为一个，但有时根据需要可用两个或多个。轮廓光通常采用聚光灯，它的光性强而硬，常会在画面上产生浓重的投影。因此，在轮廓光布光时一定要减弱或消除这些杂乱的投影。

5.装饰光

装饰光主要是对被摄体的某些局部或细节进行装饰，它是局部、小范围的用光。装饰光与辅助光的不同之处是它不以提高暗部亮度为目的，而是弥补主光、辅助光、背景光和轮廓光等在塑造形象上的不足。眼神光、发光以及被摄体明部的重点投射光、边缘的局部加光等都是典型的装饰光。装饰光的布光一般不宜过强过硬，否则容易产生光斑而破坏布光的整体完美性。

最后，根据样片，还要进行细微的调整，因为光是会添加的，后一种光很可能会对以前的光效产生影响。例如投影的浓淡是否合乎要求，投影的位置是否合适，各光源的照明是否出现干扰，各光源是否进入取景画面而造成光晕等，对这些细节的审视，可以避免因一时疏忽而造成前功尽弃。

康素的汽车拍摄棚(德国)

（三）影室布光技巧

为了取得理想的光影效果，影室布光时除了要遵循上面所提的布光步骤和规律外，还要特别注意掌握以下这些技巧和要领。

1.控制好光源面积和扩散程度

光源面积的大小直接关系到光源的发光性质，而光源的发光性质又影响到被摄体的明暗反差。因此，控制好光源的面积和扩散程度可较好地控制被摄体的明暗反差效果。需要低反差时，光源面积要大，并且扩散程度也要大，使光的覆盖面超过被摄体；需要高反差时，光源面积要小，且扩散程度也要小，光具有方向性。

2.保证足够的照明亮度

足够的照明亮度可使我们自如地通过光圈来控制所需的景深。虽然照明亮度不够时可采用延长曝光时间或进行多次曝光的方法，但这两种方法都会给拍摄带来不方便。延长曝光时间易引起曝光互易律失效，从而导致胶片的颗粒变粗，反差降低，色彩出现偏差；而采用多次曝光则要求被摄体和照相机的位置在曝光期间纹丝不动。其曝光量的计算也较复杂，拍摄的难度大为增加。

3.选择合适的灯距

首先，灯距的大小直接影响到被摄体的受光强度，被摄体的受光强度是按灯距的平方倒数变化的，光强受灯距的影响非常大。此外，灯距的大小还会影响被摄体的明暗反差效果。当灯距很小，并且光源面积小于被摄体时，光源可看做 点光源，被摄体的反差较大；反之，当灯距很大时，光源可看做面光源，被摄体的反差较小。

4.尽量少用灯具

布光中，并不是灯具用得越多越好。使用灯具数量过多，不仅使布光显得复杂，而且会带来杂乱无章的投影，而这些投影的消除往往又比较困难。因此，灯在于“精”，以尽可能少的灯具使用量，实现尽可能丰富的光影变化。一支灯，加上一个放置于合理位置的反光板，便可以拍摄出有影调变化的画面；两支灯，安放位置可以多变，再加上分别应用软硬不同的光源，对形体的描述和塑造就显得余地更大；在不超过三支灯的情况下，软硬光源组合应用，考虑照射角度的控制，加上蜂巢和挡板的应用，技巧和方法更多。由单灯入手，掌握入射表及反射表的操作方法，由浅入深，解决准确曝光量的计算问题。

5.多用反光器

在布光中提倡多使用反光器（反光板、反光镜、卡纸等），除了它不大会产生令人厌恶的投影外，还在于各式各样的反光器能提供不同光性的反射光，易于控制效果。反光器不仅可作主光照明，也可对被摄体的暗部作辅光照明，甚至可根据布光的需要和被摄体的形状进行切割，对被摄体的某些局部进行补光，极好地控制光域。在广告摄影中，经常会出现使用反光器的数量多于使用灯具数量的现象。而对一个广告摄影师来说，能否灵活而有效地使用反光器则是其布光是否成熟的标志。

6.恰当地控制光比

布光中的光比控制牵涉到被摄体自身的反差以及画面中主体、陪体和背景三者之间的明暗对比，同时也决定着整个画面的影调和被摄体的质感及细节表现。布光中的光比控制一般以真实表现被摄体本身固有的表面亮度、质感和色彩为原则，如对白色的主体要表现出它的素雅和洁净，主体宜处理成高调；对黑色的主体要表现出它的深沉和凝重，主体宜处理成低调。当然，在不违背广告创意的前提下，摄影师也可根据自己的个性和习惯，创造性地控制光比，以求得布光上的新意。

五、数字影像输入

数字影像由计算机进行加工处理，首先要将数字影像输入计算机。数字影像通过各种输入设备传输到计算机中，并以某种图形文件格式存储在计算机硬盘内，供计算机调用处理。数字影像的输入设备包括数字照相机、扫描仪、光盘驱动器、电视摄像机和录像机等，它们可以分别将摄取的、扫描的或存储的图像输入计算机中进行加工处理。数字影像输入计算机有数字影像输入、照片和图片输入等不同类型。

（一）数字影像输入

输入计算机的图像本身就是数字影像信号。这种数字影像信号可直接输入计算机进行处理。常见的数字影像输入方式有三种：

1.数字照相机输入

数字照相机拍摄的画面以数字影像的形式存储在数字照相机内存、存储卡或移动式存储器中，只需通过USB连接线把数字照相机(或移动式存储器)和计算机连接在一起，影像数据便可以直接输入到计算机中以图形文件的形式存储。用数字照相机向计算机输入数字影像时，首先应将数字照相机附带的驱动程序软件安装在计算机上。然后将数字照相机设置在回放工作状态，开启数字照相机电源，计算机会启动下载程序，自动调入数字照相机中的照片，并按照操作对话框中的指示将照片存储到文件夹中。注意存储图片时应选择适用的图形文件格式，如JPEG格式或TIFF格式。

对于具有RAW格式的数字照相机，需在计算机上安装数字照相机附带的专用影像下载和处理软件Captures(各种照相机的Captures软件不能通用)，在计算机上用Captures下载数字照相机中的RAW影像文件，并将RAW格式转换成你需要的图形文件格式。

2.计算机光盘输入

计算机光盘能存储大量数字影像图片，通常称之为图形材质库。数字影像由计算机的光盘驱动器读出，可以直接拷贝到计算机中使用。

3.因特网络输入

因特(Internet)网上有成千上万的数字图片信息，这些都是数字影像作品。通过装有网卡的计算机可以将网络上选中的数字影像作品直接下载到机内应用。

（二）照片和图片输入

输入计算机的影像来自胶片、照片、图片印刷品和绘画资料。这类图形资料如要输入计算机，需要转换为数字影像。转换的方式有两种，一是用数字照相机拍摄，二是用扫描仪扫描。这里主要介绍扫描仪。

扫描仪是把实物或者底片变成数字文件的重要工具，特别是对一些对胶片或者120底片有强烈需求的摄影师来说，底片扫描是唯一可以享受数字化便利的方式。

1.工作原理

扫描仪是以CCD元件为技术基础的图形输入设备，通过对图片逐点光照扫描，将其转换为数字影像信号，然后输入到计算机中。主要用于文字输入的扫描仪分辨率一般为600dpi～1200dpi，采用SCSI接口。以图片处理为主、文字处理为辅的扫描仪，目前光学分辨率达到2400dpi～4800dpi，色彩位数达到了42位或48位，采用USB接口和IEEEl 394接口，扫描速度大大提高。数字影像专业用扫描仪一般还具有透扫功能，除扫描图片外，还可以扫描正片和负片。这类扫描仪采用了专业光学微镜头技术和矩阵式CCD技术，在清晰度上比一般扫描仪采用的线性CCD的清晰度高400%；并且采用了全真数字影像技术(PIM技术)，解决了各种扫描仪由于色彩模式(彩色信号编码的算法)不统一而出现的扫描偏色现象。国产扫描仪主要是紫光、方正的产品。

扫描仪要根据用它来扫照片还是底片以及需要扫描多大幅面的底片等来选择。如果单纯地扫描照片，那么扫描仪的技术要求并不太高，许多中档的平面扫描仪，只要它的彩色还原良好都可以完成这样的工作。如果要扫描底片，由于原底片的幅面小、密度范围大、色彩转换难度较大，因而底片扫描对于设备技术的要求更高。同时扫描照片和底片需要有能够兼容透射扫描和反射扫描的双平台扫描仪。

扫描仪的主要技术指标能在某种程度上反映扫描仪的性能。最主要的当然是它的光学分辨率，特别是用于小型负片扫描的135底片扫描仪必须有很高的分辨率。

2.底片扫描的工具

底片扫描通常有三种工具：平板式扫描仪、底片扫描仪和滚筒式扫描仪。

（1）平板式扫描仪。便宜而大众化的平板扫描仪被用来扫描图像、印刷品等图片资料，以转化成数码文件。只有一部分平板扫描仪可以扫描底片，通常称之为透扫。它受到了大多数年轻摄影师的喜爱。绝大多数的透扫都是A4尺寸的，或者更大。这种大小的尺寸相对于底片大小的扫描对象来说很难达到高精度，同时那块大玻璃也是灰尘和碎屑的天堂。另外即使有些高端的透扫可以达到很高的分辨率，但是也需要解决牛顿环问题。

不过，近年来专为高端摄影专业用户设计的平板式彩色扫描仪不断推出，价位更易于被大多数专业摄影人士所接受，摄影师完全可以组建自己的影像工作室。某些高端产品精度高达4800dpi×9600dpi，具有48位色彩深度，和非同一般的3.4D光密度值，适合捕捉画面细节，而且扫描的图像即使多倍放大仍可真实还原。除了常用的135胶片和35mm幻灯片，Epson Perfection 4490 Photo扫描仪还支持多种专业胶片规格。专业的120/220胶片最大至62cm×12cm胶片，最大透射稿扫描尺寸可达68mm×236mm，能够进行完全媲美底片扫描仪甚至电分效果的胶片扫描。使用者可以完全控制扫描的过程，根据自己的思路创意，随时调整扫描的设置、调节色彩，以达到最理想的状态，充分满足大部分摄影

Epson Perfection 4490 Photo

爱好者和专业摄影从业人员的需求。

扫描仪和计算机一般用USB连线连接，在使用前应安装扫描仪附带的驱动程序软件和扫描软达件。在扫描图片时，首先启动扫描软件，在扫描对话窗口上设定扫描模式(黑白、彩色)、扫描参数(分辨率、对比度、灰度等)和扫描范围；然后对图片进行预扫(预览扫描)，观察预扫效果后修改扫描参数；再进行正式扫描；最后将扫描形成的数字图片以一种图形文件格式存储在计算机内。

（2）底片扫描仪。如果对底片扫描要求很高，可以配置专业纯底片扫描仪。过去几年中，底片扫描仪到了革命性的4000ppi分辨率。当前扫描仪工艺的开发方向主要是致力于更多的细节、更大的解析能力。虽然有些经济性底片扫描仪也能适用于120底片或者4英寸×5英寸底片，但绝大多数只能用于35mm胶片。同时几乎所有底片扫描仪都能同时兼顾正片和负片。介于底片扫描仪和大型滚筒式扫描仪的产品是Imacon公司的FlexTightline扫描仪系列，这一系列以干净利落扫描图质的能力成为大型滚筒式扫描仪的直接竞争对手。底片扫描仪常用于对照片质量要求较高的专业领域，比如杂志出版、图文印刷、摄影工作室、广告公司等。

与传统的照片扫描仪相比，底片扫描仪不仅大大降低了使用成本，而且照片的还原度、精确度等方面都得到了很大的提高，同时方便快捷的操作（包括批量扫描、色彩校正、倾斜校正、除尘除划痕等）也为用户节省了大量的宝贵时间。鉴于此，底片扫描仪在国内得到了越来越广泛的应用。虽然专用的胶片扫描仪可以自动完成很多工作，但是时间允许的话，最好取消自动模式，手动调整会更好。

中晶 ArtixScan 120tf胶片扫描仪

比较典型的胶片扫描仪光学分辨率可达到4000dpi×4000dpi，最大分辨率10000dpi，胶片扫描35mm胶片，120胶片，6cm×4.5cm胶片，6cm×6cm胶片，6cm×7cm胶片，6cm×9cm胶片。

（3）滚筒式扫描仪。滚筒式扫描仪因为它的高解析能力和完美的光学表现被认为是扫描底片的终极方案。大多数高档摄影工作室和印前处理公司都采用滚筒式扫描仪。它采用“油裱”的方法，更好地获取底片最外面银盐/彩色图层的信息，得到最为锐利的图像信息，并且把牛顿环这一令人头疼问题发生的可能性降低到最小。“油裱”的方法同时可以杜绝灰尘和划痕的干扰。和其他完善的机器一样，它也需要熟练工人的操作，这就是为什么电分这么昂贵的原因——昂贵的机器，昂贵的工人。

六、后期处理系统

（一）电脑配置

数码影楼所配备的电脑一般分为PC和MAC两种，将近98%的PC机在一种或另一种版本的微软公司出品的Windows操作系统下工作。而令人惊诧的是Macintosh操作系统的机器以往却一直统治数字图像领域。之所以说以往，是因为数量的增加和市场压力已经使图片处理的优势慢慢转向了Windows系统。

Macintosh一直是多数图像操作专业人士的选择，它的最大优点是在系统中有单独的视频驱动器，而Windows系统中从未有过。这意味着在每个MAC操作系统上和每个视频卡的任何一种校准效果，使显示器的显示效果更真实，此外，像Photoshop这类的图像编辑程序可以驱动视频查询表(video look—uptable)，这样，在水平或曲线上做出的任何调整都可以立即显示出来。

传统的修片、喷绘技术和暗房特技加工作为再制作，已经到

数码后期有着巨大的潜力

了极限，要提高和突破必须依靠新技术，这个技术就是正在快速发展的数字摄影和影像数字化处理技术，它开创了影像表现领域的新空间，并使创意获得了前所未有的自由。目前在广告摄影中，产品诉求点的强化，主体与客体关系的调整、改变和整合，影像品质的进一步提高，都已经离不开数字技术。

影像数字化的主要优势表现在它的强大的功能、快捷的速度和方便的网络三个方面。这里的“功能”是指计算机在处理图像过程中自由创意的超凡能力。除了那些具有强烈视觉冲击力的超现实计算机图像之外，计算机在模拟暗室处理影像控制品质方面的能力实际上也超越了传统暗室，它将不可能变为可能，使更多的摄影作品在经过计算机处理之后，都能够获得天衣无缝、以假乱真的完美效果，它帮助摄影者第一次获得了这样自由的艺术创意表现能力。

苹果MAC PRO外观

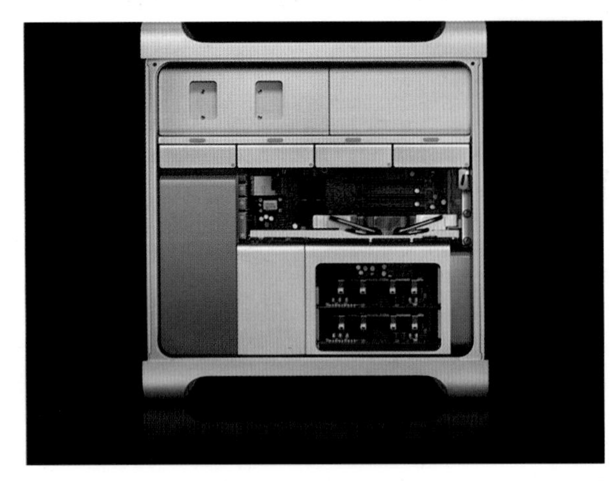

苹果MAC PRO外观配置

处理摄影图片对于计算机来说，要求是比较高的。特别是商业摄影中，接片的广泛运用，以及数码后背动辄几十上百兆的文件大小，在photoshop中制作时加上图层的运用，对于电脑的硬盘、CPU、内存、显卡都是一个很大的考验。国外摄影师以及图片工作室非常喜欢使用苹果电脑，就是因为它易用的系统、准确的色彩以及超水平的整体性能。例如新款MacBook Pro其中一款便采用了2.4GHz Core 2 Duo处理器，2GB内存，160GB硬盘，17寸液晶屏幕，NVIDIA GeForce 8600M GT 256MB显卡。

以前因为苹果机采用的显卡和显示器等设备较好，CPU都较普通PC用CPU的主频要高，综合性能要好，是同档次普通PC用CPU的两倍左右。所以让设计人员较为喜欢。现在Intel的CPU性能已超过了苹果机的CPU。

以前苹果机都是用SICS硬盘，是10000转速，转速是IDE接口的硬盘（5400转）的两倍，读取速度比普通PC的速度快了很多。但是现在的PC机用的硬盘基本上都是7200转速的硬盘并且也可以换用SICS硬盘。

与普通PC机比，苹果机相对而言比较稳定，死机、感染病毒率低，这也是苹果机受欢迎的原因之一。至于图形处理和排版跟PC没有很大的区别。

（二）显示器和色彩校正

不论是专业的数码摄影师还是业余数码摄影爱好者，几乎都面临着这样一个问题：这个色彩是“真实”的色彩吗？

这个“真实”包括几个方面：

第一，拍摄下的照片和真实场景是否一致？

第二，在显示器上看到的照片和印刷、扩大的图片是否一致？

第三，你看到的在显示器上的图像，与别人在网络另一端用其他显示器看到的是否一致？

第四，对于用来出版的照片，在处理过程中，几台同时显示同一照片的电脑是否有同样的标准？

除了第一项外，其他三项可借助“显示器色彩校正系统”，也就是“蜘蛛”来做到。它可以从显示器外部用光色度计之类的装置，读取真实显示出的色彩、亮度等数据同电脑应当显示的“真实的”色彩、亮度数据相比较，从而科学地、极其精确地自动做出修正，也可以指导使用者对显示器做出正确的设定。

以前这类光色度计的显示器校正仪都是过万元的奢侈品，只有大型图片公司才会有。但是，随着数码摄影师越来越多，这种需求也越来越多，价格区间便也越来越低。最近参加了一个著名的美国人像摄影师的讲座，几只最新版的Pantone公司Colorvision Spyder“蜘蛛”也在现场，新版的Spyder“蜘蛛”个人用户型只有一千多元时，这个价格已经可以被大多数人接受了。设计时尚的双相Spyder2硬件可精确校正CRT、LCD和手提电脑显示器，创建准确的ICC配置文件。全新的软件和图形用户界面使操作更加简易。

Spyder2 PRO 专业版显示器色彩校正仪

过去液晶显示器（LCD）的显示专业程度相比CRT显示器来说有一定的差距，所以专业摄影师或者图形设计者更愿意用传统CRT显示器，尽管它又大又有辐射。不过近期的液晶显示器已经有了长足的进步，我们当然希望能够完全代替CRT，毕竟22寸宽屏CRT是没有办法想象的。

在第五部分《数字暗房基础》中我们会讲到利用Photoshop来进行屏幕校色的方法。

七、数字影像打印输出

数字影像在计算机上处理完毕后，除作为图形文件资料存储在硬盘和光盘上备份外，一般要以各种方式输出以便于使用。数字影像输出的方式主要有四类：投影播放、洗印照片、打印图片和网络传输。在上述数字影像的各种输出方式中，涉及的设备和应用条件有液晶投影器、数字彩扩机、打印机和计算机互联网络。

下面简要介绍一下这些数字影像输出的方式和设备的应用方法:

（一）数字影像的播放

数字影像可以通过液晶投影器放大投影在幕布上，供播放、展示和教学演示使用。数字影像为了便于播放，一般都经过编辑，成为幻灯软件。如运用PowerPoint制作可以连续播放的幻灯软件。液晶投影器是一种专用的多媒体数字影像投影演示设备，也可用于播放电视节目和VCD节目。液晶投影器将计算机输出的数字影像显示在机内液晶板上，用强光透射液晶板，再经镜头成像，将影像放大投影在幕布上，形成明亮醒目的演示效果。

影像的投影亮度、色彩、分辨率均可作适当调整，演示时可用遥控鼠标远离机器操作，使用十分方便。液晶投影器广泛用于新闻发布、商品宣传、教学、学术报告和摄影作品展示等场合。

（二）数字影像的洗印

现在，数字照相机拍摄的数字影像除了用打印机打印输出照片外，更多是以数字激光彩扩机洗印方式制作成银盐照片。我国大部分大、中城市都有这种彩扩机在运营。我们只需将数字照相机中的存储卡从照相机中取出(或直接将数字照相机)送到数字摄影彩扩部，用数字彩扩机上的读卡器将存储器中的数字图像输入到数字彩扩机的内存中，便可将全部数字照片扩印成普通银盐照片。扩印照片的幅面大小及照片质量，与数字照相机所拍影像的分辨率有关。分辨率越高，扩印照片的清晰度越高，色彩越逼真。

用数字激光彩扩机加工数字照片的方式具有成本低和加工效率高等优点，这是任何一种彩色打印机都做不到的。

在我国，普通胶片彩扩机已经普及，而且价格低廉，但数字激光彩扩机价格高昂，在我国中小城市还难以普及。不过，厂家专为这些普通胶片彩扩机开发了一种电子片夹，与普通胶片片夹一样，只需将电子片夹放入扩印机光路中，并将数字图像呈现在电子片夹的液晶屏幕上，便可扩印出数字彩扩照片，而且图像质量也很不错。这样就不需重新购买新的数字彩扩机，使数字彩扩的成本大为降低。

（三）数字影像的打印

对喷墨打印不信任的年代已经过去了，相比冲印店，摄影师更愿意由自己控制最终的影像。在一年一度的摄影界盛会——山西平遥国际摄影大展上，作为影像业发展趋势的数码输出方式逐渐成为主流，展会上大部分精品均采用数码输出这一全新方式。

1.数字影像打印机类型

数字打印机目前有六种类型：彩色喷墨打印机、热蜡打印机、热升华打印机、彩色激光打印机、热转移打印机和用银盐照相方式的打印机。彩色激光打印尽管表现图像很逼真，但多型方面的质量却难与喷墨打印机相媲美，价格又贵，使用得不多。在数字摄影系统中，常用的是彩色喷墨打印机和热升华打印机。

（1）彩色喷墨打印机。喷墨打印机上有液体油墨盒，单独墨盒越多，打印质量越好。当打印头掠过纸面时，几百个小喷管将墨喷成小小的点，形成了图像的每一个像素。这些透明的墨混合在一起，决定了调色。有些打印机可调整点的大小，以获得更为精致的色彩变化。

在进行数码摄影和扫描时，分辨率取决于每英寸像素的数量，或者说点束的数量，4800dPi的最高分辨率是很平常的。但在打印时还有其他影响分辨率的因素，墨滴的大小是其中之一。墨滴越小，分辨率越高。

例如爱普生大幅面打印机配合“世纪虹彩K3”颜料墨水，在爱普生原装纯棉无酸纸上进行输出，达到了艺术品收藏级别的要求。“世纪虹彩”及“世纪色彩”颜料墨水具有高色彩密度、丰富的色彩、更快的色彩稳定时间、打印色彩保存时间长的特点。每个颜料墨滴颗粒外表都有一层树脂，这项技术提供了理想的光反射效果，令打印的图像更加清晰。当然，大画幅打印机的成本非常高，如果个人使用，可以考虑A3幅面的打印机。真正需要大画幅输出的时候，再到冲印店或者广告公司输出。

例如佳能在2006年上市的一款采用8色染料墨水的A3+彩色喷墨打印机，彩色照片打印速度很快、三原色还原出色、黑白照片

最高速的生产型大幅面打印机
Epson Stylus PRO 10600

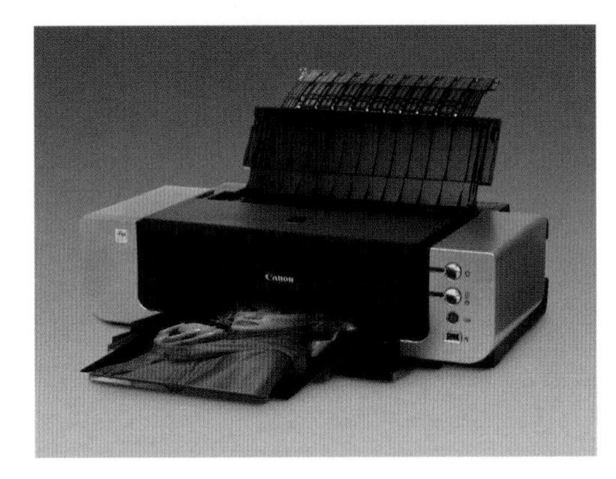

佳能腾彩PIXMA Pro9000

打印效果好。

要达到照片级打印输出效果，必须保证每英寸有250～300个像素，即300dpi。打印照片之前需要进行两次图像尺寸设置，第一次是在图像处理软件中设置你所需要输出照片的尺寸大小(如5in或7in照片)；第二次是用图像处理软件的“文件／打印属性”菜单命令打开“打印属性”对话框，从中设置打印纸的尺寸大小，打印纸尺寸设置应略大于图像尺寸。

如果数字影像有足够高的精度(300dpi以上)，就可以通过打印得到相当于传统银盐照片效果的数字照片。因为一般300dpi精度的图像，与更高精度的图像相比，其打印图像的清晰度凭肉眼直视是难以区别的。打印机一般都可以通过设置打印精度来调节打印质量。此外，要获得照片效果的打印质量还需要选择专用的照片效果打印纸。要表现300dpi精度图像的全部细节，则需要使用

1440dpi 精度的打印机。不过，如果图像需要打印在普通的复印纸上的话，图像的精度和打印精度都可以设置得低一些。

要取得较好的打印效果，关键在于校正好计算机显示屏与打印图像效果上的差异。如果不能使显示效果和打印效果一致，将无法精确地控制最终打印效果。

（2）热升华打印机。“Dye — sub”是“dye sublimation”(颜色升华)的缩写，它的印制过程是使固体颜料蒸发后直接印在纸张上，不需要是液态颜料。不过这种描述只对很少的机器是准确的，大多数机器还是通过热能将颜色印在纸张上，所以又叫“热升华”。价位较高的热升华打印机，不需要半色调加网便可以制作出照片质量一样好的印刷品。它们通过滚筒和条带将颜色印在纸张上，以此控制颜色的密度。

2.数字影像打印技巧

用计算机和打印机打印彩色图片，需掌握相关的应用知识和应用技巧。下面就喷墨打印机打印照片时的质量控制、打印尺寸设置和打印步骤，对打印操作技能进行简单介绍。

（1）选择适当的相纸。喷墨打印机可以使用的相纸类型远远超越了传统摄影光面和绒面两类相纸的局限。仅光面(GlOSS)相纸就包括高光、亚光、珠光、缎面和水晶等多种类型。绒面相纸(Matte)更是发展出了一系列不同后整理、重量和纹理的水彩纸、艺术收藏纸、蜡光纸、花纹纸等。

确保相纸和自己的墨水、打印机匹配是选择相纸的前提条件。喷墨打印机用相纸表面的微小处理或者粘胶都是为了墨水更好地吸附在纸张表面，这是决定画质和保存时间长短的关键因素。同时染料墨水和颜料墨水的对应纸张一般不能通用。

一般来说各个打印机厂商为自己的打印机、墨水配合研发的相纸效果最好。Epson、HP 和 Canon 等公司都给摄影师提供了广泛的选择；同时很多第三方厂家也有不少价格和质量都很有竞争力的产品。一般我们说相纸都会把它联想到喷墨相纸，不过有些纯艺术类摄影师甚至会试用各种各样的树皮。

相纸的光滑程度直接影响到最后的打印结果。不少展览级或者收藏级的纯艺术相纸(Fine Art Paper)和碎布纸(RagPaper)因为它们对墨水的高吸收性在分辨率为1440dpi～2880dpi时没有明显差异。同样的原因，很多打印机对于绒面相纸(Matte)并不支持过高的分辨率。

（2）控制好分辨率。高质量的印刷品要求原始数码文件能够提供充足的信息；喷墨打印机根据信息将其转化成相纸上一个个微小的墨水点。这些小点使我们觉得看见的是平滑的色调或者影调的变化。

①图像分辨率。一个图像文件包含多少像素点是决定它能支持多大印刷品的关键；我们可以在图像大小对话框根据需求修改分辨率设置。

72ppi：用于多媒体和网络展示的平均值。

150ppi：摄影作品输出的最低分辨率(可以用于Fuji Frontier、LightJet)。

200ppi：喷墨打印机获得较好画质的最低分辨率。

240ppi～360ppi：对于大多数喷墨或者其他打印机是输出摄影作品的最佳设置。

我们需要非常注意打印尺寸和视图尺寸的转换。同时画面细节的表现也在于观看印刷品的距离，一张巨大的广告牌喷绘作品的分辨率往往比杂志上的一张小照片小得多。

②打印分辨率。打印分辨率是指每英寸纸张上面分布的墨水点或者打印机每英寸分布的数据点阵。打印分辨率很大程度上取决于图像分辨率的大小。大多数喷墨打印机的最大打印分辨率介于2880ppi～4800ppi。打印机分辨率的确定是建立在打印机本身、相纸还有观看的距离等因素上的。

有些的观点是认为任何时候都保持打印机的最大分辨率，不过这是以大大牺牲打印速度为前提的。我个人经验是绝大多数打印机在分辨率为2880dpi～4800dpi时图片质量没有明显变化，但是打印时间却有很大的差距。建议大家在自己常用的打印机上也做这样一个实验：用从高到低的分辨率打印同一作品，在适当距离观察，直到你发现有明显差距。那么最后采用的分辨率应该就是实际有效的最高分辨率了。

我们的视力允许我们在一定距离内才能看见印刷品上的细节；从一臂或者以内距离观察240ppi和300ppi的两张照片是完全不同的效果。另一方面，广告喷绘图片的分辨率往往是 50ppi 或者更少，但是我们在行驶的汽车上看上去却是很清晰的，虽然走近了看，广告牌是由很多的点组成的。

（四）数字影像的网络传输

由于数字影像的照片输出价格较高，所以用数字照相机拍摄的大多数影像一般是在计算机屏幕上观看或在网上远距离传送。

用于计算机屏幕显示和网上传送的数字图片不需要很高的分辨率，因此图形文件一般很小。用数字照相机拍摄、在网上传送数字影像有两种方式，一种是使用数字照相机上的质量控制菜单，选择“电邮”模式或600 × 800分辨率选项等；另一种是用数字照相机默认质量模式或更高质量模式拍摄，然后用图像处理软件压缩成JPEG格式。前者的优点是图形文件小，可直接通过计算机网络发送，而且一张存储卡可以存储无数图片，但缺点是不能加印出质量合格的照片。后者的优点是不仅可以加印质量满意的照片，而且可以通过软件压缩方式使图形文件缩小到足以在网上快速传送的程度，缺点是存储卡一次保存的图形文件数量有限。

数字影像的网络传输其的主要方式有两种，即电子邮件(E-mail)和各种网站。

1.E-mail

E-mail是指电子邮件。电子邮件通过个人在网站中建立的电子信箱发送。互联网可以迅速、低价地在两地之间传递电子邮件。电子邮件的内容包括文字、图片，甚至高保真声音和视频图像。电子邮件中的图片主要指的就是数字影像。新闻信息的数字影像传送已广泛地应用于电子邮件。

电子邮件可同时向许多不同地点的有关人员发送同一内容的数字影像；可以召开成员分散于全球各地的电子会议，用数字影像来交流和研究各种问题；也可以对不同地点的学生同时传送数字影像的教学内容，并可交流心得和进行指导。

2.WWW

WWW是World Wide Web世界信息网络的简称，又称3W，是一种以多媒体交流为基础的网络体系。利用WWW的浏览器软件，可以很方便地查阅世界各地网站中各种多媒体的信息资料，将有用的数字影像信息下载到自己的计算机里欣赏或移作他用；也可以用数字影像制作自己的Web网页，以利于世界各地的朋友通过网页查询、访问、浏览你创作的摄影作品，还可以利用因特网在自己的网站中，用数字影像发布消息，传播有关的信息资料。

DESIGN

第五部分

数字暗房基础

ART

一、图形图像处理软件介绍

根据软件的复杂程度、适用范围、功能强弱、综合性能，可以把图形图像处理软件分为以下几种类型。

（一）大型的专业图形图像处理软件

这一类的软件具有强大的综合性能，除了图片处理，还可以创作各种你想要得到的图形。

1.Adobe Photoshop

Adobe Photoshop 是著名的图像处理软件，由美国 Adode 公司出品，是目前公认的最好的通用平面美术设计软件，它功能完善，性能稳定，使用方便，所以对于几乎所有的广告、出版、软件公司，Adobe Photoshop 都是首选的平面工具。

Adobe Photoshop 是专门用来进行图像处理的软件。通过它可以对图像进行修饰，对图形进行编辑，以及对图像的色彩处理，此外，它还有绘图和输出功能等。在修饰和处理摄影作品和绘画作品时，具有非常强大的功能。是一个集图像扫描、编辑修改、图像制作、广告创意、图像合成、图像输入/输出于一体的专业图形处理软件。它为美术设计人员提供了无限的创意空间，可以从一个空白的画面或一幅图像开始，通过各种绘图工具的使用及图像调整方式的组合，任意调整图像颜色、明度、彩度、对比、甚至轮廓及图像；通过几十种特殊滤镜的处理为作品增添变幻无穷的魅力。Adobe Photoshop 设计的结果均可输出到彩色喷墨打印机、激光打印机打印出来，也可软拷贝至任何出版印刷系统。

Adobe Photoshop 由最初的 2.0 版到 2.5、3.0、3.04、3.05、4.0、5.0、5.5、6.0、7.0 至今天的 CS3，随着版本不断提高，其功能也越来越强大。一般图形处理业务大概用不到它所具有的功能的三分之一。Adobe Photoshop 在电脑美术的二维平面领域是最具代表性的软件，掌握了它再学习其他绘图软件将事半功倍。

Photoshop令照片更加奇妙

在实际生活和工作中，我们可以将数码照相机拍摄下来的照片进行编辑和修饰；也可以将现有的图形和照片，用扫描仪扫入计算机进行加工处理；还可以把摄像机摄入的内容转移到计算机上，然后用它实现对影像的润色。总之，Adobe Photoshop 可以使你的图像产生特技效果。如果和其他工具软件配合使用，还可以进行高质量的广告设计、美术创意和三维动画制作。由于 Adobe Photoshop 功能强大，目前正在被越来越广的图像编排领域、广告和形象设计领域以及婚纱影楼等领域广泛使用，是一个非常受欢迎的应用软件。

Photoshop 的魔法

Adobe Photoshop 的应用领域很广泛：基于 Web 的应用；创建网页上使用的图像文件；基于桌面出版；创建用于印刷的图像作品。

Adobe Photoshop 最特别的功能有如下几点：

第一，具有功能强大的选择工具。它拥有多种选择工具，在很大程度上满足了用户的不同要求，而且多种选择工具还可以结合起来选择较为复杂的图像。

第二，能制定多种文字效果。利用 Adobe Photoshop 不仅可以制作精美的文字造型，而且还可以对文字进行复杂的变换。

第三，多姿多彩的滤镜。Adobe Photoshop 不仅拥有多种内置滤镜可供用户选择使用，而且还支持第三方的滤镜。这样，Adobe Photoshop 就拥有了“取之不尽、用之不竭”的滤镜。

注意，在这本教材里面，我们重点不是演示 Adobe Photoshop 每一个操作以及用途，而是有选择地列出一些在使用 Adobe Photoshop 过程中和摄影以及最终成像有关的环节，以及最值得大家留意的技术。

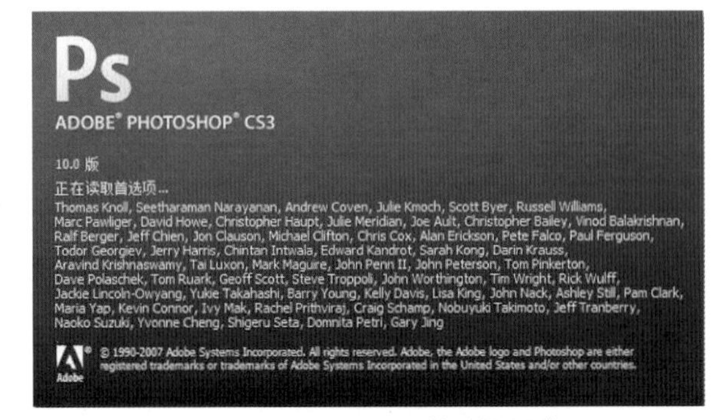

Photoshop的欢迎屏幕

2.Adobe Illustrator CS v11

这是一套被设计用来输出及网页制作、功能强大且完善的绘图软件包，这个专业的绘图程序整合了功能强大的向量绘图工具、完整的PostScript输出，并和Photoshop或其他Adobe家族的软件紧密地结合。第10版增加了诸如Arc、矩形网格线(Rectangular Grid)以及坐标网格线(Polar Grid)工具等新的绘图及自动化优点；增加编辑的灵活度以及标志(编辑主要的对象或图像复制)。可以运用笔刷及其他如合并、数据驱动坐标等在工具列上的创造工具，帮助你建立连接到数据库的样板。新的Illustrator还提供更多的网络生产功能，包括裁切图像并支持可变动向量绘图档(SVG)增强。

3.Fireworks MX 2004

Fireworks MX是Macromedia公司开发的用于绘制图形、加工图像和制作网页等的应用软件，它与中文Dreamweaver MX和中文Flash MX有“网页梦幻组合”之称。

Fireworks是一个将矢量图形处理和位图图像处理合二为一的专业化Web图像设计软件，使Web作图发生了革命性的变化。它可以导入各种类型的图像文件，可以直接在点阵图像状态和矢量图形状态之间进行切换，编辑后生成PNG图像文件，也可以生成其他格式的文件。它还可以直接生成包含HTML和JavaScript代码的动态图像，甚至可以编辑整幅网页，使图形以最简洁的方式在网络上淋漓尽致地体现其魅力。

Fireworks不同于FreeHand和Photoshop，它并不仅限于创建矢量图形或处理位图，而是综合了它们双方的某些特性。Fireworks是一个可以同时编辑位图和矢量图形的软件，而其他图形图像软件总是偏重于某一方面。为此，Fireworks拥有两种编辑模式：位图图像编辑模式和矢量图形编辑模式。在Fireworks中，可方便地在矢量图形编辑模式和位图图像编辑模式之间进行切换。

数字化令创意更容易实现

Macromedia公司的Fireworks MX、Dreamweaver MX和Flash MX可以看成一个整体，它们基于大致相同的设计思想，具有基本相同的工作环境和操作方法，都可直接制作网页，只是侧重面不一样。它们之间有着高度的交互性。掌握了Dreamweaver MX和Flash MX后，再学习Fireworks MX会感到非常亲切，并可快速掌握。

4.CorelDraw X3

CorelDraw X3是Corel公司推出的最新版本，几乎到了无法挑剔的地步，可用来轻而易举地创作专业级美术作品，从简单的商标到复杂的大型多层图例莫不如此。通过对CorelDraw的学习让你在实例创作的过程中不知不觉地成为绘图高手，习惯并喜爱使用CorelDraw绘图，并能在审美修养方面上一个台阶。

不论是经常处理紧迫任务的专业设计师，还是小型商业用户，均能够在CorelDraw X3的帮助下快捷、顺利地完成工作。此套件简化了任何规模项目的设计过程，包括创建徽标、专业市场营销手册以及引人注目的符号等。CorelDraw Graphics Suite X3集超强设计能力、速度和易操作性于一身，深受客户的信赖。

最新版本的套件包括以下应用程序和内容：

Corel PowerTrace——直观的图形设计、页面布局、插图和跟踪应用程序，能够满足今日专业设计师和商业用户的繁忙需求。

Corel PHOTO-PAINT X3——专业的图像编辑应用程序，允许用户快速轻松地润饰和增强相片效果。专门为图形设计工作流中的使用设计，支持专业分色和输出。

Corel CAPTURE X3——单击实用程序，允许用户从计算机屏幕上捕获图像。

CorelDraw手册——提供了CorelDraw专家的观点、实用的演示和已完成设计的实例。超过10000个可供随意选择的剪贴画和数码图像；1000种OpenType字体，以及36种Windows Glyph List4(WGL4)；印刷版本的用户指南，还有数码内容指南。

5.3D Studio MAX

它的全称是3－Dimension Studio，译成中文应该是“三维影像制作室”。3D Studio MAX（以下简称 MAX）是以 3DS 4.x 为基础的升级版本，它以全新的 Windows 界面及更强大的功能展示在我们面前。用MAX来制作三维动画就像是当一个大导演，一切的角色、道具、灯光、摄像机、场景（包括如云、雾、雪、闪电等特效场面）及配音、镜头的剪辑合成等等都任你来安排处理。用MAX来设计产品模型的感觉就像是雕塑家和魔术师，复杂的模型几乎是在瞬间就奇迹般地建立起来了。而用MAX修改创建的模型更是轻而易举的事，完全可以把宝贵的时间和精力集中用在使设计更加完美更加理想上。

（二）玩家级的图片处理软件

1.Photo Mechanic

Camera Bits 公司的 Photo Mechanic 被广大媒体所采用。它擅长快速处理大量图片。当我们只有几个小时却需要完成几天的工作量时，Photo Mechanic 是我们的最佳搭档。它最成功的地方在于直接的界面、快得不可思议的速度和详细的对话窗。

Photo Mechanic 软件的 IPTC Stationery Pad 功能可以快速添加元数据，并且下拉窗口里自动记忆上次的输入内容，可以方便我们快速输入。通过 Photo Mechanic 巨大的预览窗口可以方便地检查对焦以及图片锐度。最人性化的功能 Zoom checkbox 更能一步跳到100%大小，方便快速检查大图。它的1∶1双图比较功能可以细致直观地挑图，这是 Photoshop 图像浏览区不具备的。

在 Photo Mechanic 里挑选图片也是很简单的操作，可以直接选择“是”或“不是”两种选项，或者采取和 Photoshop 一样的色彩标签。当然你也可以在这里进行重命名。

2.iView MediPro

iView MediPro是介于专业的编辑软件Photo Mechanic和完全的数据存储器DAM程序Extensis Portfolio软件之间的一款图片处理软件。虽然没有 Photo Mechanic 处理大批图像那么迅速，不过还是可以超越 Portfolio 和 Canto Cumulus 等 DAM 程序。iView MediPro 界面看似简单，但它是一个设计成熟、功能强大的软件。

iView MediPro的主窗口设计成为缩览图模式，显示当前文件夹所有文件的缩略图目录，你可以自由更改缩略图窗口的大小。另外两种视图模式是列表和详细信息，用于显示文件元数据和图像属性。例如：关键词、文件大小、色彩空间，甚至你还可以描述前景色和背景色。iView MediPro的幻灯片模式适于全屏观看和编辑，并且可以录制成 QuickTime 模式的电影，可以用于网络展示或者客户展示等。最有意思的是，这是一个可逆转的程序，你可以在iView MediPro 把 CD 和 DVD 转录为单独的图像文件。

3.Photo Elements

Photoshop Elements 也是 Adobe 公司的产品，是继 Photoshop 和PhotoDeluxe之后全新推出的照片处理软件。具备高级的色彩管理功能，界面漂亮，菜单很直观，并且非常人性化。如果说 Photoshop 是针对专业级用户的话，Photoshop Elements 则是为非专业人士设计的。它的操作界面也做了专门的优化，操作更加方便。没有深奥难懂的 Path（路径），没有程序员才能摆弄的 Action（动作），取而代之的是可以即时预览效果并支持拖放的 Filter(滤镜)和 Effect(特效)。此外，它还有更体贴的设计——消除红眼工具、全景照片制作工具，一张 A4 相纸可以打印多幅照片。

4.Corel Paint Shop Pro X1

Paint Shop Pro 是一款功能完善，使用简便的专业级数码图像编辑软件，可与 Photoshop 媲美。它的价格只有 Photoshop 的 1/6，功能却非常接近。支持 RGB、CMYK 和 HSL 色彩模式，能做近四十种文件格式的批处理转换并且和Photoshop格式的文件完全兼容。除了支持超过三十个文件格式外，它也提供 Layer 功能，让你编辑多个 Layer 后再结合为一个，并且可以让每个 Layer 都拥有不同的特殊效果，使编辑上方便许多，修改时也可以仅针对某个Layer进行修改而不必全图重新制作。另外，内建的画面截取功能让你截取任何屏幕画面进行编辑，再利用其多种

数码摄影需要摄影师的观念+技术

特殊效果及制作网页用按钮等功能制作专业级的图案。Paint Shop Pro 使你轻松捕捉、创建、增强并最优化你的图形文件。

5.Photoimpact 12

它是由 Ulead 公司出品的一个功能强大的“图像编辑”处理软件，具有图像制作和编修功能，方便快捷的克隆和编修工具，功能强大的滤镜和填充，快速特效模板，抓图，动画等，还有强大的网络图像优化功能，可制作出各种网页和专业质量的图像。

（三）小型的照片处理软件

1.Photo Filtre Studio

这是一款来自法国的功能极其强大的图片编辑软件，和早期的 Photo Filtre 为同一作者。它后者增加了超强的图层管理功能，类似于 Photoshop，内置常用功能如锐化、模糊、对比度、亮度调节、图章工具、艺术画笔、套索等等一应俱全，同时还支持丰富的外挂滤光镜。Photo Filtre Studio 是绿色版，即装即用。

2.ACDSee 9 Foto-Manager

ACDSee 是目前最流行的数字图像处理软件，它能广泛应用于图片的获取、管理、浏览、优化甚至和他人的分享。使用 ACDSee，你可以从数码相机和扫描仪高效获取图片，并进行便捷的查找、组织和预览.超过五十种常用多媒体格式被一网打尽。作为最重量级的看图软件，它能快速、高质量显示你的图片，再配以内置的音频播放器，我们可以享用它播放出来的精彩幻灯片。另外 ACDSee 还能处理如 Mpeg 之类常用的视频文件。

3.iSee个人图片专家

iSee是一款功能全面的数字图像浏览处理工具，不但具有能和ACDSee媲美的强大功能，还针对中国的用户量身定做了大量图像娱乐应用，包括强大的傻瓜式图像处理、强大的图像娱乐应用、在线图像娱乐、强大的数码照片辅助支持、各种增强工具、优秀高效的图像算法、简单方便的换肤功能、内置智能升级程序。

4.nEO iMAGING（光影魔术手）

nEO iMAGING是一个对数码照片画质进行改善及效果处理的软件，简单、易用，不需任何专业的图像技术有可以制作出专业胶片摄影的色彩效果。光影魔术手具备以下的基本功能和独特之处：反转片效果、黑白效果、数码补光、数码减光、人像褪黄、组合图制作、高ISO去噪、柔光镜等。

5.Turbo Photo

Turbo Photo 是一个以数码影像为背景，面向数码相机普通用户和准专业用户而设计的一款图像处理软件。Turbo Photo 的所有功能均围绕如何让你的照片更出色这样一个主题而设计。每个功能都针对数码相机本身的特点和最常见的问题。通过 Turbo Photo，能很轻易地掌握和控制组成优秀摄影作品的多个元素：曝光、色彩、构图、锐度、反差等等。一目了然的界面和操作，使得每一个没有任何图像处理基础的用户都能够在最短的时间内体会到数码影像处理的乐趣。同时，Turbo Photo 还为进阶用户提供了较专业的调整处理手段，为用户对作品的细微控制、调整提供了可能。

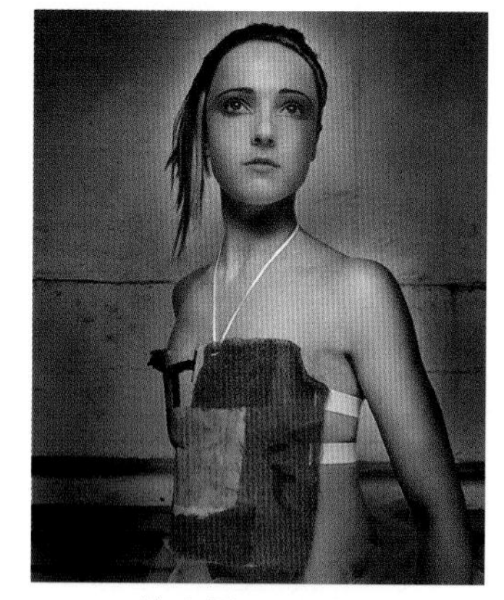

数字摄影是时代与社会的精神注解

二、Photoshop 基本概念

（一）工具类

1.画笔

在 Photoshop 里，画笔工具的作用和传统意义上的画笔类似，相对于在画布上刷油彩，我们在这里是刷像素点。数码画家和插画家使用画笔工具创作绘画作品；而摄影师用仿制图章工具和污点修复工具修复完善照片，同时在图层蒙版上用画笔工具选择区域。

2.导航器

对于初期使用 Photoshop 的朋友来说可以快速更改图片的视图，熟练之后，几个快捷键就可以代替它的作用了。

3.背景

任何 Photoshop 中的图像文件都至少有一个图层，即背景。它包含图像所有的像素信息。我们会新建或者从别的图像中复制新的图层用于修复背景或者特殊效果。Photoshop 的图层大多数是不透明的，对于其下的所有图层都有掩盖效果。

4.图像浏览区

它是完全针对摄影师设计的一个功能，相当于古老的看片灯箱。

5.历史

退回到若干步骤之前的工具，代价是占用了大量的系统资源。

6.羽化

一种通过模糊选区边缘令调整更加自然的方法。

7.调整层

调整层就好像我们在描红纸上修改和调整底稿，或是我们加在镜头前的暖色滤镜片和中密滤镜片。

8.文字层

文字层用于在图像中添加文字信息。

9.专业层

平面设计和插图中会经常使用锐化、图案和填充图层；但是摄影师很少使用它。

10.指示图层可视性按钮

图层面板左边的眼球标志表示该图层可视，经常用它来对比调整前后的效果。

11.图层混合模式

图层混合模式可以控制当前图层和下方图层的关系用以模仿传统暗房工艺中的烧天空和遮挡的工艺。

12.透明度滑条

透明度滑条可以调整当前图层的透明度，用它做一些色彩和影调方面的细微的调整。

（二）运用类

1.润饰

通常，对一张刚刚扫描好的照片或者一张原始数码照片的第一步调整，就是除去画面上的灰尘和污点，在这一步我们有四种常用工具可以选择：仿制图章工具、污点修复画笔工具、修复画笔工具和修补工具。

2.图层

计算机系统中，“选择”这个概念是相当广泛的，将屏幕上某处选择，则该选择反白显示，移动该区域时，其中的内容一并移动，同时在原始位置留下空白。

作为一个图像处理软件，Photoshop 将“选择”变成为一个独立的实体，即“层”(Layer)，对层可以单独进行处理，而不会对原始图像有任何影响，层中的无图像部分是透明的。举个例子，好像将一张玻璃板盖在一幅画上，然后在玻璃板上作图，不满意的话，可以随时在玻璃板上修改，而不影响其下的画。这里的玻璃板，就相当于 Photoshop 中的层，而且在 Photoshop 中，这样的“玻璃板”可以有无限多层。

有一点需要注意，存在多个层的图像只能被保存为 Photoshop 专用格式，即 PSD 或 PDD 格式文件。你可能曾经遇到这样的问题：做好了一幅图像，无论选择 Save 还是 Save as 都无法将其保存为你想要的如 BMP 或 JPG 等格式，这是因为你的图像中包含多个层。只要选择 Save a copy，即可保存成任意格式的文件。

3.路径

路径这个概念相对来说较容易理解，所谓路径(Path)，在屏幕上表现为一些不可打印、不活动的矢量形状。路径使用 Pen 工具创建，使用 Pen 工具的同级其他工具进行修改。路径由定位点和连接定位点的线段(曲线)构成，每一个定位点还包含了两个句柄，用以精确调整定位点及前后线段的曲度，从而匹配想要选择的边界。这也是一个摄影师很少使用的面板；设计师一般用它来扣图以便在 QuarkXPress 等其他图像处理软件中加工。

4.智能对象

虽然智能对象是从别的软件生成图像导入 Photoshop 的，但是它的显示和叠加与其他图层没有区别。智能对象是一种“容器”，你可以在其中嵌入栅格或矢量图像数据。它实际上是一个嵌入在另一个文件中的文件。当你依据一个或多个选定图层创建一个智能对象时，实际上是在创建一个嵌入在原始(父)文件中的新(子)文件。

5.通道

通道就是选区。它存储了图像文件的色调和色彩信息。有时候我们会在某个色彩通道建立最完美的选择或者图层蒙版。字符可以在这里选择不同的字体，并设置大小、颜色以及样式。

一个图像层同一个通道层之间最根本的区别在于：图像层的各个像素点的属性是以红绿蓝三原色的数值来表示的，而通道层中的像素颜色是由一组原色的亮度值组成的。再说通俗点：通道中只有一种颜色的不同亮度，是一种灰度图像。通道实际上可以理解为选择区域的映射。

6.色彩

这是一个经常用于绘画、设计以及插图的面板，我们可以隐藏它以获得更大的工作空间。

（三）格式类

1.PSD格式

如果你希望使用Photoshop所有的功能，那么就应该选择Photoshop的PSD (Photoshop Document)图像文件格式。它保留多图层信息，包括文字层、矢量图层和动态连续特性的A1pha通道纹理图片等，Photoshop所有的特色它都可以保留。很长时间以来摄影师用PSD格式来处理图像文件，用TIFF格式来作为存档和输出文件。

2.DNG格式

2004年Adobe公司推出一种新的数码图像格式DNG(Digital Negative Format)，试图建立新的行业标准，以兼容所有类型的拍照和图片软件的存档及编辑处理程序。当然，是否采用新的DNG格式取决于数码相机厂商的支持；现在第三方图像软件，例如iViewMediaPro和CaptureoneDSLR都已经支持DNG图像格式了。Photoshop将照相的RAW文件转换成DNGRAW文件，并且在此状态下编辑调整。

三、数字影像的颜色模式

在Adobe Photoshop中，颜色模式有很多种，从而能最大限度地适应不同的用途。

（一）RGB模式

RGB是色光的色彩模式。R代表红色，G代表绿色，B代表蓝色，三种色彩叠加形成了其他的色彩。因为三种颜色都有256个亮度水平级，所以三种色彩叠加就形成1670万种颜色了，也就是真彩色，通过它们足以呈现绚丽的世界。

在RGB模式中，由红、绿、蓝相叠加可以产生其他颜色，因此该模式也叫加色模式。所有显示器、投影设备以及电视机等等许多设备都依赖这种加色模式来实现的。

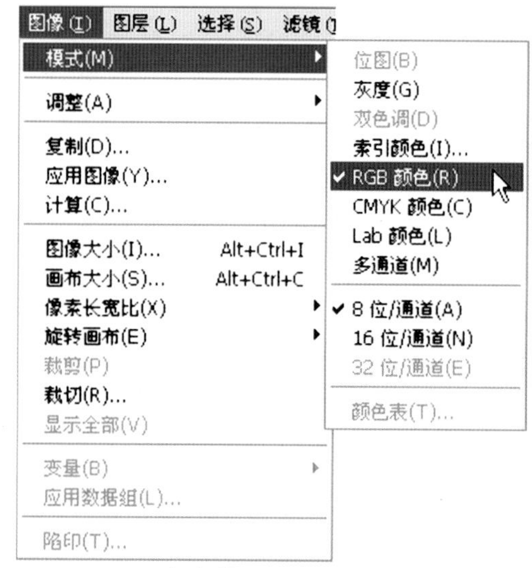

色彩模式调整窗口

就编辑图像而言，RGB色彩模式也是最佳的色彩模式，因为它可以提供全屏幕的24bit的色彩范围，即真彩色显示。但是，如果将RGB模式用于打印就不是最佳的了，因为RGB模式所提供的有些色彩已经超出了打印的范围之外，因此打印一幅真彩色的图像时，就必然会损失一部分亮度，并且比较鲜艳的色彩肯定会失真的。这主要因为打印所用的是CMYK模式，而CMYK模式所定义的色彩要比RGB模式定义的色彩少很多，因此打印时，系统自动将RGB模式转换为CMYK模式，这样就难免损失一部分颜色，出现打印后失真的现象。

（二）CMYK模式

当阳光照射到一个物体上时，这个物体将吸收一部分光线，并将剩下的光线进行反射，反射的光线就是我们所看见的物体颜色。这是一种减色色彩模式，同时也是与RGB模式的根本不同之处。不但我们看物体的颜色时用到了这种减色模式，而且在纸上印刷时应用的也是这种减色模式。按照这种减色模式，就衍变出了适合印刷的CMYK色彩模式。

CMYK代表印刷上用的四种颜色，C代表青色，M代表洋红色，Y代表黄色，K代表黑色。因为在实际应用中，青色、洋红色和黄色很难叠加形成真正的黑色，最多不过是褐色而已。因此才引入了K——黑色。黑色的作用是强化暗调，加深暗部色彩。

CMYK模式是最佳的打印模式，RGB模式尽管色彩多，但不能完全打印出来。那么是不是在编辑的时候就采用CMYK模式呢？不是，原因是用CMYK模式编辑虽然能够避免色彩的损失，但运算速度很慢。主要因为：第一，即使在CMYK模式下工作，Photoshop也必须将CMYK模式转变为显示器所使用的RGB模式。第二，对于同样的图像，RGB模式只需要处理三个通道即可，而CMYK模式则需要处理四个通道。

由于用户所使用的扫描仪和显示器都是RGB设备，所以无论什么时候使用CMYK模式工作都有把RGB模式转换为CMYK模式这样一个过程。因此，不管是否应用CMYK模式进行编辑都存在RGB模式和CMYK模式转换的问题。

部分摄影师喜欢先用RGB模式进行编辑工作，再用CMYK模式进行打印工作，在打印前才进行转换，然后加入必要的色彩校正，锐化和修整。这样虽然使Photoshop在CMYK模式下速度慢一些，但可节省大部分编辑时间。

为了快速预览CMYK模式下图像的显示效果而不转换模式，可以使用View菜单下的CMYK Preview（CMYK预览）命令。这种打印前的模式转换，并不是避免图像损失最佳的途径，最佳方法是将Lab模式和CMYK模式相结合使用，这样可以最大限度地减少图像失真。

（三）Lab模式

Lab模式是由国际照明委员会（CIE）于1976年公布的一种色彩模式。RGB模式是一种发光屏幕的加色模式，CMYK模式是一种颜色反光的印刷减色模式。那么，Lab又是什么处理模式呢？

Lab模式既不依赖光线，也不依赖颜料，它是CIE组织确定的一个理论上包括了人眼可以看见的所有色彩的色彩模式。Lab模式弥补了RGB和CMYK两种色彩模式的不足。

Lab模式由三个通道组成，但不是R、G、B通道。它的一个通道是亮度，即L。另外两个是色彩通道，用A和B来表示。A通道包括的颜色是从深绿色（底亮度值）到灰色（中亮度值）再到亮粉红色（高亮度值）；B通道则是从亮蓝色（底亮度值）到灰色（中亮度值）再到黄色（高亮度值）。因此，这两种色彩混合后将产生明亮的色彩。

Lab模式定义的色彩最多，且与光线及设备无关，并且处理速度与RGB模式同样快，比CMYK模式快很多。因此，可以放心地在图像编辑中使用Lab模式。而且，Lab模式在转换成CMYK模式时色彩不会丢失或被替换。因此，最佳避免色彩损失的方法是：应用Lab模式编辑图像，再转换为CMYK模式打印输出。

当你将RGB模式转换成CMYK模式时，Photoshop自动将RGB模式转换为Lab模式，再转换为CMYK模式。

在表达色彩范围上，处于第一位的是Lab模式，第二位的是RGB模式，第三位是CMYK模式。

（四）HSB模式

介绍完三种主要的色彩模式后，现在介绍另一种色彩模式——HSB色彩模式，它在色彩汲取窗口中才会出现。

色相：它针对组成可见光谱的单色。红色在0度，绿色在120度，蓝色在240度。它基本上是RGB模式全色度的饼状图。

饱和度：表示色彩的纯度。白、黑和其他灰色都没有饱和度的。在最大饱和度时每一色相具有最纯的色光。

亮度：即色彩的明亮度。为0时即为黑色。最大亮度是色彩最鲜明的状态。

（五）索引颜色模式

索引颜色模式也叫做映射颜色模式。在这种模式下，只能存储一个8bit色彩深度的文件，即最多256种颜色，而且颜色都是预先定义好的。一幅图像所有的颜色都在它的图像文件里定义，也就是将所有色彩映射到一个色彩盘里，这就叫色彩对照表。因此，当打开图像文件时，色彩对照表也一同被读入了Photoshop中，Photoshop再由色彩对照表找到最终的色彩值。

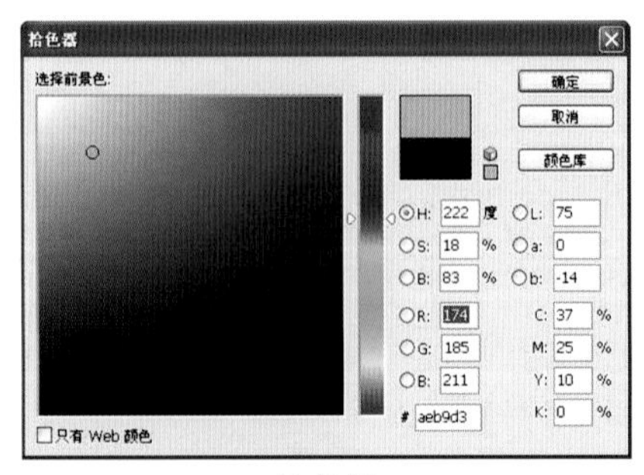

拾色器

索引颜色模式

（六）灰度模式

在介绍完绚丽彩色世界后，现在进入灰色世界。其实灰色也是彩色的一种，也有绚丽的一面。灰度文件是可以组成多达256级灰度的8bit图像。亮度是控制灰度的唯一要素。亮度越高，灰度越浅，越接近白色；亮度越低，灰度越深，就越接近黑色。因此，黑色和白色包括在灰度之中，它们是灰度模式的一个子集。

灰度模式中只存在灰度。当一个彩色文件被转换为灰度文件时，所有的颜色信息都将从文件中去掉。尽管Photoshop允许将一个灰度文件转换为彩色模式文件，但不可能将原来的色彩丝毫不变地恢复回来。

在灰度文件中，图像的色彩饱和度为0，亮度是唯一能够影响灰度图像的选项。亮度是光强的度量，0%代表黑色，100%代表白色。而在Color调色板中的K值是用于衡量黑色油墨用量的。

（七）Bitmap模式

黑白位图模式就是只有黑色和白色两种像素组成的图像。有些人认为黑色既然是灰度色彩模式的一个子集，那么这种模式就没有多大用处。其实这是一种错误的认识，正因为有了Bitmap模式，才能更完善地控制灰度图像的打印输出。事实上像激光打印机这样的输出设备都是靠细小的点来渲染灰度图像的，因此使用Bitmap模式就可以更好地设定网点的大小形状和互相的角度。

需注意的是，只有灰度图像和多通道图像能被转化为Bitmap模式。转换时将出现一个对话框，你可以在这里设置文件的输出分辨率和转换方式。当图像转换到Bitmap模式后，无法进行其他编辑，甚至不能复原灰度模式时的图像。具体设置方法如下：

Output（输出）：指黑白图像的分辨率。

Method（方式）：提供以下五种设置。

50%Threshold（临界值）：选中此项，大于50%的灰度像素将变为黑色，而小于等于50%的灰度图像将变成白色。

Pattern Dither（图像抖动）：使用一些随机的黑白像素来抖动图像。使用这种方法生成的图像很难看，且像素之间几乎没有空隙。

Diffusion Dither（扩散抖动）：使用此项用以生成一种金属版效果。它将采用一种发散过程来把一个像素改变成单色，此结果是一种颗粒的效果。

Halftone Screen（半色泽屏幕）：这种转换使图像看上去好像是一种半色泽屏幕打印的一种灰度图像。

Custom Pattern（自定义图案）：这种转换方法允许把一个定制的图案（用Edit菜单中的Custom Pattern命令定义的图案）加给一个位图图像。

（八）Duotone双色套模式

Duotone模式用一种灰度油墨或彩色油墨在渲染一个灰度图像，为双色套印或同色浓淡套印模式。在这种模式中，最多可以向灰度图像中添加四种颜色，这样就可以打印出比单纯灰度模式要好看得多的图像。

四、色彩管理系统

（一）色彩管理系统的概念

色彩管理系统(color Manage system)最早出现于彩色书刊印刷业中。从20世纪70年代开始，从事彩色书刊印刷的从业者发现，不同印刷设备之间的色彩系统互不兼容。同一个印刷档案在不同的印刷系统输出，就会出现不同的色彩效果。20世纪80年代以后，随着电脑的普及，使用电脑处理图片成为一种潮流。但不同的电脑系统之间的色彩系统也不兼容，同一个数字图像，在不同的电脑系统中，会显示出不同的色彩效果。

为了解决这个问题，苹果电脑公司于1990年推出了ColorSync 1.0色彩管理系统，使得苹果生产的所有电脑可以获得相同的色彩效果。但这套系统仅限于苹果公司自己生产的电脑中。1993年，由八个电脑及电子影像发展商组成国际色彩联盟(InternationalColor Consortimu简称ICC)。为了解决各个公司不同产品之间色彩管理的兼容问题，决定建立基于电脑系统之内、利用“ICC Profile”(色彩描述档案)做色彩转换的色彩管理系统。每个设备只需一个“ICC Profile”，系统便可简洁地管理色彩。这样，任何输入或输出设备支持这个系统的话，它们之间便可以做准确的色彩转换。

关于ICC：

ICC（International Color Consortium,国际色彩协会）成立于1993年。ICC组织致力于建立、推广和鼓励跨平台、中立性的色彩管理系统和色彩标准化；ICC开发色彩标准以帮助软件开发

色调体现创作者的主题意识

商和硬件制造商共同维护数字影像的色彩统一为宗旨。它包括显示器、输入和输出在内的每个色彩流程中的硬件设备都应该具有自己的ICC特性文件，这些文件描绘各种设备在与硬件无关的色彩空间内的色域特性，使相应的色彩管理软件根据ICC特性文件在扫描仪、数码相机、彩色显示器、打样设备、打印机及其他设备间进行色彩的变通传递和转换。

由于ICC色彩标准得到了国际上很多权威设计行业的广泛认可，目前绝大多数美术设计、印前打样行业的硬件设备都拥有自己的ICC特性文件，例如Agfa Duoscan、Microtck Artriscan系列高端扫描仪。柯达DCS 620/520系列和尼康的D系列、佳能等专业数码相机，以及惠普Laserjet8550/4550彩色激光、Designjet系列大幅面打印机等等。同时，大量的专业图形图像处理软件也支持使用ICC特性文件进行色彩管理，例如Adobe Photoshop软件自5.0版本开始引入了多项不同用途的ICC管理文件；其中Adobe RGB(1998)ICC管理文件被确定在广泛的专业及商业印刷领域，它的色域包含了RGB和CMYK的广阔范围，给专业设计师提供了更广的色彩空间模式，最大限度地扩展了能够利用颜色的范围，我们可以方便地利用这个专用的ICC工具创建、管理和分配设备的ICC特性。例如利用Adobe RGB(1998)创建自己显示器、数码相机和扫描仪的ICC统一特性文件，使这些设备能在统一的空间中无损地传输并获得完美色彩的输出效果。

近年来，随着数码照相机、扫描仪、打印机、数码彩扩机等与摄影相关的数码产品的逐步普及，人们也越来越关心色彩管理系统在数码摄影中的应用。数码摄影包括了三个过程，一是拍摄，二是修正和调整，三是输出。摄影者在拍摄结束后，最关心的就是数码照片上的色彩与真实拍摄环境的色彩是否相同；经过处理后的数码图片，其色彩与拍摄的原始数码照片是否相同；在最终的输出过程中能否忠实再现数码图片中的色彩。在这三个过程中，贯穿始终的是色彩，色彩管理是数码摄影过程的核心问题。

色彩管理的主要办法是比较设备输出色彩和标准色彩的差异，从而获得控制和校正设备的信息，产生一个该设备的校正特形文件“ICC”，通过在设备中带入该文件，最终使输出设备再现的色彩和输入设备获得的色彩高度一致。

（二）色彩管理系统的设备

在进行色彩管理过程中，需要使用的设备有：

1.标准色卡

标准色卡是印有许多标准色彩的卡片，一般是纸质的。卡片上有多种渐变的色块，每个色块的颜色都有严格的标准，在色卡描述文件中对其颜色进行说明。色卡上的色块越多，起到的校正作用越精细。

2.分光光度仪

分光光度仪可以测定某种色彩中包含的不同波长的光的强度，对色彩的物理特性进行严格的测量，获得某种颜色中所有组成光线的光谱图。密度仪是对光线强度的总体测量，而分光光度仪可以细致地测出不同色光的强度，因此可以替代密度仪，且它的测量不受环境光线的影响，所以在色彩管理中它的功能比密度仪和色度仪强大很多。

3.软件

上述硬件可以完成设备输出色彩和标准色彩的对比和记录，但还需要对数据进行分析并生成与设备相关的ICC PROFILE的软件。最常用的是GretagMatch公司的PROFILE MAkER PRO。

好的色彩管理才有精细的作品

色彩管理的操作流程分两步：首先要配置输入设备和输出设备

的ICCPROI=ILE，设置色彩空间转换方式，获得满意的输出色彩。接下来给设备输入一组标准色彩的RGB或CMYK数值。如给扫描仪的数值是一张标准的色卡，给打印机的则是一份标准色卡的描述文件。通过检测工具检测输入色彩和输出色彩的差别并记录，将记录的数据交专门的色彩描述档案生成软件生成设备的色彩描述档案，应用它进行输出，并根据结果对色彩描述档案进行微调，完成色彩描述档案的制作。这样，应用了新的色彩描述档案之后，输出设备与输入设备的色彩就能保持一致了。

（三）显示器的调校

随着开放的DTP桌面出版系统和视频技术的迅猛发展，显示器的作用日益重要，已成为印前流程中的重要设备之一。数码摄影的专业应用日趋普遍的同时，用户对显示器的要求也相对提高了。他们希望图像在不同的显示器上得到相同的显示效果，且在显示器上显示的色彩和印刷成品色完全一样或十分接近，这样可以大大节省修改相片及校对样稿的时间，更重要的是使用户得到满意的高品质、与设备无关的彩色再现效果，真正实现“所见即所得”。

这就意味着要实现设备之间的色彩一致性，包括扫描仪、显示器和打印设备之间的色彩一致性。目前各大生产厂家普遍采用与设备无关的色彩管理技术。该技术通过引入与设备无关的颜色空间，建立设备彩色特性描述，并按照用户需求进行颜色空间的转换、色域匹配、误差校正等，来弥补现有设备彩色再现能力的不足。因此，用户在操作过程中应先建立一套色彩管理系统，让工作流程中的不同设备基于一个色彩标准，也就是要为每种设备建立一个色彩特性描述文件。对显示器来说，一般包括两个基本过程：显示器校正和建立显示器的设备特性文件，即建立显示器的Profile。

下面介绍显示器的调校方法：

应在常规亮度下开始调校（比如你常在室内开着日光灯使用电脑），确保屏幕打开至少20分钟，这样才能保证屏幕成像的稳定。

步骤一：打开“控制面板”，双击“Adobe Gamma”图标，弹出窗口如右图，若是欢迎界面，选择“逐步”。

下面的步骤选择了Adobe RGB (1998)的ICC描述文件，这个工作空间的色域在CIE（Lab）视觉色域范围内所表现出的色彩范围最宽广，简称ARGB。它适合专业输出和印刷行业，同时也符合大多数专业数码相机制造厂商所既定的色域模式。

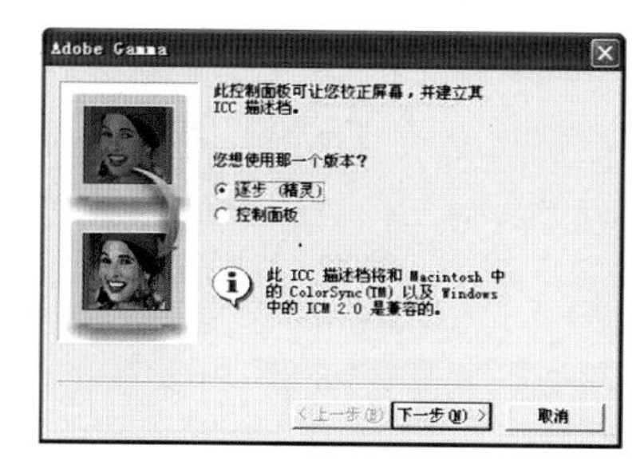

步骤一

步骤二：将Photoshop图像处理软件的颜色工作环境空间模式也设定为Adobe RGB(1998)，方法如下面两幅图。

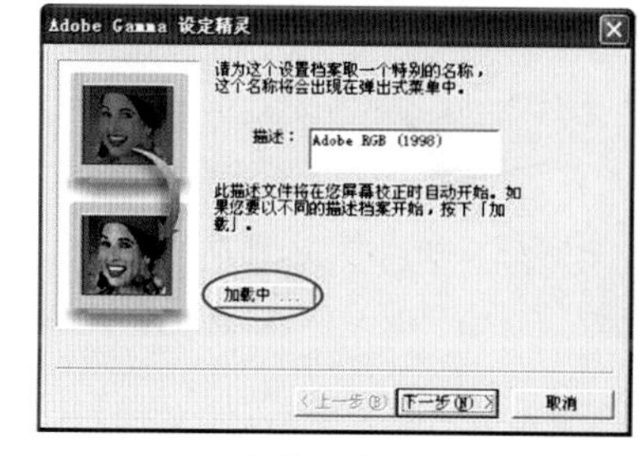

步骤二之一

步骤二之二

步骤三：根据左下图对话框，通过显示器下方的按键调节对比度和亮度。先将对比度调到100，观察中间的方框，再调节显示器的亮度。为得到细分的灰阶等级，应将中间方框尽量调暗，但不要和它周围的黑混淆起来。这一步骤中可能会遇到一些问题，比如一些非专业用途的显示器在调整亮度时并不能使中间方框最暗，往往明显看到中间方框很亮。这是由于显示器对比度实际作用的是单位面积内的发光强度，即亮度，而亮度调节实际作用于显示器的黑白场，比如提高亮度却将黑色变为灰色。这时可将亮度调至最低，然后将对比度从100%往下调，直到中间方框最暗为止。

步骤四：“荧光剂”选择“自定”。

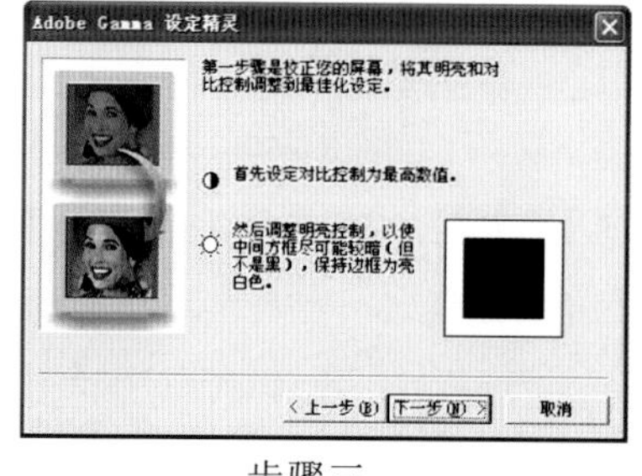

步骤三

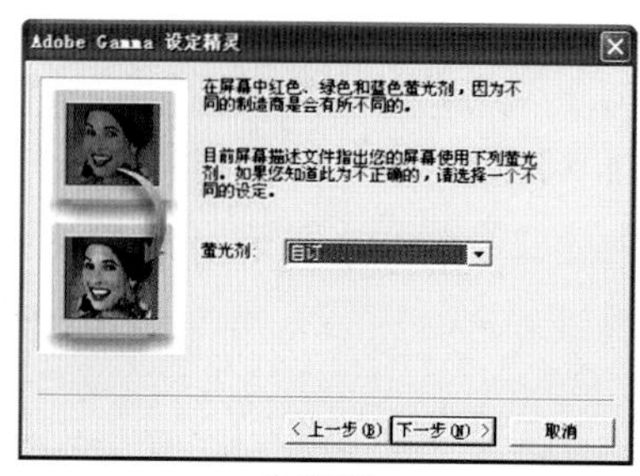

步骤四

步骤五：这一步比较困难，需反复观察比较。这个暖色和冷白是指系统软件中白色的部分，例如“控制面板”中白色底RGB=255，硬件最亮点是一个默认值，请默认7500K。它不仅是“最亮点”，还决定了后面步骤的显示器色温及系统底灰在视觉上的平衡。只需点击“测量中”按钮，跳出下左图所示对话框，请仔细阅读测量要求中提到的“中间灰”其实就是中性灰。点击“确定”继续下面的设定工作。

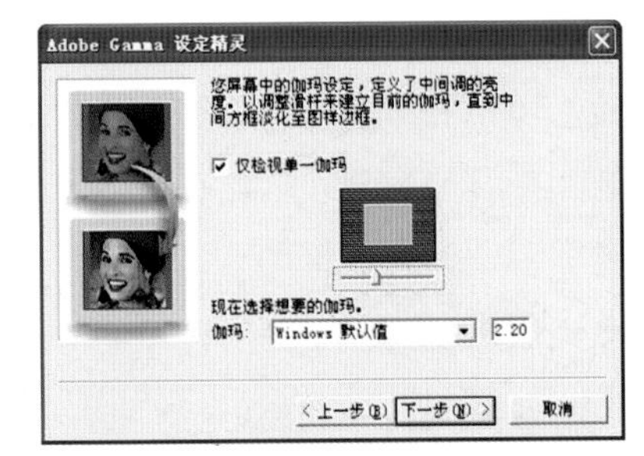

步骤五之一

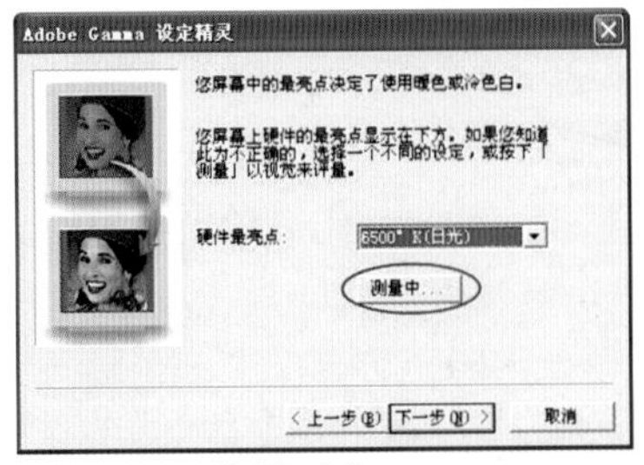

步骤五之二

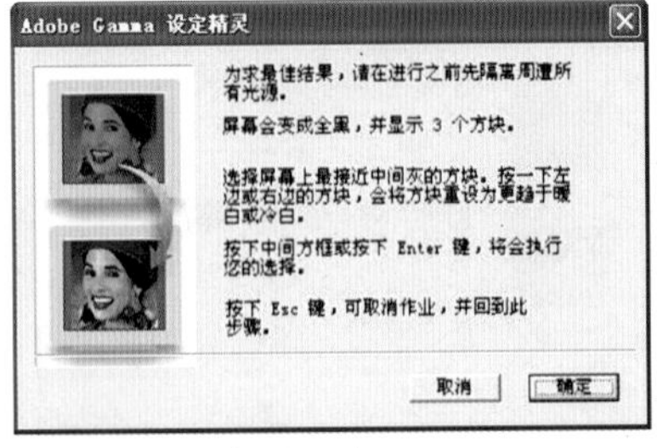

步骤五之三

步骤六：我们看到，图“步骤六之一”三个灰色方框的颜色并不一样，左边的色温偏高且呈冷色调，右边的又偏暖色且呈黄色调，而我们需要用中性灰置零作为衡量颜色的基准，如果颜色的衡器不能置零就会造成处理或观察图片时的偏色。当整个屏幕变黑时可以就近参照Windows系统下状态条上的中灰色，分别点击左、右两方框，三个灰框的颜色会产生变化。请仔细与系统状态条的灰色对比，点击选择最接近状态条上中性灰的那个灰框即可。如果视觉上不能确认所选的灰色方块是RGB=1:1:1，可以按截屏键抓图后在PS中新建图档执行“粘贴”指令用信息板验证一下，重新开始这一步选择。最终正确设定的Gamma应该与在PS或ACDSee图像浏览器等软件下验证的灰色边框灰度参数是一致的，即RGB=192，所以我们就以这个绝对的灰来做参照。但下面你要选择确定的那个方框中的中性灰并不一定是RGB=192，只要确定选中的方块在PS的信息板验证的结果是RGB=186，即系统最终设置的Gmma灰度中间值，而且这个数值也一定与本文“显示器白场设定逐步向导5”中的Gamma验证中间那个灰色一致。

无论你最后确定哪边的灰色方块，最终在PS信息板数据验证时它是RGB=1:1:1（RGB=186）就正确了。只有选择了绝对的中灰色温才能作为校色的平衡参照。

注意：这三个灰色方块出现时没有任何灰度来参照。请点击Windows“开始”菜单，在“设置”中打开“任务栏和开始菜单”，勾选“自动隐藏”即可。在黑暗中将鼠标移动到屏幕下方，系统灰色状态条就会弹出。如果在WindowsXP系统里，可以将状态条右下角的“打字”小灰框用鼠标拖至三个方框旁边就近做参照。当然，必须在显示器设定里将外观风格设为Windows传统外观，此时WindowsXP的所有系统界面的灰色边框就与Windows98一样了。

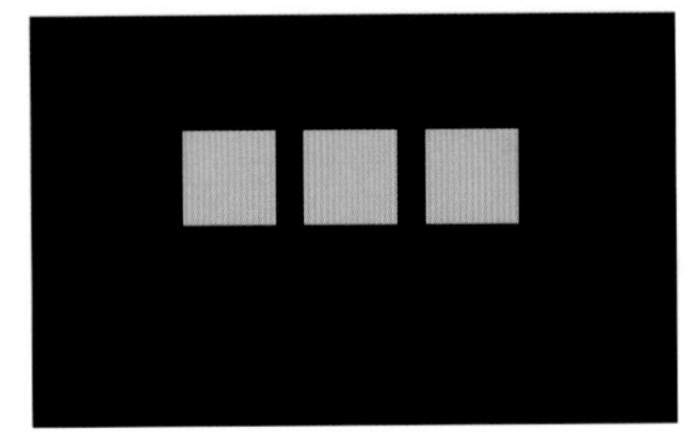

步骤六之一

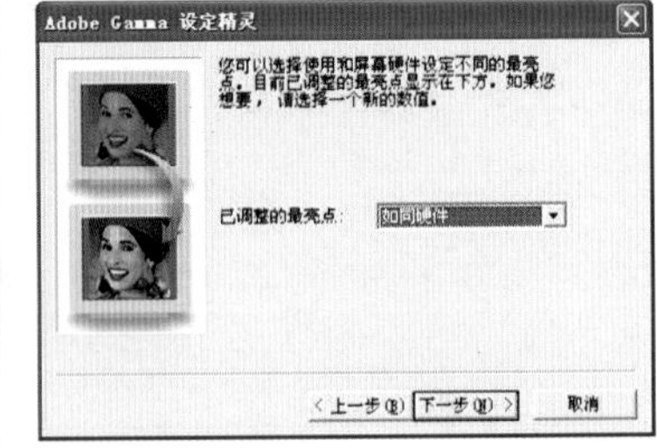

步骤六之二

步骤七：在右图所示的对话框里点击观察调整之前和调整之后的区别，这种区别也许是关乎成败的。

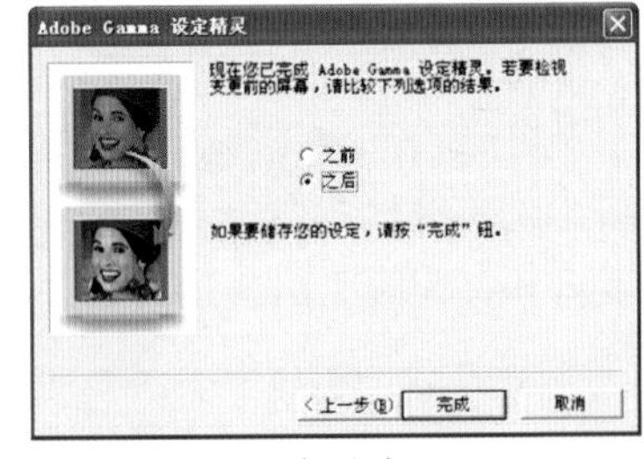

步骤七

步骤八：调整完毕后起个名字、保存、退出，如左下图所示。

步骤九：打开Photoshop/编辑/颜色设置，在“工作空间”RGB选项中选择Load RGB，在弹出的路径中选择刚保存的配置文件，如右下图所示，然后保存、退出。

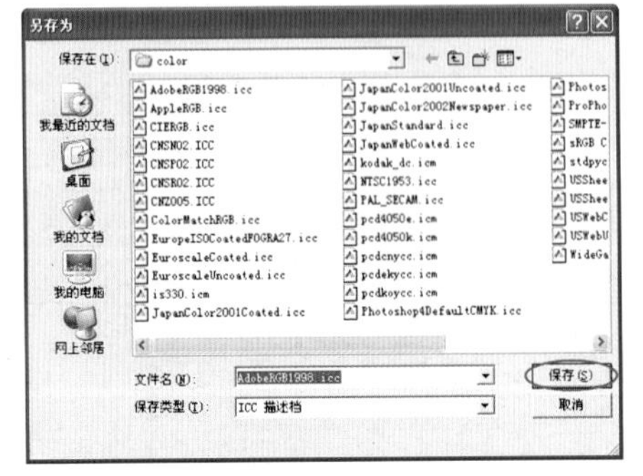

步骤八

步骤九

五、调整RAW文件的影调

在Adobe Camera RAW里处理图像的第一步就是根据高光／阴影(Brightness／Shadows)滑杆调节全局的影调。通过自己的视觉感觉和密度直方图的数据补充来指导调整，直到画面达到希望的效果。作为补充的手段，可以用吸管确定最黑最亮的参照点，在不损失细节的条件下最大限度地丰富影调层次，增加对比。

Photoshop中的RAW调节

密度直方图是一种用图像来描述影调和色彩的方法。一张曝光准确的照片的密度直方图在高光和阴影之间有轻微的缺口，两端正好在坐标起点和原点。当你凭肉眼调整完图片之后，切记仔细观察坐标两端是否有空白区域，如果有，那说明你已经损失了一部分的细节了。

高光／阴影（ClippingDisplay）调节可以说是Adobe Camera RAW最精确的调整曝光的方法了。按下A1t或者Option键的同时从左至右拖动曝光(Exposure)滑竿下方轴线的小三角，预览窗口里的照片会从黑色开始逐渐显示饱和的红色、绿色、蓝色或者白色色块。如果你持续滑动三角，这些色块显示的区域会丢失一到两个色彩通道的细节。

亮部(Brightness)滑竿控制全部中间影调的明亮部分。对比度(Contrast)滑竿从50％的中间影调灰度向高光和阴影部分增加对比，但不损失细节。

不要使用自动调节。Photoshop CS2和Photoshop Elements的自动调整可以节约不少时间，但是如果你希望得到一种个性的微妙感觉，那么在设置(Setting)菜单里选择相机原始数据默认值(Camera Default)，这就关闭了自动调整；反之选择关闭相机原始数据默认值（Reset Camera Default）。

快速有效地调整数码影像作品的色彩可以说是数码摄影大师最难掌握的技巧之一了。它属于复杂的人类视觉色彩系统。人眼会自动把我们看见的最亮点识别为白色，有时候它们实际上是很浅的蓝色或者绿色。这种发现色彩投射(Color-casts)的能力来自于长期的经验。然而现在，我们可以通过RGB信息读取色彩数值。Camera RAW里的白平衡工具帮助我们非常简单地消除照片的色彩投射。在不同的情况下，你可以不使用白平衡工具，而是单独使用色温、色调滑竿来调节。记住多多使用中间灰调区域的RGB数并和相信你的显示器。

六、选取的方法

作为一个有创意的图像编辑，很少把Photoshop出众的调整功能直接用到整个图片上。因为亮度、色彩和局部细节的调整都要用到选区，所以在进入局部亮度调整、色彩调整和修改前应该学习不同的选取方法。选取之所以重要，是因为图像编辑软件都遵守一个规则，那就是一个图像里有选区并且激活了的话，所有的调整都只影响那个区域。由于选区对于图像处理的意义非比寻常，Photoshop的工具盒才被选取工具占了近1／5，而Photoshop的选取方法也多达十几种。

（一）手工选择方法

手工选择工具需要操作者用选取工具或画笔在图像上手工指定选区。这些工具用起来比较费时、费神，但好处是控制能力强，选区的精确度高。在Photoshop里，手工选择的最基本工具有矩形、套索和隐藏其中的其他类似工具。

顾名思义，矩形选择只能选择矩形，但在按下Shift键后，长宽就保持一致，选区就成了正方形。总工具盒里凡是工具图标上有三角形的工具下面就隐含了其他工具。只要按下鼠标不动，几秒钟后，就会出现隐含工具的图标，这时只要将鼠标拉到所需的工具，此工具就出现在工具盒里了。矩形工具下面隐含有椭圆形、单行、单列选框工具，椭圆工具在按下Shift键后就变成圆形选框工具了。

矩形（圆形）选取工具

套索工具可用来沿着物体边线画任何形状的选区。如果没有一次性完全选中所要修改的物体，可以按着Shift键往已有的选区添加再选的区域，对于边线复杂的物

索套选取工具

体，要花很长时间。多边形套索工具在这点上要比套索工具好些，它可以中途停下来，等找到下一个点后再点。每个点之间只能走直线，这样外形很复杂的物体就要点很多点，而且第一个点和最后一个点一定要重合才能将选区合拢。磁性套索工具是Photoshop5．5版以后才有的工具。用这个工具往物体外缘一放，它就能自动找到轮廓线并选上。有些摄影师会先用磁性套索工具或多边形套索工具初步将外形选上，然后按下Shift键，用套索工具往上面增加细节，或按下Alt键减去多选的部分。

和套索有异曲同工之妙的是钢笔工具。钢笔工具是可以做最细致的选择的工具，但所用的贝西埃曲线，学起来有一定的难度。为简单起见，不要拖动钢笔，这样就不会出现曲线，而像多边形套索工具一样使用，它比多边形套索工具更强的是可以事后通过添加或删除点而改变选区形状。等线条画好后，通过窗口/显示路径打开路径面板，在路径面板上点击，将路径作为选区载入按钮就可以将路径线条变成选区。

以上的选取工具对一般的选取已足够用了，但对创造一种若隐若现的效果，即将一个物体半选半不选，那就束手无策了。快速蒙版编辑工具却能解决这个问题。快速蒙版在总工具盒的前景背景色下，通过快捷键Q键也可以进入和退出。进入快速蒙版编辑状态后，画面上并没有任何变化，但这时要是用笔刷往画面上刷，

用画笔工具画出
蒙版范围（红色部分）

退出快速蒙版时，
所画的地方被排除在选取之外

不管前景色定在什么颜色，笔刷的颜色就变成红色(这是缺省颜色，可以通过双击以快速蒙版模式编辑按钮，在快速蒙版选项对话框里改成其他颜色)，只有前景色的色阶显示在所刷的颜色上(如淡绿色就变成了淡红色，浓紫色就变成了大红色)。这时，有红色的地方表示这部分已被蒙罩上，红色越深，蒙罩效果更厉害。被蒙罩的地方在退出快速蒙版方式以标准模式编辑时，就被保护住，所有的调整都与其无关了。在实际效果上，这就等于要全选的地方就在快速蒙版里用全黑(到蒙罩上变成大红)去画，半选的地方用灰色画，不选的地方不画，然后在退出快速蒙版之后，将其反选(选择一反选)就行了。因为笔刷可以更改大小、压力和颜色的浓度，所以这个方法的控制度非常高。

和快速蒙版相似的另一个工具是图层蒙版，它和快速蒙版一样，可通过笔刷来控制显现的部位，因此也有很大的控制度，所不同的是，它必须在两个层面之间选择。

（二）自动选择方法

自动选择是Photoshop利用图像本身的色彩和亮度特征而不需要手工做细致选定范围的选择方法。和手工选择工具相反，用这种方法选取非常省事，但操作者除了可以通过改变容差值有一定的控制度外，其他一切都是由图像本身的特征决定的，所以只在所选物体和背景色彩相差很明显时才适用。自动选择工具中最突出的是魔棒工具。用这个工具点击画面上某个部位，Photoshop就会自动将和这个部位颜色相同或相近(根据所指定的容差值）的像素选上。容差值越大，被选的区域就越大。要是互动菜单上的连续的方框打了勾，那么只有和点击处交接的像素被选，否则全画面范围内和这点相同或相近的像素都要被选上。

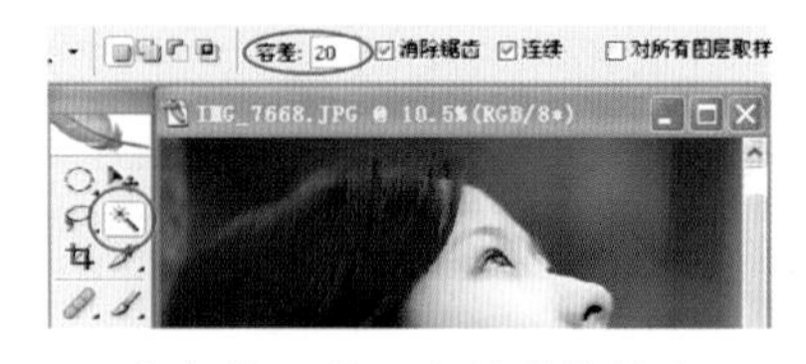
魔术棒工具，容差数值越大，
模糊选择范围越大

和魔棒工具原理相同的是魔术橡皮擦和色彩范围工具。魔术橡皮擦工具隐含在橡皮擦工具下，它和魔棒工具几乎一样，唯

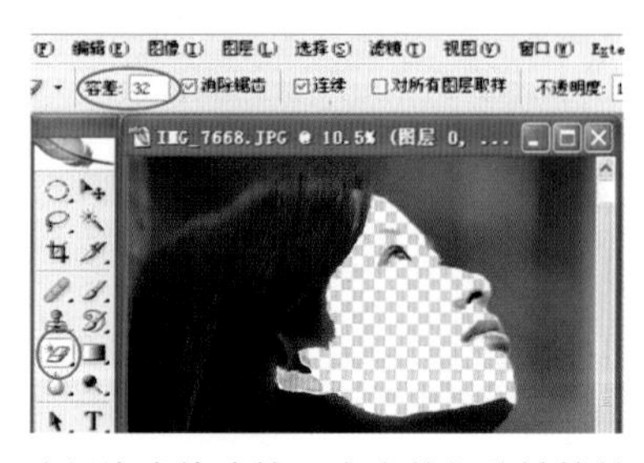
选择魔术橡皮擦，点击的部分被擦掉

一不同的是用它点击一处，就把相同或相近的像素擦掉，露出背景色彩或呈透明状。色彩范围在选择主菜单下，外面的原图变成黑白图像。白色的区域表示选上的，黑色区域表示没被选上。因为原图比预览图大，这样能更清楚地看出哪些地方选上，哪些地方没选上。

Photoshop6.0版开始出现了一个介于自动和手动之间的选择工具，这就是抽出工具。它和魔术橡皮工具很像，也能将物体和背景分离开来，但过程不同。抽出工具在图像主菜单下。进入对话框后，首先要用边缘高光器在需要保留的人物或景物和要剔除的背景之间划出界线。这时最好给智能高光显示打上钩，这样 Photoshop 会自动识别边缘，帮助确定边线，抽出的效果要好些。记号笔和其他画笔一样，是可以更改大小尺寸的，画多了可以用橡皮擦工具将多余的地方擦掉。画好后用填充工具(油漆桶)往要保留的区域填充。注意，画出的边界除画面边线以外，一定要互相连接，不能有断线的地方，否则填充工具将往整个画面泼洒。填充后可以按预览按钮，要是对效果满意，就可以按“好”抽出，要是不满意，可以用清除或边缘修饰工具做局部调整。再不行，可以按下 Alt 键，这时取消按钮就会变成复位，只要按这一按钮就可以重新开始了。

点选“只能高光显示”，软件将自动跟踪边缘

选好以后，用“油漆桶”工具把选取显示出来

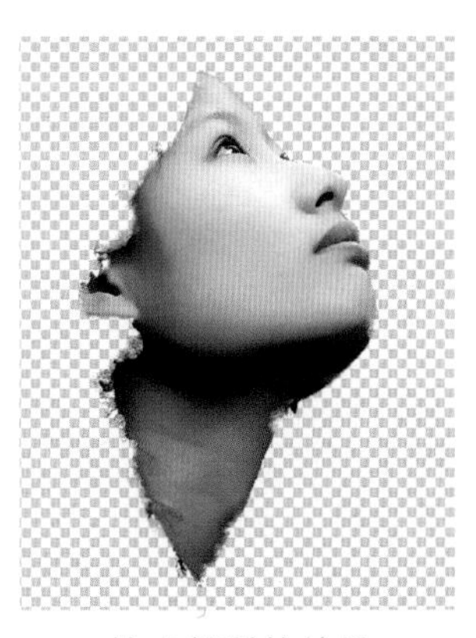
抽出得到的结果

（三）其他选择方法

第一个方法适用于色彩对比很明显的图片，它的作用是基于不同色彩在不同色彩通道有不同亮度的特性。比如一棵有着红花绿叶的郁金香，在 RGB 色彩模式下的红色通道里，花的部分是白色的，叶子是黑色的；而在绿色通道里刚好相反；在蓝色通道里则两个都是黑的，因此，可利用红色或绿色通道。在通道面板上点击红色通道，将它拉到创建新通道按钮上，形成新通道“红副本”。只选择这个通道，到“图像”/“调整”/“色阶”上将 gamma 值降低，然后在按着 Ctrl 键的同时在通道面板上点击“红副本”通道，画面上就会出现选区。要是选区不准，可以再调整“红副本”通道的 gamma 值，直到出现所需的选区为止。这个方法虽然稍微麻烦了一点，但比手工选取要容易得多。它的效果近似色彩范围和魔棒工具。

第二个方法是在图层面板上点击创建新的填充或调整图层按钮，建立一个色阶调整图层。然后按需要提高或降低图像的 gamma 值，再用上面的各种方法选取。因为 gamma 一改，选区就会发生变化，等到达所需的选区后，调整图层，删除图像就可恢复原状，而选区依旧在。

还有一些办法就是运用其他抠图软件，例如 Knockout 2.0 等。

（四）修改选区

选择的时候最好各种方法同时并用，因人而异，因对象而异，发挥各自的优势。总的方法：在一种工具不能完全做好的选区，可按下 Shift 键的同时接着选，这样后面选上的区域就添加到了原来的选区上。如果需要删的减部分选区，可以在按着 Alt 键的同时再选，再选的区域会从原选区减去。

（五）羽化

羽化是修改选取最常用的方法，羽化的功能是使选区和非选区之间的过渡平缓，而不会出现太突然的色彩、亮度或细节变化。羽化的值越大，过渡区就越大。

（六）移动选区

在选取选区后，要想移动选区，可以用键盘上的箭头作上下左右的移动。这种移动方法与利用总工具盒上的移动工具移动不一样，后者不但将选区的“蚂蚁群”线条移动，而且把所选部分的图像也跟选区线一起移动，造成空白区。

七、图像裁减

有时我们可能只需要用图片中的某一部分，把这一部分剪取出来可使用工具箱中的剪裁工具，点击该工具后，按下鼠标左键在图片中画矩形框，松开鼠标键后，可以看到框外的部分变成了深灰色，如果感觉合适，按一下回车键就裁好了，如果不合适，按键盘左上角的Esc键，可重新再裁。裁剪后可以另存为或直接保存，如果直接使用“保存”命令，原来的图片就不存在了。

未剪裁的图片

剪裁后主题更突出，构图更饱满

“剪裁工具”虽然很方便，但很难保证裁取图片的尺寸，如需要准确的宽度和高度使用下面的方法。选择“矩形选框”工具，在编辑区里画一个框把所需要的部分框起来，可比所要选区更大一些，然后选择菜单命令编辑/复制，也可使用快捷键Ctrl+C键复制。再选择菜单命令文件/新建，弹出新建文件对话框，如下图：

对话框中的宽度和高度可以选择像素或厘米，拉开右边向下的箭头，可以选择单位，一般在复制图像后执行新建命令，默认尺寸是你复制图像的大小。上一步如果选择了较大区域，现在可以在这个对话框中重新输入宽度和高度，譬如需要建立一个500×400像素的图片，先选择好单位“像素”，再在宽度和高度框中分别输入500、400再点击右上角“好”按钮，编辑区里即出现一个500×400的空白图片，选择菜单命令“编辑→粘贴”或者用Ctrl+V键粘贴，刚才复制的部分就贴到新图片上了，如果复制部分大，还可用“移动工具”工具拖曳图像移动，位置合适后，选择菜单命令图层/合并图层，然后存储成一个文件，这个图片尺寸就非常准确了。

新建文件对话框

剪裁功能经常用来改变图像大小以及重新构图。有些摄影师反对剪裁，但是在数码摄影的年代，这种固执似乎没有太多的依据。事实上传统冲印照片的过程中，摄影师也是想方设法地通过曝光时间的控制、通过遮挡等手段来达到自己满意的效果。当然，剪裁只是后期修饰图片的一个工具而已，前期拍照时能够把构图控制好是最重要的，不要依赖后期修饰而随意拍照。

需留意：剪裁之前务必再次确认工具栏中显示的分辨率，印刷类的图片至少在300dpi以上，如果仅在显示器显示72dpi就够了。

请注意，在做任何调整之前最好把重要的图片做一个备份，而在打开任何图片之后，先复制一个图层，把所有的操作建立在复制的图层上。这样将会最大限度地保护原作，而且我们经常会有不同的想法去解决同一张作品。

八、通过曲线调整色彩

在Photoshop中打开图像之后，可以使用快捷键Ctrl + M键调用曲线调整功能。

（一）曲线工具的原理

Photoshop把图像大致分为三个部分：暗调、中间调、高光。

用“去色”命令将彩色图像转为灰度图像即可看到明暗的分布。可以看到这时天空属于高光，树木和草地属于暗调。

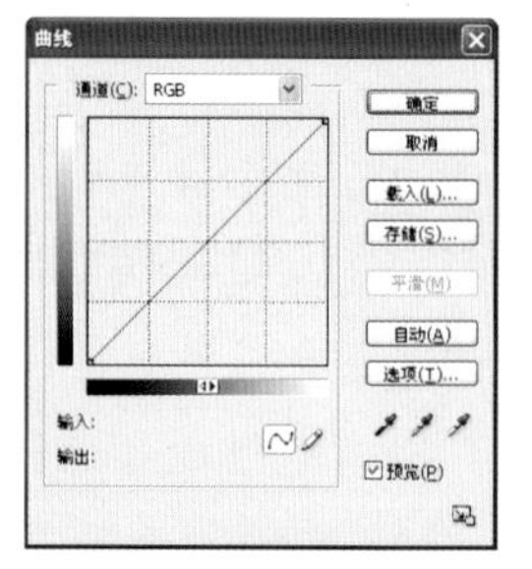

曲线工具

在曲线面板中那条直线的两个端点分别表示图像的高光区域和暗调区域，其余部分统称为中间调。两个端点可分别调整。单独改变暗调点和高光点可使暗调和高光部分分别加亮和减暗。而改变中间调可使图像整体加亮或减暗（在线条中单击即可产生拖动点），但是明暗对比没有改变，同时色彩的饱和度也增加，可用来模拟自然环境光强弱的效果。适当降低暗调和提高高光，能得到明暗对比较强烈的图像，但这样做可能让较亮区域的图像细节

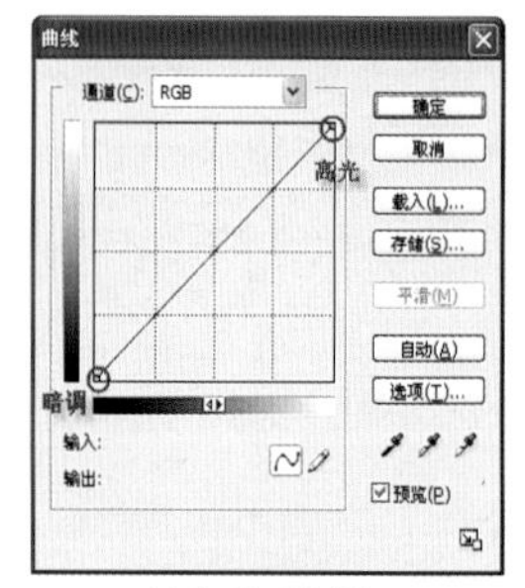

高光和暗调

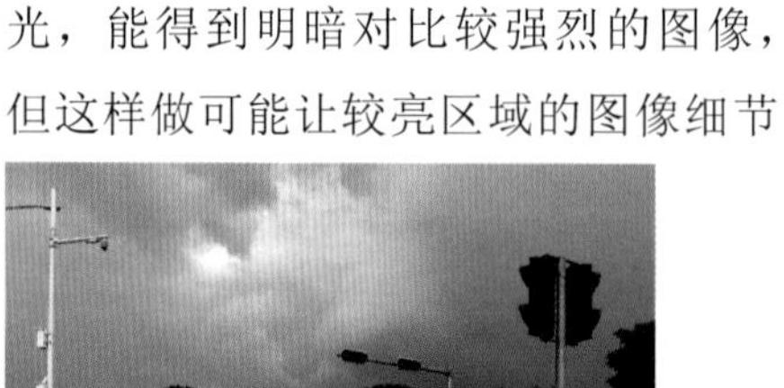

原图

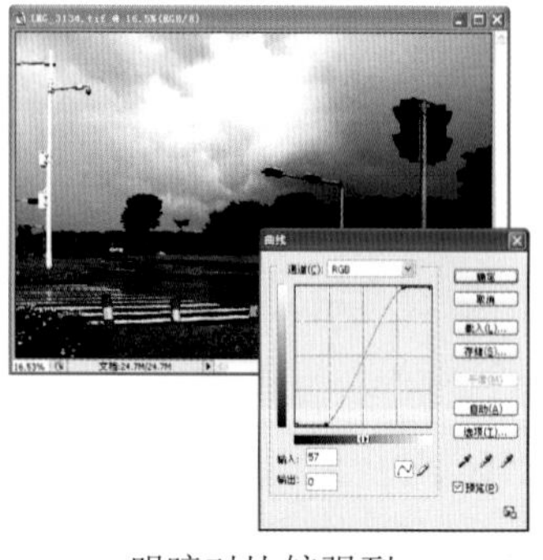

明暗对比较强烈

丢失，如天空部分的云彩，同时也不符合自然现象。此时可以通过改变中间调的方法来创建逼真的自然景观。

改变中间调

改变中间调后的效果

（二）单独对通道调整

前面我们都是在整体图像中调整，现在我们来看一下单独对通道调整的效果。

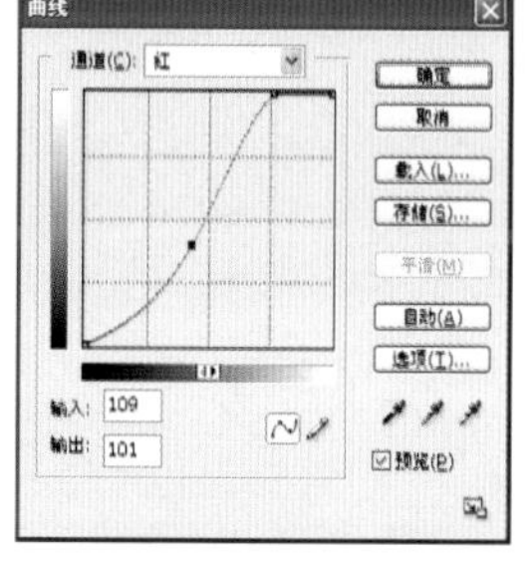

红色通道

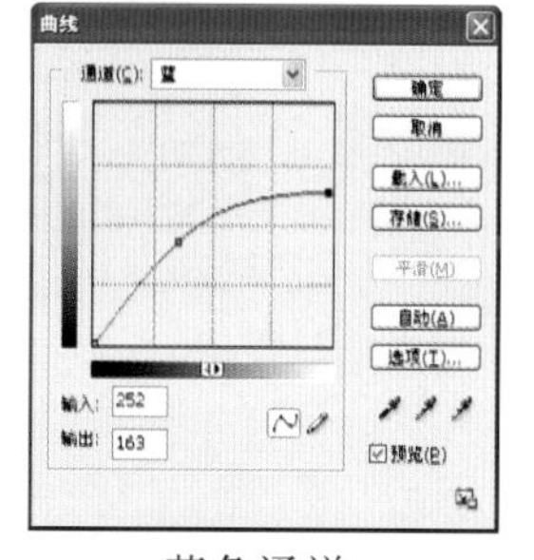

蓝色通道

电子设备所产生的图像都是由红、绿、蓝三种色光按照不同比例混合而成，在屏幕上展现的图像实际上都是由三个单独颜色的图像（红、绿、蓝）混合而成（如同鸡尾酒虽然整体来说是酒，但实际上是由多种成分混合而成的），所谓通道即是指这单独的红、绿、蓝部分，又称 RGB。

如单独加亮红色通道，相当于增加整幅图像中红色的成分，整幅图像将偏红；如单独减暗红色通道，图像将偏青。青与红是反转色（又称互补色），粉红和绿、黄和蓝也是反转色，相互之间此消彼长。加亮黄色，则减暗蓝色；加亮粉红，则减暗绿色；加亮金黄（由红和黄组成），则需同时加亮红色和减暗蓝色。现在改动天空部分的色彩为金黄，由于天空属于高光区域，所以要加亮红通道的高光部分，同时减暗蓝色通道的高光部分。

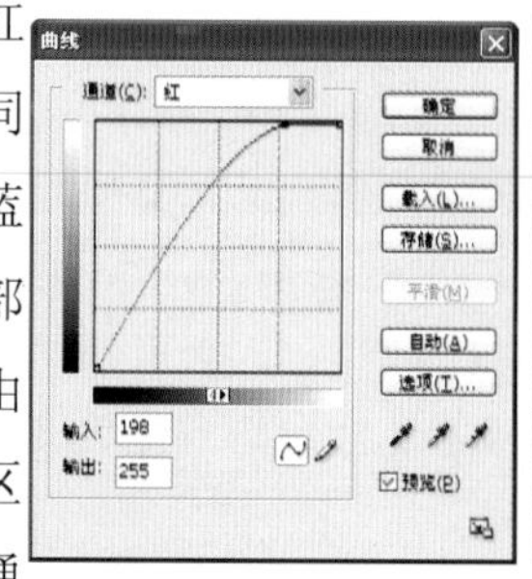

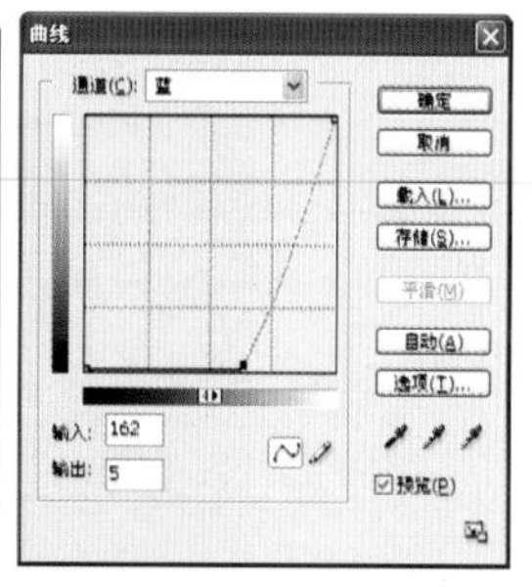

加亮红通道高光，同时减暗蓝色通道高光部分

这样我们就得到了金黄色的天空效果，如左下图。

这样的效果虽然绚丽，但是仔细看植物也变成了黄色。植物应该属于中间调部分，所以我们在红色和蓝色通道中将中间调保持在原来的地方。这样我们就得到了金黄的天空，同时也保留了植物的绿色，如右下图。

金黄色天空效果图

最后效果

九、降噪和锐化

（一）降噪

由于数码相机自身的成像特点，使得通过它得到的数码照片比传统相机拍摄出来的胶卷照片更容易产生噪声。当我们在光线较暗的地方拍摄，提高数码相机的 ISO（感光度）以获得较高的快门速度时，噪声就产生了。ISO 越高，噪声就越多。当然结果还跟各个厂家的降噪技术有关。那么我们该如何清除由此产生的噪声点呢？答案是用 Despeckle（降噪）滤镜。

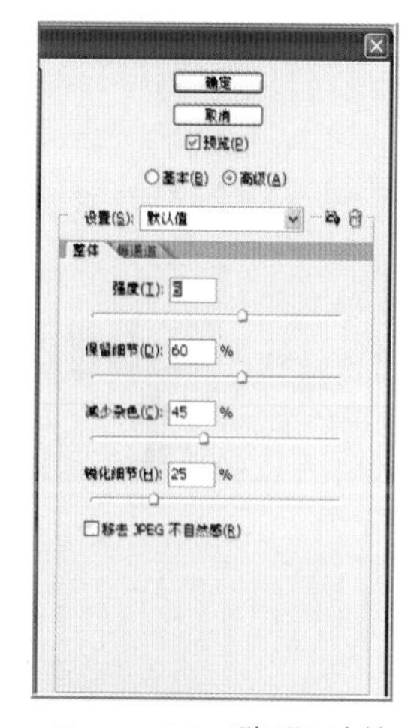

Despeckle（降噪）滤镜

未降噪的例图

运行Photoshop，打开想要降噪的照片。选择Filter（滤镜）/Noise（噪声）/Despeckle，Photoshop会根据照片的情况自动进行降噪处理。如果效果仍不太满意，就再使用一次。不过这个滤镜使用过多会大大降低照片的图像质量，所以要慎重。按Ctrl+Z键可回复到上一步。降噪前后的效果对比如下面两幅图所示。

未降噪，200% 的局部效果，噪点清晰可见

降噪之后，200% 的局部效果，噪点明显减少

1.噪点对图像质量的影响

噪点不仅明显存在于夜景照片中，也存在于白天所拍照片中，只不过不如夜景明显，不太引人注意。在影响数码单反成像质量的所有因素中，噪点是最大的因素。噪点对于成像质量的负面影响很大，它不但影响解析力和细节表现，同时，为了消除这些噪点，我们往往还要牺牲色彩饱和度和对比度。

单反相机噪点控制较好（佳能EOS5D，ISO800）

放大100% 局部

数码相机噪点控制不及单反（佳能G7，ISO800）

放大100% 局部

2.降噪工具

目前用来去噪点的工具很多，常用的至少有四种，其中还有不同的参数可选。一般认为Photoshop的Despeckle滤镜的算法比ACDSee的Despeckle的算法好。但是不管多么先进的算法，有一点是肯定的：处理了噪点，就要以牺牲清晰度为代价。我们所需要的是得到最好的去噪效果并保留最高的清晰度。较流行的降噪软件是专用软件Neat Image。用它去噪可得到最好的去噪效果并保留最高的清晰度。它有很多调节参数，还可自定方案。

降噪对比：原件

降噪对比：Photoshop

降噪对比：Neat Image

3.避免噪点的方法

跟后期降噪相比，最好的方法是前期拍摄时避免产生过多的噪点。以下是几条建议：

（1）用感光元件尽可能大的相机拍摄，数码后背是个不错的选择，35mm 全幅 CCD、CMOS 也是值得考虑的，即使是 APS 规格的，也比小 DC 的大很多。高档的机器对于噪点的控制是非常到位的，一方面因为单反相机的感光元件（CMOS 或者 CCD 等）的面积比小型 DC 大很多，从而每一个像素点的面积也大很多，感光能力强很多；另一方面在单反机上所用的影像处理器通常比小DC更强，所以出来的画面非常的干净，给人的感觉是非常细腻的。

（2）尽可能地用较低的感光度拍摄，感光度越高，噪点越多，越明显，特别是在小 DC 上。

（3）拍摄环境的光线尽可能充足，曝光尽可能准确。

（4）不要长时间连续使用相机导致机体温度升高，从而增加成像噪点。

需要强调的是，噪点的多少只是个人喜好的问题，事实上部分迄今仍然坚持使用35mm胶片拍摄的摄影师宣称喜欢胶片特有的颗粒感。所以在 Photoshop 中除了降噪功能外，当然会有增加噪点的功能。

（二）锐化

锐化在数码印刷设计中非常重要。扫描的图像和通过数码相机捕捉的图像通常需要锐化，因为除了最高档的数字相机，一般都使用 CCD 元件，它就和扫描仪中的 CCD 原理一样，会产生同样类型的噪音问题。只有高档滚筒扫描仪不会出现这种与输入过程相关的清晰度下降现象。另一方面，印刷过程也会使图像变得较虚。这主要是指由于纸张与油墨相互作用而产生的不可预见现象。你应该将图像处理得比实际需要的结果更清晰些。适当的锐化可以使照片清晰，而过度的处理法反而得到虚假的结果。下面我们来看看怎样对你的印刷文件进行恰到好处的锐化。

我们对照片的锐化处理，沿边缘增强对比度的程度其实就是让我们觉得照片有比事实上更多的细节和深度，但是我们一定要注意把握尺度。

1.USM锐化

锐化基本上是我们完成所有的后期处理之后在打印输出之前的最后一步工序。USM锐化(虚光蒙版)是从传统暗房用来处理轻微脱焦照片的技术演变而来的。我们选择 Photoshop 滤镜下拉菜单里的锐化 / USM 锐化打开对话框，它包括一个细节窗口和三个参数：数量、半径和阈值。USM 锐化通过增加图像边缘的对比度来锐化图像。“USM 锐化”不检测图像中的边缘。相反，它会按指定的阈值找到数值与周围像素不同的像素。然后，它将按指定的量增强邻近像素的对比度。因此，对于邻近像素，较亮的像素将变得更亮，而较暗的像素将变得更暗。应用到图像的锐化程度通常取决于个人的喜好。但是对于一个新手来说需要特别注意，如果对图像进行过度锐化，则会在边缘周围产生光晕效果。

Photoshop 的 USM 锐化

（1）数量滑竿。增强锐化的程度，100％即清晰程度增加一倍，通常采用 100％～180％的数值。

（2）阈值。界定边缘范围的参数。如果我们设定数值为 8，那么在色阶两边7(0～255的RGB刻度)默认为非边缘区域；只有当差距超过9以上才被默认为锐化范围。多用以避免在天空或者皮肤等大面积的地方增加杂点和细节。

（3）半径滑竿。三个参数中最难把握的一个，半径数值可以指定每个像素相比较的区域半径。半径越大，边缘效果越明显。细节比较多的照片，举例来说头发要求较小的半径数值和较大的数量数值。相反一个比较粗糙的木板就需要较大的半径数值来显得清楚一点。另外，图片的分辨率也是影响半径数值的一大因素。

2.智能锐化

智能锐化是对于数码照片最方便的锐化工具。它是三种锐化方法中最擅长寻找隐藏细节的工具。智能锐化滤镜具有USM锐化滤镜所没有的锐化控制功能。可以设置锐化算法或控制在阴影和高光区域中进行的锐化量。它的基本模式掌握的是图片的整体锐化，而高级模式可以允许我们局部锐化高光区域或者阴影区域。

建议大家在最后打印输出之前再做锐化。有些摄影师喜欢在一开始稍微加点锐化，在调整完影调、色阶和色彩之后再根据输出做出第二次锐化。这样做对于高质量的艺术摄影输出也是很不错的。如果你采取二次锐化，记得把相机的默认锐化设置得较低，最后再根据打印要求做出适当的锐化。

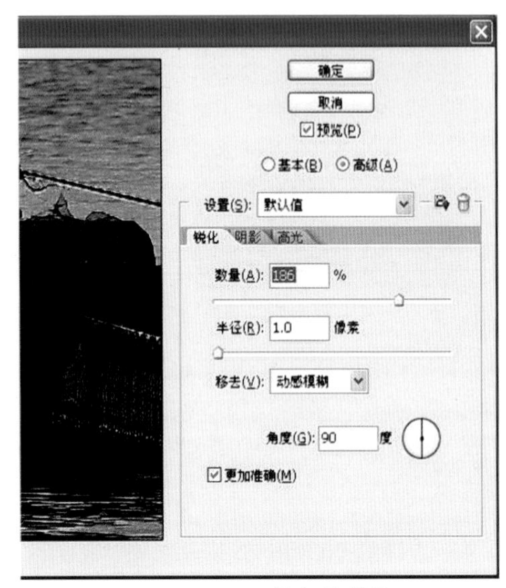

Photoshop的智能锐化

3.PhotoKit锐化

PhotoKit是Pixel Genius LLC公司最新发布的Photoshop新插件，提供141种数字模拟照相效果。通过简单的对话设定，你便可以简单地选择需要的影像效果，让PhotoKit执行并改善你的数字摄影工作流程。PhotoKit锐化工作流程如下：

捕获锐化：为了补偿一开始的锐化程度，根据不同的胶片扫描文件或者数码相机的锐化初始数据做出优化设置。

新建锐化：根据照片的重要部分设置锐化，例如眼睛或嘴。

输出锐化：根据输出目的(喷墨打印机、网络等)和纸张等因素设定最佳模式。

对于每一个锐化图像，PhotoKit都会新建一个图层来记录效果。这样不会破坏原图，并且允许我们用图层的不透明度或者图层蒙版来调节锐化程度。

PhotoKit锐化不是唯一的第三方锐化插件。不管是锐化还是噪音/噪点的相关软件，它们都提供正面或者负面的效果，在购买之前应用试用版本多做尝试。

4.通道锐化与降噪

在Photoshop的Lab模式中，L表示明度，取值范围为0～100；a表示红色（a为正值时）到绿色（a为负值时）范围内变化的颜色分量；b表示蓝色（b为负值时）到黄色（b为正值时）范围内变化的颜色分量；两个分量数值变化范围都是－128～+127。当a、b都为0时表示灰色，同时L为100时表示白色，L为0时表示黑色。

由于明度通道只表现画面的明暗关系，而没有色彩信息，所以只针对L通道进行锐化时，对整个画面色彩的影响很小，几乎不改变画面的色彩关系，并且不会产生杂色。在照片去噪点的过程中，主要的原理是将画面的噪点进行模糊，而照片中的噪点都是由红、绿、蓝色小点构成，因此降噪点的处理就是将画面中红、绿、蓝色小点进行模糊，使我们的眼睛无法感受到这些色点。对于Lab颜色模式，a表现的是红色（a为正值时）到绿色（a为负值时）的颜色信息，所以对a通道应用高斯模糊，就可以在最大可能模糊红、绿色点的基础上，最低程度地改变画面的色彩关系。

DESIGN

第六部分

数字暗房进阶

ART

一、蒙版和图层

（一）蒙版

在不涉及蒙版的条件下，我们同样能制作出精美的图像，但掌握了蒙版，就会发现很多工作变得既轻松又便于控制了。

蒙版实际上是一个特殊的选择区域，记录为一个灰度图像。利用蒙版可以自由、精确地选择形状、色彩区域。与魔术棒的精于色彩疏于轮廓和路径的精于轮廓疏于色彩不同，蒙版兼两者之长而去其短，在某种程度上讲，它是Photoshop中最准确的选择工具。

向日葵

用蒙版选择了图像的一部分时，没有被选择的区域就处于被保护状态，这时再对被选取区域运用颜色变化、滤镜和其他效果时，蒙版就能隔离和保护图像的其余区域。蒙版还可用于将颜色或滤镜效果逐渐运用到图像上。将选取区域作为蒙版编辑的好处是可使用几乎所有的Photoshop滤镜和工具来修改它，可将一个编辑好的选择区域作为蒙版储存为Alpha通道，以便以后重新使用。

快速蒙版中，没有被选中的地方用半透明的红色覆盖

蒙版显示在通道面板中，建立普通蒙版的方法是选定区域后在通道调板中单击“将选区存储为通道”按钮，也可以用工具栏中的“以快速蒙版模式编辑”按钮来建立一个“快速蒙版”，因为可以将图层看做一个单独的图像，也可以对某一图层创建蒙版来控制其中的不同区域。

（二）图层

使用图层可以在不影响整个图像中大部分元素的情况下处理其中某一个元素。我们可以把图层想象成一张一张叠起来的透明胶片，每张透明胶片上都有不同的画面，改变图层的顺序和属性可以改变图像的最后效果。通过对图层的操作，使用它的特殊功能可以创建很多复杂的图像效果。

包含图层格式的图片

图层面板上显示了图像中的所有图层、图层组和图层效果，我们可以使用图层面板上的各种功能来完成一些图像编辑任务，例如创建、隐藏、复制和删除图层等。还可以使用图层模式改变图层上图像的效果，如添加阴影、外发光、浮雕等等。另外我们对图层的光线、色相、透明度等参数都可以做修改来制作不同的效果。

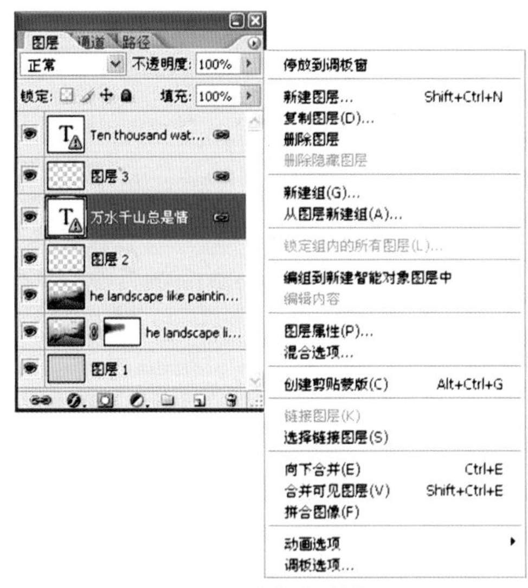

Photoshop 图层面板

图层的精髓在于可以独立编辑每一个图层而不会对其他图层产生任何影响。因为每一层都相对独立，在操作上没有前后或者因果关系（但是在最终的效果上有排列的前后关系），只要激活相应的层，就可以编辑相应的层，由此灵活运用就可以达到非常不平凡的效果。

6 个图层的婚纱模板

用 Photoshop 制作的照片

二、通道

或许很多人认为“图层”是 Photoshop 中最重要、最不可缺少的功能，其实，在 Photoshop3.0 之前，根本没有图层的功能。在图像处理中，最重要的功能是选区范围。只有正确地运用选区范围，才能够进行精确的合成。如果无法选取，也就无法做出相应的操作或处理。为了记录选区范围，可以通过黑与白的形式将其保存为单独的图像，进而制作各种效果。人们将这种独立并依附于原图的、用以保存选择区域的黑白图像称为“通道”(channel)。换言之，通道才是图像处理中最重要的功能。要成为真正的 PS 高手，应用通道是必不可缺的招数之一。

最早的通道概念是由传统照相工艺中的遮板演变而来的，用以表示选择范围的特殊图像。在这之后，计算机图像处理技术迅速发展，通道的概念又有了大幅度的拓展，进而涵盖了矢量绘图、三维建模、材质、渲染等诸多领域，而不再仅仅局限于平面设计中“选区范围”的原始意义。这些形形色色的“通道”都有着各自不同的名称、用途与计算方法，但又都与原始的通道概念有着本质上的相似：它们都是依附于其他图像而存在的，单一色相的灰阶图。

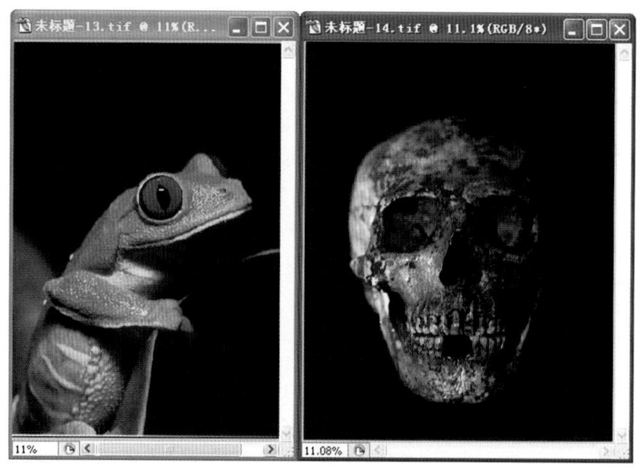

青蛙和骷髅的原图

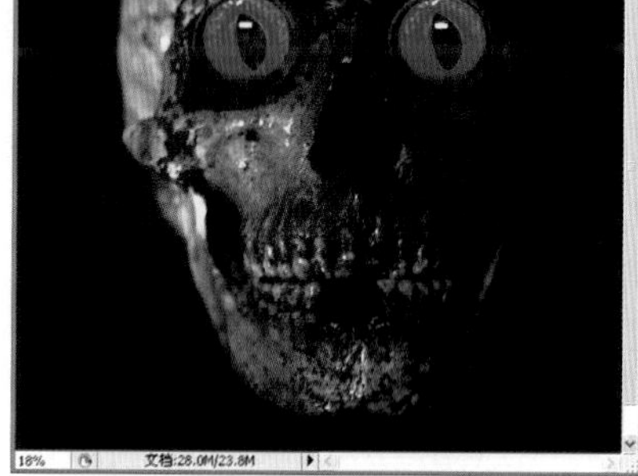

合成之后

（一）通道的种类

1.原色通道

大多数人了解红黄蓝三原色的概念。这里的红、黄、蓝准确地说应该是洋红（Magenta）、黄（Yellow）与青（Cyan）。将这三种颜色按不同的比例混合，可以得到其他的任意颜色；而这三种颜色最大限度的混合，就会使其范围内所有波长的可见光全部被吸收而显示出黑色。我们将这三种颜色称为“光源三原色”，而将这种在混合过程中颜色亮度不断降低的混合方法称为减法混合。

通常，在印刷中应用的就是这种减法混合原理：在白色的纸张上通过光源三原色油墨的混合，得到各种色彩及其组合而成的图像。但在实际操作中，通过混合得到的黑色成本高、质量差，所以通常人为地添加一种成本较低的黑色油墨（black），与品红、黄、青共同印制。因此，这种印刷的过程也被称为“四色印刷”，而其颜色体系被称为“CMYK 色彩体系”。

对应印刷中减法混合原理的，是显示元件所遵循的加法混合原理。红（Red）、绿（Green）、蓝（Blue）三个颜色被称为“物体三原色”，三种颜色的混合可以得出其他任意色彩，而其最大限度的混合将得到亮度最高的颜色，即白色。我们知道，身边绝大多数显示设备（如CRT阴极射线显像管、LCD液晶面板等）都应用了加法混合原理。因此，这些设备在未启动时底色越黑、亮度越低，其成像效果就越好。显示颜色体系也被称为RGB颜色系。

自然法则是如此的简洁而优美，千变万化的色彩仅仅是三种简单原色的有机组合。任意一张彩色图像都可看做三张不同原色图像的叠加。既然任意的单色灰阶图都可以被视为通道，那么，我们就可以用3～4个通道来记录一张彩色照片。每一个通道记录一个对应原色在彩色图像上的分布信息，我们称其为“原色通道”。用于显示的图片（如网站彩页）可以被分解为R、G、B三个原

RGB 通道模式

CMYK 通道模式

色通道，而需要输出的图片（如海报、杂志封面、包装纸等）则被分解为C、M、Y三个原色通道与一个K通道。

既然每个通道的单一像素需要8个二进制位的存储空间，那么在三色通道中，每一个像素都由三个单色像素混合而成，也就需要8×3=24个二进制位来进行存储。这样，在数据量变为原来的三倍时，可以表达的色彩数目就变为224≈1.6×107种。我们通常将由这1600万个颜色所组成的色域称为“24bit真彩色”。

2.Alpha 通道

Alpha通道是为保存选择区域而专门设计的通道。在生成一个图像文件时，并不必然产生Alpha通道。它通常是由人们在图像处理过程中人为生成并从中读取选择区域信息的。因此，在输出制版时，Alpha通道会因为与最终生成的图像无关而被删除。但有时，比如在三维软件最终渲染输出的时候，会附带生成一张Alpha通道，用以在平面处理软件中做后期合成。

除了Photoshop的文件格式PSD外，GIF与TIFF格式的文件都可以保存Alpha通道。而GIF文件还可以用Alpha通道做图像的去背景处理。因此，我们可以利用GIF文件的这一特性制作任意形状的图形。

3.专色通道

为了让自己的印刷作品与众不同，往往要做一些特殊处理，如增加荧光油墨或夜光油墨，套版印制无色系（如烫金）等。这些特殊颜色的油墨（我们称其为“专色”）都无法用三原色油墨混合而成，这时就要用到专色通道与专色印刷了。

在图像处理软件中都存有完备的专色油墨列表，只需选择需要的专色油墨，就会生成与其相应的专色通道。但在处理时，专色通道与原色通道恰好相反，用黑色代表选取（即喷绘油墨），用白色代表不选取（不喷绘油墨）。这一点需要特别注意。

专色印刷可以让作品在视觉效果上更具质感与震撼力，但由于大多数专色无法在显示器上呈现本来的效果，所以其制作过程也带有相当多的经验成分。

4.蒙版与贴图混合通道

蒙版又被称为“遮罩”，可以说是最能体现“遮板”意义的通道应用了。

在一张图像（或一个图层）上添加一张黑白灰阶图，黑色部分的图像将被隐去（而不是删除），变为透明；白色部分将完全显现；而灰阶部分将处于半透明状态。蒙版无论在图像合成还是在特效制作方面，都有不可取代的功用。蒙版也可以应用到三维模型的贴图上面。金属上的斑斑锈迹，玻璃上的贴画图案，这些形状不规则的图形，往往要用矩形贴图以蒙版的方式加以处理。这种类型的蒙版由于需要调整它们在三维表面的坐标位置，所以常常被视为一种特殊形式的贴图，称为“透明度贴图”。

蒙版不仅可以在简单的贴图中使用，更可以在复杂的多维材质中使用。当两种材质在同一表面交错混合时，人们同样需要用通道来处理它们的分布。而与普通蒙版不同的是，这样的“混合通道”是直接应用在两张图像上的：黑色的部分显示A图像；白色部分显示B图像；灰阶部分则兼而有之。可见，混合通道是由蒙板概念衍生而来，用于控制两张图像叠加关系的一种简化应用。

（二）通道的显示方式

我们发现，在RGB或者CMYK模式下，每个显示的通道都是单一色彩灰度。不过，如果你不担心过分鲜艳的色彩会影响你的判断的话，可以在Photoshop中改变显示的方式。

单一的明度通道

打开Photoshop首选项，选择“显示与光标”对话框，勾选“通道用原色显示”选项。然后再观察通道示意图，就是原色显示了。

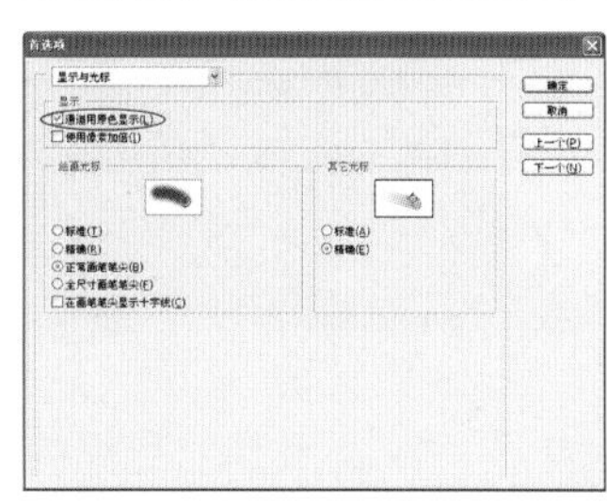
Photoshop首选项

通道的原色显示效果

（三）Lab模式的通道

“Lab”（图像—模式—Lab）模式由“明度”、“a”、“b”三个通道组成，但与“RGB”不同的是，它把颜色分配到“a”、“b”两个通道，“明度”通道则由黑白灰组成，所以，想要彩色转黑白时最好在“Lab”模式下把彩色通道扔掉；而对彩色图片进行锐化时，最好只针对“明度”通道进行。

在“Lab”模式下时，“a”、“b”两个通道分别管理着“洋红＋绿色”以及“黄色＋蓝色”，尽管我们看到的只是灰蒙蒙的色彩，但是这两个通道却可以完成非常奇妙和复杂的色彩调整。因此，“Lab”模式一直是是Ps专家最喜欢的模式之一。

单纯的“明度”通道

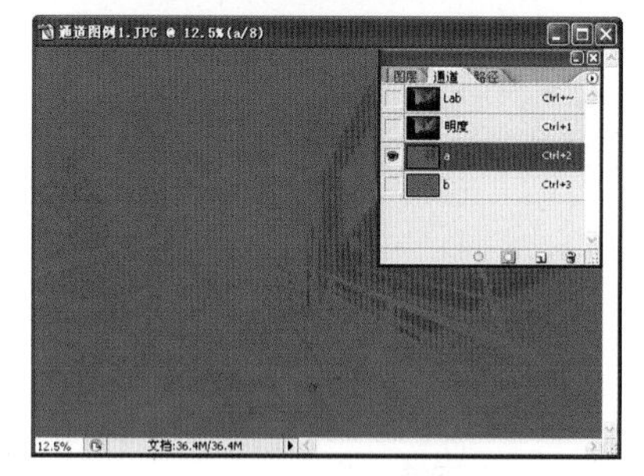
单一的“a”通道

“b”通道和“明度”通道叠加的效果

（四）通道就是选区

对于通道应用的意义，一句话可以总结：通道就是选区。下面我们从实例中了解通道的选区意义。

对于右边这张人物图片，如果想要把人物的头发完整、清晰、准确地选出来，相信会是一个不小的难题。也许索套、魔术棒、钢笔甚至蒙版都不能令人满意。这时就要用到通道。

原图

首先观察下面这三张 RGB 通道图片中哪一个反差比较大。很明显，绿色通道反差较大。

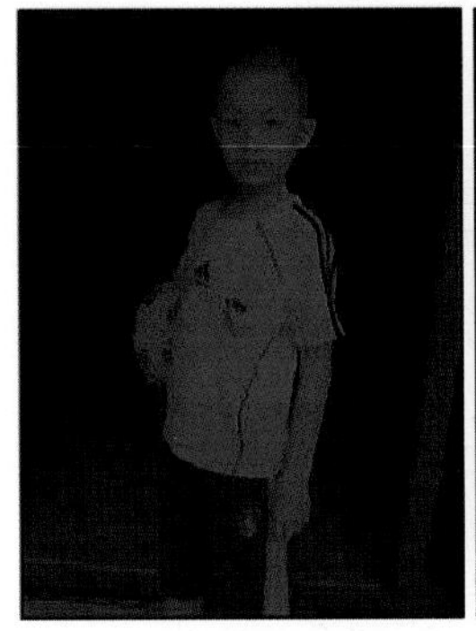

红色通道

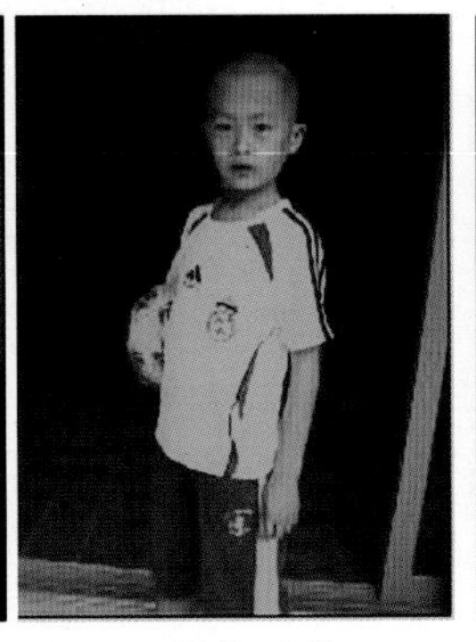

绿色通道

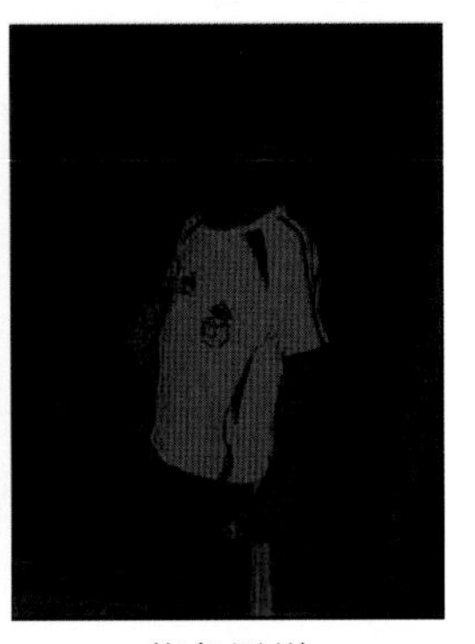

蓝色通道

把绿色通道拖到图层面板底部“创建新通道”的图标上，得到一个“绿副本”通道。

通过色阶的调整，我们拉大“绿副本”通道的反差，使背景接近白色。

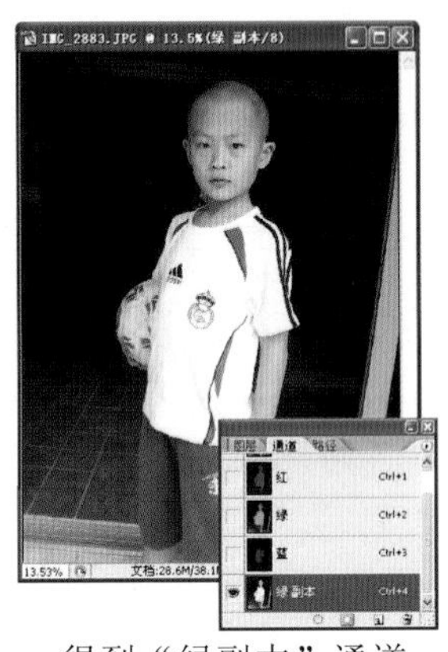

得到“绿副本”通道

调整色阶

利用画笔工具、选择工具、反相、填充等多种工具命令，把“绿副本”通道变成黑白图像，黑色就是要留下的，白色是要舍弃的部分。

把“绿副本”通道载入选区，回到 RGB 模式，并激活图层模板，把选择的区域拷贝并粘贴出来，加入新背景并协调润色完成作品。我们可以用这个方法对复杂图形进行抠图。

将“绿副本”通道变成黑白图像

抠图的结果

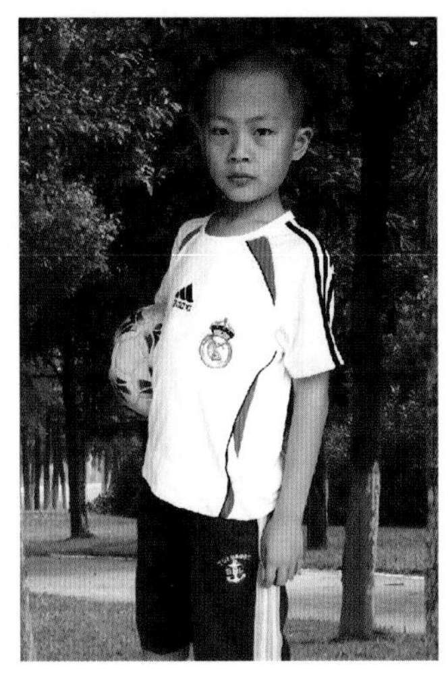

加入新背景

（五）使用通道计算法获得黑白影像

使用通道计算法获得黑白影像是数码黑白制作中比较高级的方法。它让制作者能最大限度地控制最后的结果并获得极佳的效果。当然，这还取决于制作人对于色彩的认识和图像处理的经验。

使用通道计算法获得黑白影像的原理是：在 RGB 红、绿、蓝三个通道中，由制作者选择两个看起来效果比较好的通道进行混合，创建一个全新的通道。这个通道要比灰度转换操作得到的结果好得多。为了得到一幅更好的灰度图片，可以使用如下两种方法：一是尝试不同的通道组合(红和蓝、红和灰，绿和蓝及蓝和灰的组合)；二是混合模式设置为“柔光”，也可将混合模式改为别的模式，降低或增加“不透明度”，然后观察一下效果。

打开要转换成黑白图像的彩色图片，如右图。查看原图在 RGB 红、绿、蓝三个通道中的不同效果。

彩色原图

红色通道亮部以及高光部分往往会过曝，但是作为人物肖像，红色通道表现皮肤质感细腻，而且暗部的细节保留比较好，所以红色通道可以选择。

再看绿色通道，表现皮肤，它是最有优势的：从亮部到暗部色调丰富，反差适中，既没有红色通道的过曝，也没有蓝色通道

红色通道

绿色通道

蓝色通道

的暗沉，画面干净，杂质极少。所以，绿色通道也是选择之一。

剩下蓝色通道，我们可以看到画面比较平淡，反差较弱；放大来看，噪点以及杂质比红色和绿色通道多，不宜选择。当然，题材、内容、画面不同，选择就不同，不能生搬硬套。

选择红色和绿色通道后，操作“图像”/“计算”，如左下图。对话框中“源 1”和“源 2”要分别选择两个通道，在这个例子中是红色和绿色通道;混合方式可以多尝试不同方式的不同效果，这里的选择是“正片叠底”；不透明度要根据画面要求进行调整，为了保持人物面部的亮度；这里选择 30%，点击“确定”，得到一个全新的通道，如右下图。

计算对话框

得到的新通道

这个新的通道是完全由制作人控制调整得到的，但是它还只是这张图片许多通道的其中一个，现在把它单独提出来（删除其他通道），得到我们最终满意的影像。

最后效果

三、外挂滤镜的使用

滤镜是 Photoshop 中功能最丰富、效果最奇特的工具之一。它通过不同的方式改变像素数据，以达到对图像进行抽象、艺术化的特殊处理效果。

Photoshop 滤镜可以分为三种类型：内阙滤镜、内置滤镜(自带滤镜)、外挂滤镜(第三方滤镜)。内阙滤镜是指内阙于 Photoshop 程序内部的滤镜（共 6 组 24 支），这些是不能删除的，即使你将 Photoshop 目录下的 plug-ins 目录删除，这些滤镜依然存在。内置滤镜是指在缺省安装 Photoshop 时，安装程序自动安装到 plug-ins 目录下的那些滤镜（共 12 组 76 支）。外挂滤镜是指除上述两类以外，由第三方厂商为 Photoshop 所生产的滤镜，不但数量庞大，种类繁多、功能不一，而且版本不断升级，种类不断更新，这才是我们的主要工作对象。虽然影像编辑工具也能处理这些效果，但相当耗时费力。基本上，下表中的滤镜把一连串的程序自动化，节省了可观的时间和精力。

选择性焦点 Selective focus	聚光灯 Spotlight	浮雕效果 Embossing
透视效果 Perspective	偏光 Polarization	拼贴 / iling
渐层效果 Graduating	白昼夜光 Day for night	移置 Displacement
中央变暗 Center darkening	薄霭和气氛 Mist and mood	动态模糊 Motion blur
老旧照片 Old photographic	变亮 Lightning	色彩化 Colorizing
程序 processes	材质 Some textures	简易碎片 Simple fragmentation
光辉、光环、光晕 Glow、halo and corona	金属 Metal	
不透明塑料 Opaque plastic	扩散效果 Diffusion	水纹效果 Water

表中的滤镜动用了先进的程序设计及精密的数学运算，产生的特效是一般影像编辑工具所无法达成的。在一般的编辑工具中，你可利用绘图或者模糊等功能来模仿火焰效果，但是你无法制造出特定镜头或特定光源下所拍摄的火焰。

光学模糊 Optical blur	高阶有机体 Advanced	变形笔刷 Distortion brush
镜头校正 Lens correction	形态转移 Morphing	阳光 Sunlight
材质 textures	艺术媒体 Art media	云 Clouds
折射 Glass and plastic with refraction	高阶 Advanced	火焰 Flames
碎片效果 fragmentation	毛皮 Fur	碎形 Fractals
融入影像 Immersive imaging		

右图所示照片合成了多部电影，结合了多张广角、深前景的照片，并以分层特效布局。

国外用Photoshop制作的作品

所谓的“第三方软件开发商”(third—party suppliers)，通常功能的指向性很强，扮演着重要的角色。顾名思义，特效软件为了制作特殊效果，属于相当专业的范畴，其专门的程度，其实没必要全部建在影像编辑的主应用程序中。

Photoshop外挂滤镜是扩展寄主应用软件的补充性程序。寄主程序根据需要把外挂程序调入和调出内存。由于不是在基本应用软件中写入的固定代码，因此，外挂具有很大的灵活性，最重要的是，可以根据意愿来更新外挂，而不必更新整个应用程序，著名的外挂滤镜有KPT、PhotoTools、Eye Candy、Xenofen、Ulead Effects等。

（一）KPT滤镜

Photoshop的著名外挂滤镜KPT（kais power tools）是一组系列滤镜，原先隶属于Metacreations公司，最近被转手到了Corel公司。从最早的KPT3，到其后的KPT5、KPT6，一直到Metatools公司最近发布的KPT7，都是专业设计师们首选的滤镜。它的功能非常强大但是操作起来比较复杂，非专业人士使用起来比较难，但是KPT却能让你的设计变得丰富多彩。每个系列都包含若干个功能强劲的滤镜，适合于电子艺术创作和图像特效处理。

KPT3共包含19种滤镜插件，主要有四大类：第一类，KPT Gradient Designer 3.0（渐变设计师），主要制作渐变填充的效果，包括了一百多种渐变变化，如果配合不同混合模式，还可以设计出数百种光影效果；第二类，KPT Spheroid Designer 3.0（球体设计师），它是KPT3中最强大最精彩的部分，它能把二维图像完美地变为三维图像；第三类，KPT 3D Stereo Noise 3.0（添加杂质），它可以为图像添加混合杂质效果，配合不同混合模式能创造出各种不同效果；第四类，KPT Material Pathfinder3.0（材质探险者），它能生成各种材质效果，让你的图像更漂亮。

KPT 3

KPT5是继KPT3之后Metatools公司又一个力作，它并不是KPT3的升级版本，但是两者功能并不重合。KPT5增加了5个新的滤镜：KPT Blurrr（模糊效果滤镜），它的面板上集成了9种模糊效果，可直接自由切换，其中有一些模糊效果是独一无二的。KPT ShapeShifter（文字特效滤镜）能创建网页3D按钮、令人炫目的玻璃外形物件及文字。KPT Orb-It（球体生成滤镜）可在图像上生成无数的球体，如泡沫、雨滴等效果，并且每个球体都是独立对象，可以进行位置调整与属性设定。KPT FiberOptix（纤维效果滤镜）可给任何图像加上令人惊奇的真实羽毛效果，产生诸如毛绒的文字、蓬松的地毯、带刺的塑胶条等效果。KPT FraxPlorer（不规则碎片滤镜）采用新的分形算法和着色模式，通过Universe Mapping（宇宙制图）面板开发分形空间。

KPT6滤镜是继KPT3与KPT5以后，Metatools公司又一个功能强大的滤镜。其中比较有代表性的有：KPT Equalizer（KPT均衡器）可用来对图像进行调节，制造各种锐化效果；KPT LensFlare

KPT5

（闪烁透镜），它能真实的创造反射、光晕与透镜反射等效果；KPT Goo（涂抹滤镜）可以对图像进行像流质一样的涂抹；KPT SkyEffects（天空滤镜）能自然生成天空及逼真的天空效果；KPT SceneBuilder（建模滤镜）在Photoshop中插入三维模型并渲染着色，类似一个小型的3DS。

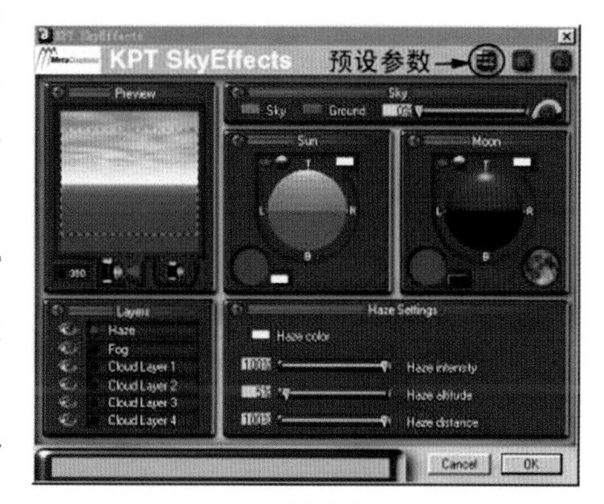

KPT6

KPT7是Metatools公司最新发布的一款滤镜。它一共有9个滤镜：Channel Surfing（通道滤镜）可以对图像的任一通道进行模糊、锐化、对比度等效果。Fluid（流动滤镜）可以在图像中加入模拟的流动效果、刷子带水刷过物体表面的痕迹等。Frax Flame（捕捉滤镜）能捕捉及修改不规则的几何形状，并能对这些几何形状实行对比、扭曲等效果。Gradient Lab（倾斜滤镜）可以创建各种不同形状、高度、透明度的色彩组合并应用到图像中。Hyper tiling（瓷砖滤镜）借鉴瓷砖贴墙的原理，产生类似瓷砖效果。Ink Dropper（墨滴滤镜）能产生墨水滴入静止水中的效果。Lightning（闪电滤镜）能在图像上产生像闪电一样的效果。Pyramid（相叠滤镜）将原图像转换成具有类似“叠罗汉”一样对称、整齐的效果。Scatter（质点滤镜）可以控制图像上的质点及添加质点位置、颜色、阴影等效果。

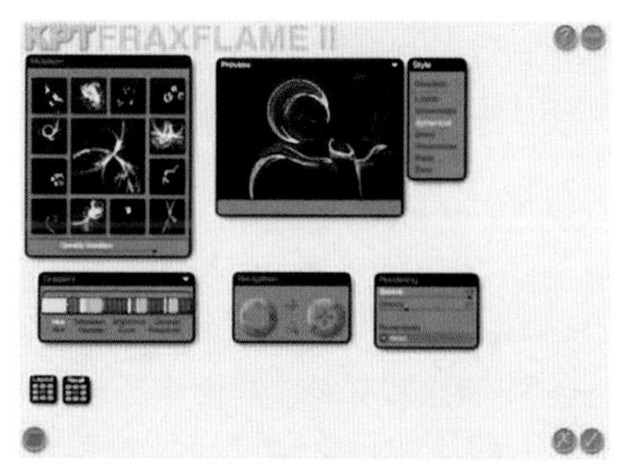

KPT7

如果没特别提示就可以直接把里面的文件拷贝到相应目录(即Photoshop安装目录下的Plug-ins文件夹里)，然后直接运行Photoshop软件，可以发现在其Filter（滤镜）菜单下多了一个KPT effects子菜单，展开下一级，便是KPT 7.0滤镜组提供的9个功能强大的滤镜命令项了，这便表明KPT 7.0安装成功了。其他滤镜的安装方法也类似。

原图

1.KPT Fluid

KPT Fluid滤镜是KPT7中的一个滤镜，该滤镜用来模拟画笔在液体上抹过的效果。液体的流动带有很大的偶然性，也是最具偶然性质的一个工具，不过其效果也充满了惊喜。单从界面上来看，设置相对简单，只需要对笔刷的尺寸、速度还有液体的浓度进行设置就行了。

Brush size：设置笔刷的尺寸。参数越大，笔刷尺寸就越大。

Velocity：设置笔刷划过液体的速度，参数设置的越大，图像的变化也就越复杂。

Blend：设置液体的黏稠度，参数设置得越大液体的流动性也就越大。

把各项参数调整好后使用鼠标在图像预览窗口中快速划过。等到图像完全静止，这样一个意想不到的效果就出现在了你的面前。

KPT Fluid滤光镜效果

2.KPT Gradient Lab滤镜

这个滤镜从外观上就可以看出是一个调渐变的工具，它是对 Photoshop 渐变功能的强有力扩充。使用它我们可以轻易创建出具有复杂形状和样式的多层渐变。这个渐变工具能很容易地调出你想要的色彩。

Gradient Lab滤镜

3.KPT Lightning滤镜

这个滤镜生成的就是闪电特效。以前在 photoshop 里做闪电效果，仅光路径就要调整很久，这个效果滤镜的出现为制作 photoshop 闪电效果提供了极大的方便。

KPT Lightning滤镜闪电效果

4.KPT Pyramid Paint滤镜

该滤镜可以将一副图像转换成类似于油画的效果。在该滤镜中，可对图像的色调、饱和度、亮度等参数进行调整，很有艺术效果。这个滤镜在生成效果时使用了Lab 颜色模式。

KPT Pyramid Paint 滤镜的效果，介于水彩和优化之间

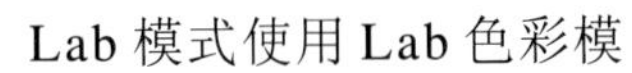

Lab 模式使用 Lab 色彩模型。在 Photoshop 的 Lab 模式（名称中去掉了星号）中，心理明度分量(L)范围可以从 0 到 100，a 分量（绿 - 红轴）和 b 分量（蓝 - 黄轴）范围可以从 -120 到 +120。Lab 图像是包含 24(8 × 3)位 / 像素的三通道图像。

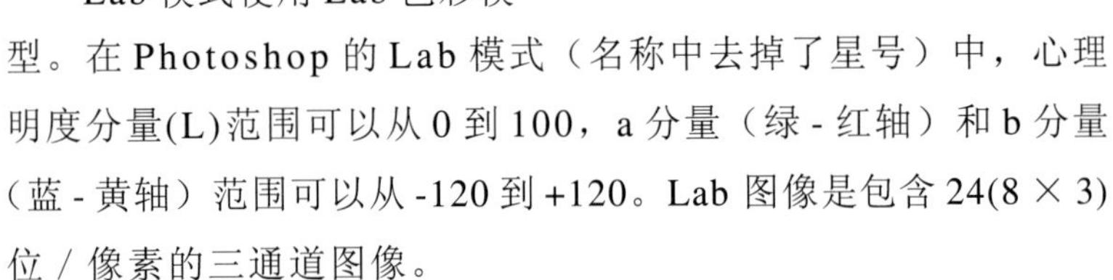

Lab 模式既不依赖光线，也不依赖颜料，它是 CIE 组织确定的一个理论上包括了人眼可以看见的所有色彩的色彩模式。Lab 模式弥补了 RGB 和 CMYK 两种色彩模式的不足。

很多第三方软件都有各式各样的滤镜，例如绘画风格的滤镜，就有一款“数码画王”，我们用同样的原图来比较看看不同的效果。还有一款图像处理软件 photocap 中也有油画滤镜。

数码画王中的油画滤镜

photocap中的油画滤镜

（二）Eye Candy 4000 滤镜

Alien Skin 公司生产的 Eye Candy 4000 滤镜又名眼睛糖果，它内置 23 种滤镜的套件，能在极短的时间内生成各种不同的效果。主要有：ANTIMATTERS（反物质滤镜）、BEVEL BOSS（浮雕滤镜）、CHROME（金属滤镜）、CORONA（光晕滤镜）、CUT OUT（切块滤镜）、DRIP（水滴滤镜）、FIRE（火焰滤镜）、FUR（柔毛滤镜）、GLASS（玻璃滤镜）、GRADIENT GLOW（渐色辉光滤镜）、HSB NOISE（噪点滤镜）、JIGGLE（轻舞滤镜）、MARBLE（理石滤镜）、MELT（熔化滤镜）、MOTION TRAIL（动态拖曳滤镜）、SHADOWLAB（阴影滤镜）、SMOKE（烟雾滤镜）、SQUINT（斜视滤镜）、STAR（星形滤镜）、SWORL(漩涡滤境)、WATER DROPS(水滴滤境)、WEAVE(编织滤境)、WOOD(木纹滤境)等类型。

Eye Candy4000 的动物皮毛滤镜

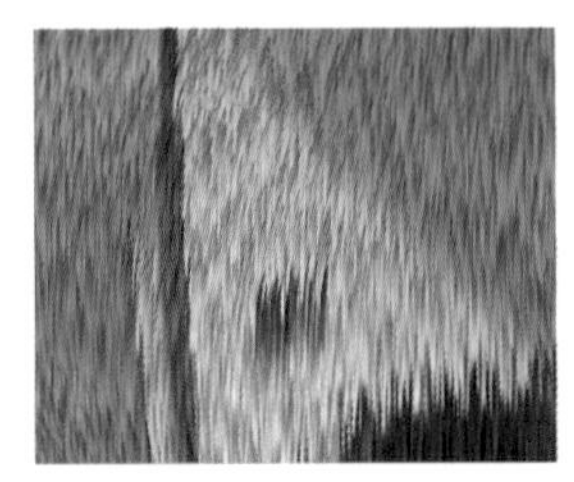

局部

（三）Xenofex 滤镜

xenofex 滤镜是 Alien Skin Softwave 公司的另一个精品滤镜，它延续了 Alien Skin Softwave 设计的一贯风格，操作简单、效果精彩，是图形图像设计的又一个好助手。Xenofex 滤镜主要分为：Baked Earth（干裂效果）、Constellation（星群效果）、Crumple（褶皱效果）、Flag（旗子效果）、Distress（撕裂效果）、Lightning（闪电效果）、Little fluffy clouds（云朵效果）、Origami（毛玻璃效果、Rounded rectangle（圆角矩形效果）、Shatter（碎片效果）、Puzzle（拼图效果）、Shower door（雨景效果）、Stain（污点效果）、Television（电视效果）、Electrify（充电效果）、STMPER（压模效果）等类型。

滤镜Xenofex 2 Demo燃烧效果

四、黑白影像

（一）黑白的诱惑

黑白摄影一直是传统摄影中一块代表高档艺术的领地，根据经验，原因有以下几个方面：

首先，黑白照片是摄影师能够自行放大的唯一选择，负片、正片以及反转片所需要的复杂而昂贵的设备都能通过个人拥有和操作；而自行放大照片能够最大限度地实现对最终影像的控制，并体现摄影师的意图。

北京 798 艺术区

其次，能够自行放大照片需要一系列的技术和坚韧的品格，忍受暗房的孤独与化学品的侵蚀，使人感觉敬佩。

再次，黑白照片抛弃了华丽的色彩，完全借由灰度的变化来表达现实，要体现出单纯而高贵的美感，难度极大，是对摄影师的艺术修养和人文修养以及摄影艺术的极端考验，所以能够在黑白世界里自由驰骋的摄影师，似乎在一定程度上超脱了世俗的审美情趣，具有更高层次的品位。

最后，在数字时代，仅仅从技术上而言我们可以更加轻松地得到黑白照片，有时候几乎只要一个按键就可以办到。

右图所示的照片用 CANON EOS 5D 数码相机拍摄了彩色照片，然后导入 Photoshop 进行了数字化处理。

康友.塔克Kanjo Take作品（德国）

（二）拍摄黑白照片

1.宽容度问题

（1）感光元件的局限。人类眼睛的适应力是惊人的。当看一个画面时，我们的眼睛可以看到全部的光线范围，从阴影部分到被整个太阳照亮的部分，人类眼睛可以看到一个大约是 800：1 的明暗对比值的动态的光线范围，而相机只能“看到”100：1 的明暗对比。很多摄影师发现自己的照片阴影部分完全漆黑或者明亮的地方完全失去色彩的时候，都会大吃一惊。数码相机上的直方图指出了芯片可以捕捉到的五个光线挡。

尽管数码后期可以解决很多问题，但是有些前期基础工作是无法代替的，例如刚才所说的非常敏感的宽容度问题。以目前的科技来看，数码宽容度较小，不容易表现黑白银盐那么多的灰阶层次。因此拍的时候更要注意曝光，一般高光过度不能超过两级，暗部不足不能低过三级，因此最大宽容度也就

北京颐和园

在五级以内。故在要拍的范围内，如果要表现画面的每一个细节，最亮的地方和最暗的地方曝光值差别要在五级以内。

外国黑白摄影作品

例如：用点测光，以光圈优先模式拍摄，设定光圈F4，如果画面上最亮的一点为快门速度1/1000秒，那么同样的光圈下，最暗的一点快门速度不能低于1/30秒，否则暗部就无法看到细节了。这个宽容度数据应该是单反数码的，对于普及型DC，因为CCD更小，宽容度还要小！所以同样是4M像素，1/1.8吋CCD的相机表现出来的画面素质会好过1/2.7吋的,除了噪点因素外，宽容度的影响是很大的。

小DC拍摄黑白照片时，要留意画面反差不要太大

（2）数码区域曝光系统。实际上，在自然环境条件下，绝大多数场景的光比（最亮和最暗的亮度之比）都远远超过五级，而且我们拍照片，并不是都需要把所有的细节表现清楚。因此，通过确定恰当的曝光组合来表现摄影者的创作意图就很重要了。这方面的泰斗当属美国的亚当斯，他创立的分区曝光法是摄影技术上的一个里程碑，但其原理其实并不复杂：根据他的理论，黑白照片的明度或者说影调可以分为十个“区域”，由零区域(相纸能够表现出的最黑的部分)至第Ⅸ区域(相纸的底色，即白色)。

无论胶片还是CCD，其感光宽容度都小于自然环境的光亮度范围，通常黑白银盐胶片可以表现的是7个区域左右，彩色负片大致可以表现6区，彩色反转片和DSLR的CCD大致可以表现5区，而一般的普及型小数码大概也就可以表现4～4.5区了。

第Ⅴ区域是中等的灰度，它可以根据测光表的读数曝光而得出；第Ⅲ区域是有细节的明影部分；而第Ⅸ区域则是完全没有细节的强光部分。通常我们希望曝光区域在Ⅰ区到Ⅸ区之间，保留从高光到阴影的所有细节。在Photoshop里调整的时候，我们可以调整原始数码照片或者扫描底片的影调来增加画面的细节层次。举例来说，把位于Ⅴ区的皮肤色调调整到Ⅵ区会更加漂亮。预先形象化的思路可以指导我们从拍摄到处理最终得到满意的作品。

Ⅰ区：几乎黑色。暗淡光线下的阴影。未照亮的室内空间，大多数情况下，影调与0区相同。

Ⅱ区：灰黑。仅仅能暗示表面质地。

Ⅲ区：黑灰。有表面质地化的影子，黑色的纹路和组织结构清晰可见，暗色纹路其质地很清楚。

Ⅳ区：暗灰。暗色调的“黑”皮肤（如非洲人）。暗色树叶，风景或建筑物的影子。

Ⅴ区：中灰。18%灰色。暗色调的“白”皮肤、亮色调的“黑”皮肤、风化的木头、明亮的叶子、晴朗天空中最深的蓝色。

Ⅵ区：浅中灰。一般高光的“白”皮肤，明亮阳光照射中的雪景上的影子。

Ⅶ区：浅灰。苍白的“白”皮肤。阳光下的人行道，可见淡色织物的表面质地。

Ⅷ区：微灰。几乎为白色，看表面犹如平光中的白雪或白墙上的日光。

Ⅸ区：不能表现质地的纯纸白。明亮阳光下的雪，也叫基调白色。

新旧区域曝光法的一大不同之处在于“Expose for the shadows，develop for the highlights”。这句话可以理解为“基于暗部曝光，根据高光显影”。而我们在用数码相机拍摄的时候是根据高光区域曝光，在Photoshop里调节暗部。这样我们可以得到一个较少噪点的照片。数字相机要最大限度地发挥宽容度，应该用RAW格式文件，将需保留细节的高光保留

对于高反差的物体，曝光准确性很重要

最大值并且避免溢出，在处理时进一步调到满意的曝光。处理RAW格式文件相当于冲洗胶片。正确曝光很重要，宁愿过度曝光也要避免欠曝，RAW格式文件允许在后期制作中挽救高光细节。

（3）小心地拍摄。拍摄的时候首先根据拍摄意图，确定需要的中间调（即所谓18%灰，也就是相机测光的计算依据）在何处，然后对画面需要保留细节的最亮处和最暗处进行点测，看其亮度是否超出上述表现范围，如果超出了，就要弥补。比如逆光人像，如果以人面部测光为准，背景高光必然严重过亮，如果需要高光有细节，必须提高人面部亮度以缩小整个画面的亮度差，通常可以用闪光灯补光或者反光板补光。再举个相反的例子：阴天外拍人像，由于光线太平，拍出来的人物没有立体感，特别是在黑白照片上，更是全部灰成一片。这时可用闪光灯或外拍灯提高人物亮度，如果把灯光打在人面部，仍然以面部曝光为准的话，背景亮度自然就不足而暗下去，这样主体就鲜明地凸现出来了。

用反光板补光，提高人物亮度

综上所述，了解画面上各个区域的亮度信息对得到一张曝光适当的图片非常重要，因此点测光功能非常有用。现在绝大部分的普及型数码相机上都有点测光，当然这个“点”的面积和传统意义上的“点”测光比较似乎大了些，但一般情况下也够用了。使用点测光需要注意两点：一是任何测光都是基于反射率18%灰板条件，也就是说按照测光值曝光得到的是一个灰度为18%的图像，18%灰度大致上接近中国男性手背。二是得到测光值后确定的曝光是以画面要求的中间灰调为中心，要保留的细节应该在正负两级亮度范围内。

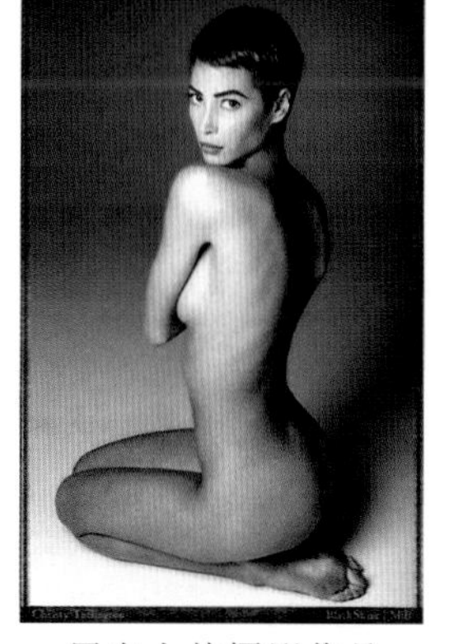

黑白人体摄影作品

还有一种在风光摄影中面对高反差的天空和地面的解决方法是加偏振镜或者中灰渐变镜减掉一部分天空的亮度，缩小亮度范围，使成像亮度在可表现范围内。

（4）后期调整。有一种方法特别适合DC，就是拍两张，一张以天空曝光为准，一张以地面曝光为准，然后再将两张合成。注意：此办法最好用三脚架以保证两张照片拍摄的位置不改变，否则在后期合成中会很麻烦。如果是单反，可以使用RAW格式拍摄，之后在转换时进行两次不同曝光程度的调整。由于RAW格式所包含的信息非常完整，所以基本上可以获得曝光跨度比较大的两张照片，转化成JPG或TIFF格式后在Photoshop中进行合成。简单的合成方式就是把其中一张拷贝再粘贴到另外一张上面，适当调整透明度，之后用橡皮擦工具把上面那张不要的那部分（过曝或欠曝的部分）擦除，显露出下面的图，从而达到把两张照片中曝光正常的部分结合的目的。这个方法黑白、彩色都适用。

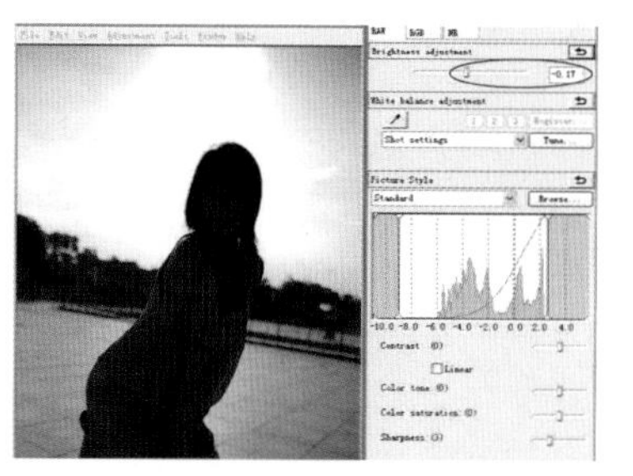

以天空为曝光依据，人物较暗

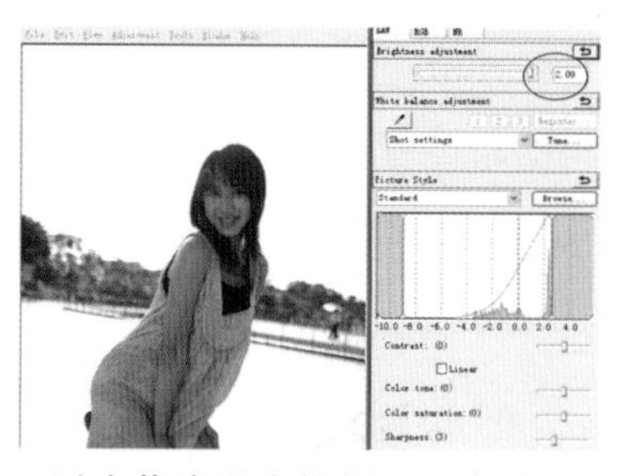

以人物为曝光依据，天空过曝

两张合成的结果，天空和人物都得到了照顾

2.黑白摄影中滤光镜的使用

大家都知道，在黑白照片上所有的颜色都被再现成明暗不一的灰色调。黑白摄影中，滤光镜最重要的用途就是突出某种灰色调以区分其他灰色调所代表的那些颜色。

（1）滤光镜对于黑白照片的意义。有的时候，人们并不是特别注重色彩是否真实，而非常乐意接受不反映颜色的黑白照片。但是，黑白照片也必须力求自然和真实。如果，我们想在黑白照片中突出某种特定的颜色，使它在照片上呈现出对比，那就需要我们选择合适的滤光镜。那么，什么样的滤光镜才是“合适”的呢？为了弄清楚这一点，我们必须明白基本原理：滤光镜只允许与其颜色相同的色光通过，而阻挡其他色光通过。如黄色滤光镜只让黄色通过；绿色滤光镜只让绿色通过；红色滤光镜只让红色通过等等。这一原理在黑白摄影中发挥了很大的作用，下面以红色滤光镜为例具体说明这个原理。

由于红色滤光镜只让红色光通过，因此在拍摄红玫瑰时红玫瑰反射回来的红色光将畅通无阻地透过滤光镜而投射到感光单元上。在感光单元上，这将产生什么样的结果呢？原来较深的地方在照片上反而会变成较浅的灰色影像。因此，红玫瑰的影像比较浅。而原来较浅的部分在照片上反而会显得较深。因此，绿叶将呈现为较暗的灰色影像。结果：突出的红玫瑰与绿叶形成鲜明的对比。

那么，什么时候适合使用滤光镜分离出黑白照片上某种颜色呢？这样的情况很多。例如，拍摄风光照片时，绿色的滤光镜就非常有用，因为它可以加深天空的色调，淡化周围的植被色调，从而加强它们之间的对比。

在拍摄秋天的景色时，可以使用红色滤光镜使橙色的树叶在照片上变亮，同时还可以让蓝天变得更蓝。

在建筑摄影中，摄影师常常使用红色滤光镜，因为红色滤光镜能够加深蓝天的色调，更加显著地突出所拍摄建筑物。

在肖像摄影中，使用红色滤光镜头会是什么样子呢？可以肯定地告诉大家，这是一个糟糕的想法。粉红色的皮肤看上去就像漂白了一样，红嘴唇则出奇的发白，好端端的人变成了一个幽灵。

（2）如何使用滤光镜加深天空色调。例如眼前有这样的景致：近处是美丽的田野，远处是连绵起伏的山峦，蔚蓝色的天空中飘浮着白浪般的积云。用黑白胶片拍摄下这令人怦然心动的景色，可是，最后照片上只是苍白无力的灰色云朵衬托在缺乏细节且同样苍白的灰色天空下。这是一张失败的照片，与那迷人的景色大相径庭。我们知道，黑白照片由不同色调的黑和白组成，其范围从纯白、浅灰、深灰、黑灰一直变化到黑色。拍摄如上描述的蓝天、白云场景时，我们应该使用能让蓝天的色调变得更暗的滤光镜。如果照片中蓝天呈更暗一点的灰色调，那么洁白的云朵就被反衬出来了。

要注意，在黑白照片上白云不要再现为纯白色调，最好是淡灰色调。增滤光镜后，基本上不要改变白云的色调，让白云仍然保持浅灰色调。我们要做的只是加深蓝天的色调，从而达到突出白云的目的。

如果拍摄时使用了黄色的滤光镜，会发现蓝蓝的天空呈现出较暗的灰色调。不过，我们如何选用最合适的黄色滤光镜，这取决于我们希望把蓝天的色调加深到什么程度。滤光镜的颜色越深，蓝天在照片中也会呈现出越暗的灰色调。

为了得到比黄色滤光镜更深的灰色调天空，我们可以选用绿色滤光镜。专业摄影师最常用的绿色滤光镜是11号的淡绿色滤光镜。蓝天被再现为更暗的灰色调，更加明显地突出了白云。

使用红色滤光镜可以拍摄近乎黑色的天空。最常用的红色滤光镜标号为25号。

我们最好选择颜色不太深的滤光镜，以便突出我们所希望的目标。假如加深蓝天的色调以突出白色的云朵只是我们的一个目的，那么就应该选用浅黄色滤光镜。而从另一个角度看，如果天空是照片的主体，而我们主要的目标是要对比鲜明地突出白云，这时选用颜色较深的滤光镜更合适。

（3）偏振滤光镜。首先声明，我们在这里所讲的只针对黑白照片而言。如果我们拍摄的是彩色胶片，则不管是黄色滤光镜、绿色滤光镜还是红色滤光镜都不可能加深蓝天的色调。正像我们所知道的，不管是彩色摄影还是黑白摄影，能够加深蓝天色调的一种滤光镜就是偏振滤光镜。

对于黑白胶片，我们利用偏振滤光镜可以在照片上将蓝天再现成较暗的灰色阴影，用偏振滤光镜拍摄的照片中蓝天的色调居中，比浅黄色滤光镜的要暗，但比绿色滤光镜的又要亮。

（4）如何使用滤光镜穿透薄雾。薄雾实际上是由一些能够散射天空光的微粒组成的。天空光是什么颜色呢？是蓝色的。也就是说，薄雾对蓝光有散射作用。为了穿透薄雾看清景物，就要去除这些蓝色光线。那么怎样才能做到这点呢？使用滤光镜就可以去除蓝色光。蓝色滤光镜只允许蓝色光通过。因此使用蓝色滤光镜达不到这个目的。而黄色滤光镜或红色滤光镜均不允许蓝色光通过，因此使用这两种滤光镜比较合适。用绿色滤光镜行吗？需要提醒大家的是，绿色光是蓝色光和黄色光混合而成的。它虽然不会让全部的蓝色光通过，但是仍然有部分的蓝色光能够通过。

如果是中雾，绿色滤光镜或黄色滤光镜就足矣。如果遇上浓雾，用红滤光镜会取得更好的效果。

（三）制作黑白效果的照片

从照片后期处理加工的角度来考虑，黑白摄影更具有让摄影家发挥想象力的余地和空间。相信体验过暗房制作的人，也许更能体会到黑白摄影“手工制作”的乐趣和魅力，让你一分一分地分享到耕耘和收获的感受。少数高档数码相机内置黑白模式，但是对于不具备该模式的数码相机，我们还是可以通过后期处理来实现“黑白”艺术效果，而且非常简单。

常见的转黑白方法有去色、通道混合、取Lab之L通道等，当然这些名词都是取自Photoshop软件，而且这些方法大多有内在联系，如果考虑到其他软件，基本上来说有：通道混合法、HSL色彩之L通道法、非线性方法三大类。

为便于说明情况，我们在这里选取了一幅色彩和光线都相当复杂的图像为例进行说明，如右图。

原图

1.定义黑白场

一幅黑白照片，应该有从最黑到最白的影调，所以第一步就是定义最黑和最白的地方。按Crtl+L调出色阶，按住左边三角箭头向右拉动，同时按住Alt健，直到显示器出现一个最黑点放手；按住右边三角箭头向左拉动，同时按住Alt健，直到显示器出现一个最白点放手。这样就定义好黑白场了。

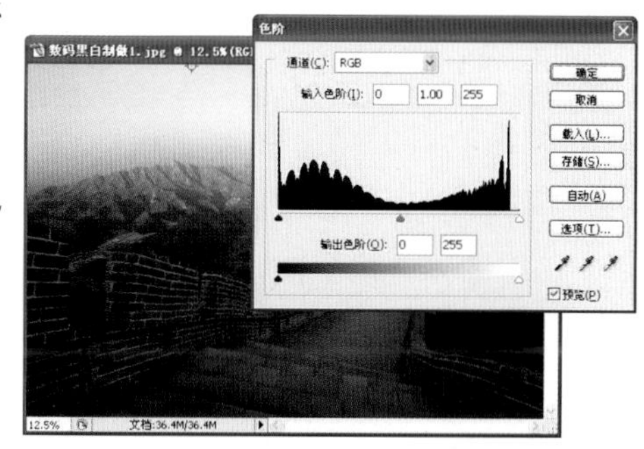
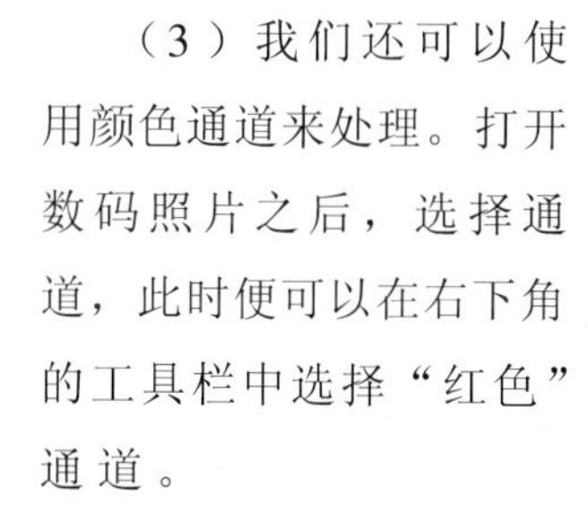

定义黑白场

（1）直接去色。画面显得很平淡。直接去色的原理，是把明度相当的色彩转变为密度相当的灰，也就是把浅红、浅黄、浅蓝都转为了浅灰，彼此之间区别不开。

（2）使用Photoshop打开需要处理的照片，在菜单中依次选择“图像”/“模式”/“灰度”。当Photoshop询问是否丢弃颜色信息时选择“确定”，这样就可以得到黑白的照片。当然，也可通过“图像”/“调整”/“色相/饱和度”，把饱和度调到最低。在这种方法中，照片将不会被去色。它和数码相机黑白模式的工作原理相近，也是将R、G、B三个信道中的亮度值加权平均，大约30%的红色、60%的绿色和10%的蓝色。

直接去色的效果

使用灰度得到黑白影像

（3）我们还可以使用颜色通道来处理。打开数码照片之后，选择通道，此时便可以在右下角的工具栏中选择“红色”通道。

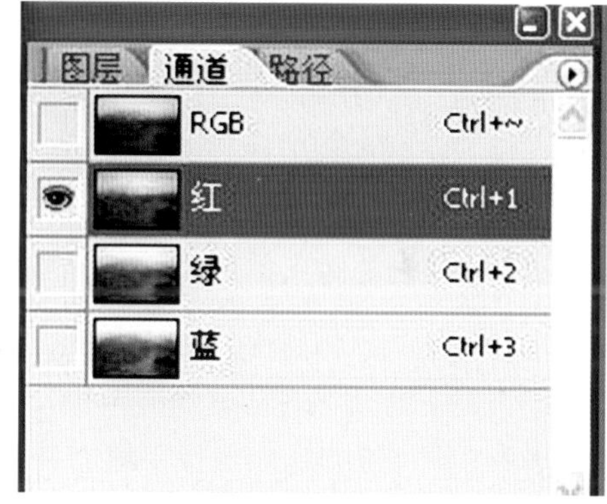

通道示意

（4）在lab模式下删除a/b通道。许多人认为数码照片转黑白后层次虽然好过彩色，但依然不如胶片，其实这是因为大多数人转的方式不对，他们用PS的灰度转黑白，那灰度=（红+绿+蓝）/3，这样转的前提是人眼睛对

通道法效果图

红、绿、蓝三色的亮度是一样敏感的。然而事实是：亮度=0.3红+0.59绿+0.11蓝。这是一个叫CIE的国际组织根据大量实验和计算得出的公式。就是说，人眼看见一点绿都觉得很亮，看见一大捆蓝却没觉得有多亮。颜色问题包含了光学、生理学、心理学、数学问题，但说到底还是应用数学问题。把RGB模式转换到Lab模式，在明度通道里的黑白片的层次会远远好于简单地把亮度认为是（红+绿+蓝）/3的RGB模式下的灰度转黑白片。这也是目前大多数人认为最佳的转换模式。

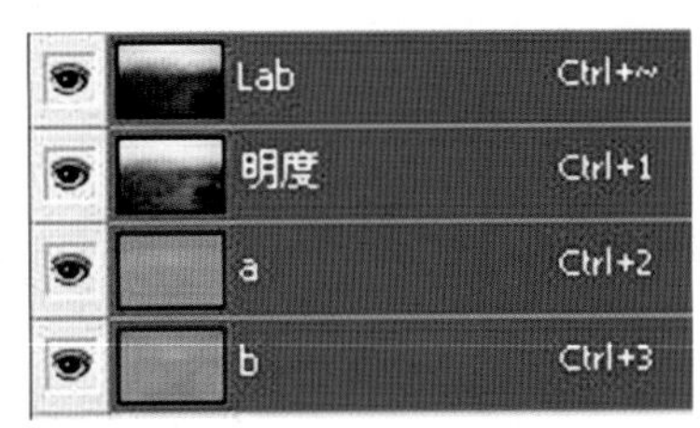

把RGB模式转换到Lab模式

把RGB模式转换到Lab模式的操作

在无特殊理由的情况下，推荐使用通过Lab模式中的Lightness信道把你的彩色照片变成黑白照片。因为Lightness信道中保留了照片中有关亮度原始信息，它也能忠实地再现光的强度。它通过光强和色度来构造模型，其优点是与设备无关，可以准确的描述色调。一幅Lab图像中，L（Lightness）信道包含图像中所有的光强信息，A通道包含了从绿色到品色的色调信息，而B通道则包含了从蓝色到黄色的色调信息。正因为如此，它在Photoshop中表现出最大的色域范围，RGB和CMYK都落在其中，所以我们不必担心从RGB模式转换到Lab模式会有什么损失。

通过Lab模式转换，效果更通透

从理论上讲，光强和亮度是有区别的，而我们经常不太精确地将它们混用。亮度是指观察到的光的强度，它是一个值；而光强则是饱和度和亮度的组合，它是用两个值来描述的。我们通过全色（黑白）胶片拍摄景物时，在胶片上存留的潜影，实际上是光强的映射，而不是亮度的映射，因为现实世界是五彩缤纷的。这也是为什么在Photoshop中只调节“亮度与反差”并不能解决大多数曝光问题的原因。

（5）通道混合器。所谓通道混合，是指通道间各种程度上的替换，所谓替换，是完全的更替，相当于拷贝与粘贴的结果，但粘贴是无法控制程度级的。运用通道混合，这是Adobe推荐使用的方法。此法能让使用者进行全程控制，可以根据不同的情况选用不同的参数，故应该是把彩色图片制作成黑白图片最好的方法之一了。通过该方法制作黑白图片，各色调转换成的灰阶都可以让你随意控制调节，只要有足够的耐性和细心，慢慢观察与调节一定能制作成很好的黑白照片。

通道混合器的作用是用一个通道来替换另一个通道，并且可以控制替换的程度。如果你发现某个通道的数据质量很糟糕，就可以用其他通道来代替它。另外，通过对各通道彼此不同程度的替换，图像会产生戏剧性的色彩变换。

如果你先手工删除蓝色通道的数值，在将绿色通道复制过来，就相当于刚才我将蓝色通道的水平调节杆调到0，再将绿色通道的水平调节杆调到100。但我还调节了红色通道的值，这一点，你用粘贴的方法就不行了。为了让红、绿、蓝色阶值相等的那些像素（黑、白、灰的地方）保持不变，比如某点色阶值为（100，100，100），经过变化后仍是（100，100，100），如果绿+180，可以使红-40%，蓝-40%。

Channel Mixer（通道混合）的一个用途是将彩色图像转换成灰度图像。选中左下角的“单色”，图像马上变成灰度的，并且，“输出通道”中的选项只剩下一个“灰色”，即灰度通道值。这时图像并没有变成灰度的色彩格式，还是RGB三色的，但三个通道的值是相同的，所以你看到灰度图像。但你可以在通道

通道混合器

用通道混合调整黑白的效果

混合控制板中调节三个通道的数值，直到满意为止。

首先：新建一个通道混合器调整层。选择“图层”/“新调整图层”/“通道混合器”命令，接着选择通道混合器的单色模式，调整源通道红绿蓝三色和常数的值，并预览效果到自己满意为止。值得注意的是，调节过程中，尽量保持各通道的值（红、绿、兰、常数）之总和为100，使图片不产生失真。

将第一个“通道混合器调整图层”拖到图层面板下方的“创建新的图层”按钮上，复制一个调整图层。将图层模式由正常更改为“叠加”，同时将图层不透明度降低一些。

采用通道混合器调整层转换彩色片到黑白片的好处是：可以全程掌握转换质量，可以自由调节转换参数，效果可以即时预览；对片质的影像小，不需要再用到色阶，对比度调整等等调节命令；结果更易于修改。如果你对结果不满意，只需要调出调整层的参数，在原参数的基础上做微调即可，而不需要全部都重新再来。

（6）使用PS插件进行处理。说到Photoshop就不能不提到插件，而提到插件就不能不提到AutoFX Mystical Tint Tone and Colors（下简称为TTC）。作为AUTOFX公司出品的数码照片艺术化处理插件，TTC的魅力不仅是因为它有一个奇特的名字——神秘的渲染影调和色彩，更在于它的品质——内置38种艺术特效，超过700多种预设的专业效果。也正因此，这个2003年发布的插件至今仍令专业人士津津乐道，爱不释手。对于处理黑白照片，TTC手下干将Black and White一出手，已经成为新的王者。Black and White的与众不同之处在于它的智能化，它能自动适应高光和暗调，按照高光来确定照片亮度，按照暗部来确定反差。

刚才那张长城的照片，树木、城墙、天空、山石等不同属性质感的东西，用黑白照片能更好地反映各种物品的质感细节和层次。选用Normal模式，提高照片的对比度到8。再点Normal后面的三角标，更换滤镜的种类，可以分别选用Red Filter（红滤镜）、Orange Filter（橙滤镜）、Yellow Filter（黄滤镜）、Green Filter（绿滤镜）、Blue Filter（蓝滤镜），点Custom可以调出调色板，来任意选用自己需要的颜色滤镜，可选取多种颜色滤镜。

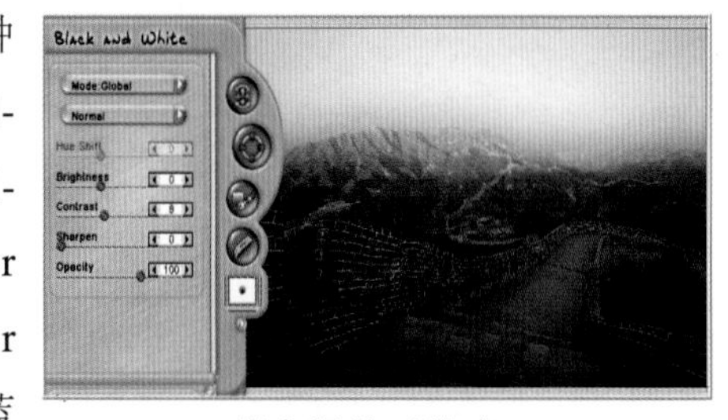

提高照片对比度

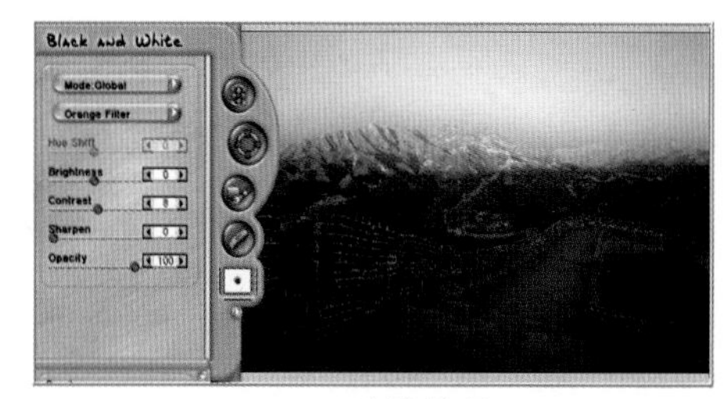

orange滤镜效果

再来看看在默认设置的情况下，不同的方法得到的黑白影像不同的效果，如右图。

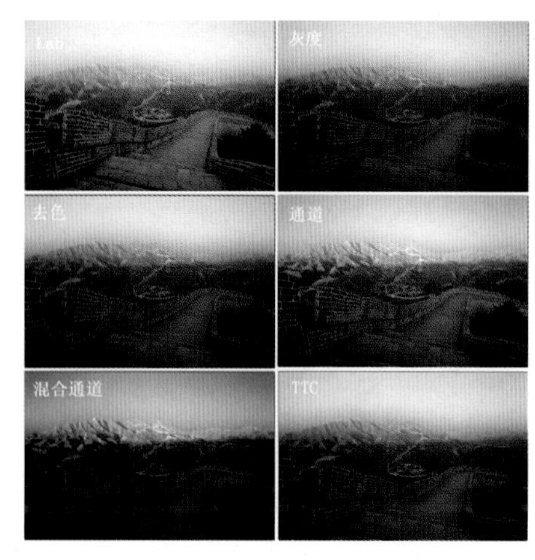

不同方法得到的黑白影像

我们还可使用“渐变映射”（Gradient Map）调节、利用计算功能调整（前面提到）等方法来得到数码黑白影像。这就是Photoshop的魅力，解决同一件事情，它给了许多条途径，而不会有一条绝对完美的，你必须自己做出选择。

五、数码人像修饰

不管是商业广告还是其他用途的人像摄影，其中绝大部分对人像作品的要求是比真人更有美感。我们经常惊讶于商业摄影中明星照片的靓丽无瑕，不论肤色、肤质还是身材，都堪称完美。而近年来一直方兴未艾的婚纱（写真）摄影，也是由于在照片中，人物美得令顾客“几乎不认得自己了”，要达到这种效果，除去化妆的魔力、道具装饰以及灯光背景的烘托之外，后期数码修饰绝对是一个相当重要的环节。有经验的影楼摄影师认为拍摄长相平平甚至不太好看的女性比拍摄天生丽质者更容易获得顾客认同，因为后者在照片中的“变化”远远不及前者，而这恰恰是顾客登门的理由。

黑白摄影

（一）综合分析

原图

在Photoshop中打开照片，如右图。在右下角图层处点住背景下拉创建新的图层（在处理图像的时候一定要先做这一步——创建背景副本）。

这里使用的照片是普通照片，总体细节丰富。问题有三方面：一是构图太大，主体不够突出，人物表情不够突出；二是曝光不足加上白平衡设置不准确，皮肤颜色不理想。三是皮肤本身有细微的瑕疵，可以略作修饰。

（二）曝光合成

把RAW文件通过曝光调节变成两个不同曝光量的文件，我们希望通过合成得到深色那张的背景和浅色那张的人物主体，同时调整照片的白平衡。

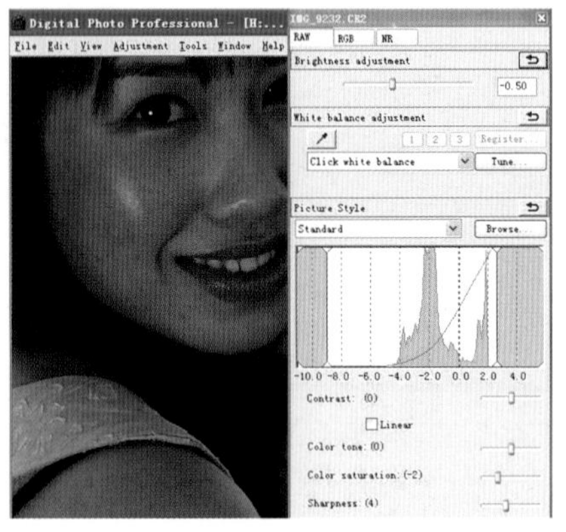

校正曝光及白平衡

调色就是调整照片的亮度、色调和饱和度等因素，使色彩影像更能理想地（注意不是“真实地”）再现。对于缺陷严重的影像一定要先从调色着手。

颜色调整似乎没有一个可以度量的标准，在人像摄影中，肤色的表现是评价色彩的重要标准。从真实皮肤的色彩看，皮肤下的静脉、动脉及肌肉、脂肪给肤色造成了不均匀的外观，再加上皮肤还受到光线或温度等环境因素的影响，更不要说每个人的个体差异了，所以，最难处理的颜色就是人的肤色。总的原则是：感觉好看为止。

利用直方图和信息面板对影响质量的因素进行技术方面的分析，以确定调色的正确方向和恰当的方法，然后才是放大影像查看细节以选择修饰的方法，并从总体上把握修饰的力度。需要强调的是，调得再好的屏幕都是有误差的，人眼的视觉误差更大，所以要借助数据。直方图和信息面板是调节颜色的雷达和坐标。

在Photoshop中把两张照片粘在一起，明度较深的放在较浅的上面。用橡皮擦工具擦掉主体人物（注意设置透明度和橡皮擦的硬度），使下面那张的主体显现出来。最后得到兼顾背景和主体的图片，如下图。

粘合两张照片

粘合的效果

严重偏色、曝光不足等问题已得到较好的校正，肌肤的色调现在比较接近于我们裸眼看到的真实状态，但这离我们想要的白皙润泽、靓丽迷人的肌肤效果显然相去甚远。

（三）重新构图

重新构图是为了突出主体，因为人物是半身照，结合整体感觉，用竖的构图比较符合视觉习惯。为了使人物的动态更有变化，剪裁时把剪裁框旋转了一下，如左下图所示。

特别强调的是：在可能的情况下，拍摄时恰当的构图是非常重要的，因为后期剪裁是要以减少画面有效像素为代价的。右下图是剪裁后的效果。

通过剪裁重新构图

剪裁后的效果

（四）修饰人像

修像最重要的是把握尺度，耐心细致。运用各种工具和技术修除影像的瑕疵而又保留真实质感和立体感，这样的修饰才称得上专业。切勿把人物皮肤修得如橡皮人般毫无质感，又把图像修得面目全非，不合情理。

1.头发的修饰

先把头发部分的一些跳出来的杂发修理一下，工具很多，包括修复画笔、仿制工具图章等。

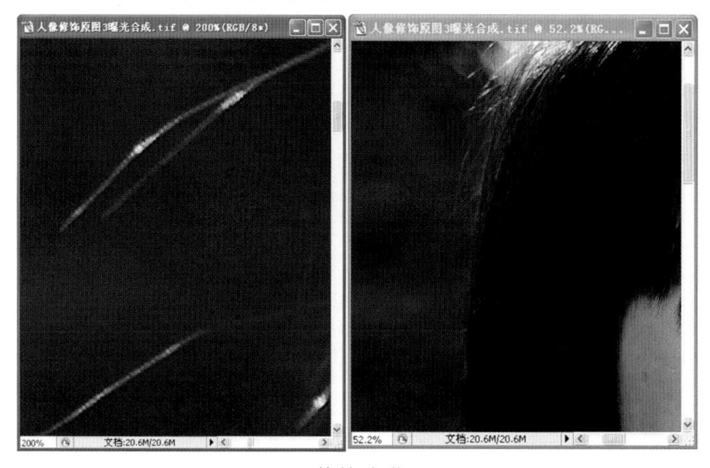

修饰头发

2.皮肤的修饰

能用来修饰皮肤的工具和方法很多，但并非都那么有效。专业的修饰效果往往是靠与众不同的意识和高超的手法完成的，而并不是单纯依靠“专业”工具。修饰后一定要尽量保留肌肤自然的纹理，质感和光影立体感，许多时候还应尽量保留人物的特征。时下流行的用高斯模糊等做的所谓“磨皮”手法用专业眼光来看是不足的，一些所谓的磨皮、修像自动软件如果直接使用的话也同样靠不住。

（1）瑕疵的修饰。将图像放大到100%以上，足够看清细节。这一轮只修饰那些绝对是瑕疵而必须被修除的目标，如污斑、雀斑、痘痘、粗大突出的毛孔、个别散乱的发丝等。可能会影响到质感和人物特征的表现，如眼袋、皱纹、笑纹、唇上部的绒毛等留到下一轮。用修复画笔、仿制工具图章等都可以达到修复皮肤瑕疵的效果。

还要修饰皮肤的小斑痕：用索套工具在要修饰的小斑痕附近选取一个比斑痕大一点的干净的区域，羽化1个像素，按住Alt+Ctrl键，光标变成双箭头，准备复制选择的区域。在选取内点击（按住Alt+Ctrl键），并且把这块复制出来的皮肤拖到需要修饰的区域，覆盖，然后取消选择，完成。这种方法类似医学中的植皮技术，好处是皮肤的质感得以保留。但是注意修饰区域不宜过大，否则会引起亮度、色调等差异。

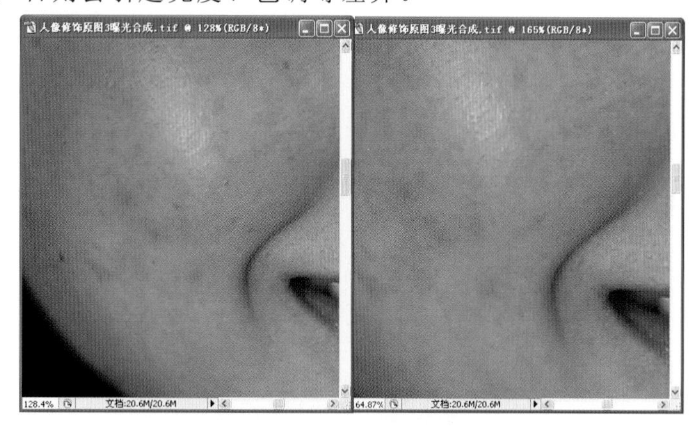

修饰皮肤上的绝对瑕疵

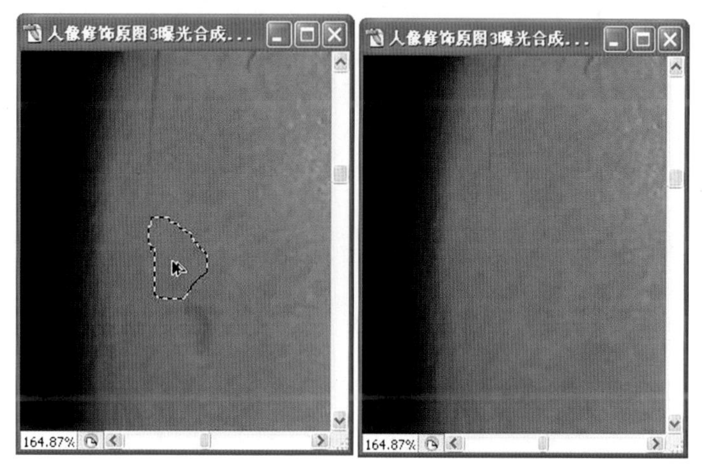

用套索工具修饰皮肤上的小斑痕

（2）细节及特征性瑕疵的修饰。可以使用高斯模糊、通道模糊、专用降噪软件。

皮肤基本上已经干净

3.五官的细节修饰

（1）嘴唇的修饰。唇部的修饰主要是强调色彩，但是不要过分，否则会显得不真实。

按Q键进入快速蒙版，选择画笔，大小约20，不透明度100%，涂抹选择要修饰的下唇内侧，再按Q键得到选区，如下图。

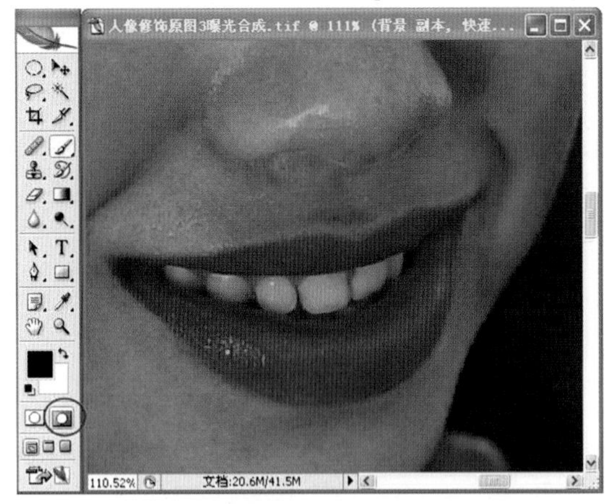

选取需修饰的嘴唇部分

按下图所示，在保留选区的状态下建立可选颜色调整图层。

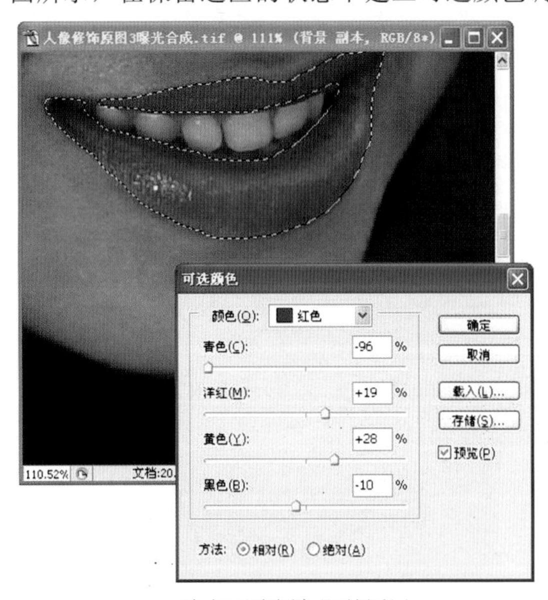

建立可选颜色调整图层

同样的选取牙齿部分，调整亮度。

（2）眉毛的修饰。眉毛不太均匀，眉峰不是太好，这时便要通过以下操作来进行修整。

新建空白图层，命名为“眉毛”。把左眼放到足够大，选

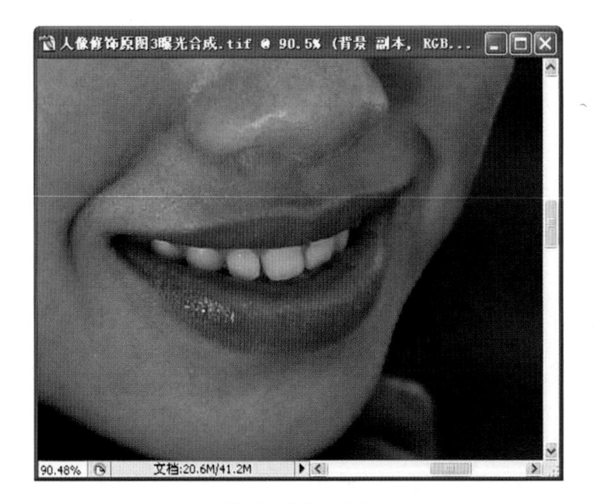

调整牙齿亮度

择“仿制图章”工具，这类在空白层上的操作都要勾选“对所有图层取样”选项。

注意，这样小细节的修饰，画笔一定要小、要软，往往稍大于被修饰的目标即可；除了边缘过渡部分外，画笔的不透明度可以大一点，甚至可以是100%。细心选取源点，注意保留目标纹理，别修“过”了。最后还可以为“眉毛”图层添加图层蒙版进行微调，如下图所示。

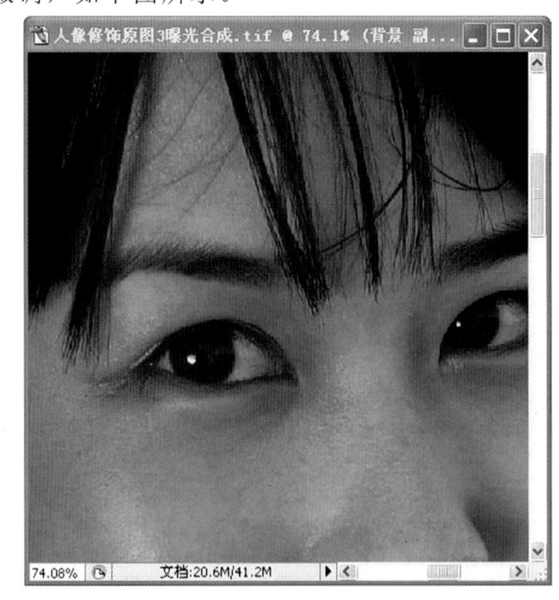

以图层蒙版微调眉毛

（3）眼睛的修饰。一般来讲，每只眼睛上的眼神光最好只有一个，最多两个，而且要分主次。眼神光的位置应该在瞳孔靠

上一点，绝对不要在瞳孔中间，也不要明显地出现在眼白上。这时如果还有一个眼神光，那它最好位于瞳孔的下方，而且亮度明显减弱。眼神光的形状不是太重要，是圆的还是方的不必争论，但其大小和明暗却很有讲究。明亮的眼神光（它往往掩盖了眼睛该处的细节）要明显小于瞳孔，极弱的眼神光（透过光斑能明显看清眼睛的细节）可以大一些，这时它们往往是方形的。得当的眼神光能突出眼球水晶般剔透的质感，当然更能使人物的眼睛看起来炯炯有神。眼神光决定着人像作品的品位。

先用快速蒙版选出双眼的眼球部分，不必太精细。

这幅人像的眼神光比较集中，在尽量保持其原光感的前提下，增加暗部的反光，使眼睛更觉通澈。适当增加对比度，并用“减淡”工具在瞳孔高光的反向位置增加反光区，注意曝光度数值要小，调节才自然、灵活。

调整瞳孔高光位置，使它看起来更顺眼。

用仿制工具修饰黑眼圈，注意把不透明度降到50%左右，画笔选用柔角的。

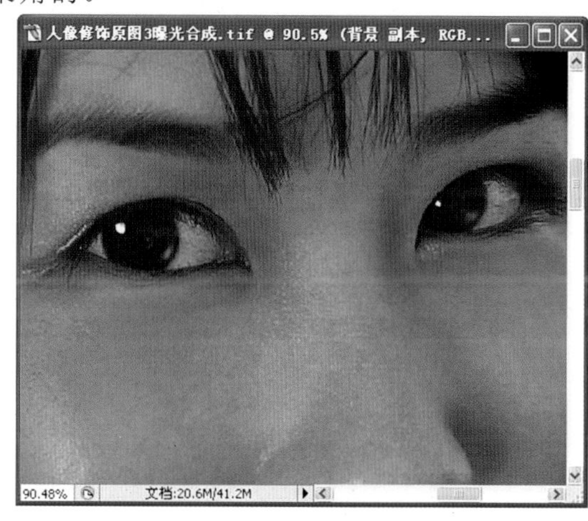

调节眼神光

4.肤质柔化

有些摄影师对“磨皮”嗤之以鼻，他们认为那样皮肤做得太假。不过现实生活中的人们（尤其是女孩们）有很喜欢自己的皮肤被磨得假假的，所以各种磨皮软件应运而生，专门针那些不想花太多时间调整皮肤的摄影爱好者，简单的设置就完成了全部美化过程。专业的人像、广告、时尚摄影师也会磨皮，只是做得比较高明，甚至不露痕迹。

新建图层，然后可以用高斯模糊等滤镜处理，也可以用Neat Image之类的软件（可以作为Photoshop插件来用）。

Neat Image 5.8，一款功能强大的专业图片降噪软件，适合处理1600×1200以下的图像，非常适合处理曝光不足而产生大量噪波的数码照片，尽可能地减小外界对相片的干扰。Neat Image的使用很简单，界面简洁易懂。降噪过程主要分四个步骤：打开输入图像、分析图像噪点、设置降噪参数、输出图像。输出图像可以保存为TIF、JPEG或者BMP格式。

在右图图例中，我们先用蒙版选取皮肤的部分，记住所有看到的皮肤都要选取，有些偷懒的磨皮方法效果不好，就是因为这些方法在去除皮肤痕迹的同时也损失了头发和眼睫毛等部位的细节。把皮肤选取单独处理，可以在实现去除皮肤瑕疵的同时保存头发、睫毛以及眉毛的细节。把五官及毛发也放进选取是因为等一下可以用橡皮擦把这些部分擦掉。

图例

这里我们用一款Kodak Eastman Digital for Adobe Photoshop来调整皮肤质感。

Kodak Eastman Digital for Adobe Photoshop是一套由柯达公司提供的Photoshop滤镜程序，分为四个组件：

(1)DIGITAL GEM Professional插件，给使用者们减轻8位或16位图像中讨厌的噪音和颗粒提供更多的控制和更佳的效果。

(2)DIGITAL GEM Airbrush Professional插件，给使用者一种迅捷和有力的方法来平滑肌肤的表面，而不用担心会破坏或影响到重要的脸部特征细节。

(3)DIGITAL ROC Professional插件，让使用者在纠正和恢复他们数码图像时候更多的控制并取得更好的效果。

(4)DIGITAL SHO Professional插件，给予用户提升他们的数码图像时候更多的控制并取得更好的效果。

在这里，我们使用的是其中针对皮肤优化的“DIGITAL GEM Airbrush Professional” 插件。经过简单的设置以后，就可以得到如下图所示的效果：

稍微磨皮以后，脸部靓丽了不少

5.身形调整

在这个例子里面，如果我们觉得女孩的身形显得稍微过于直板，基本上最简单有效的调整方法就是采用Photoshop里面的“液化”功能，就可以稍作调整。

调整前

调整后

6.综合调整

综合调整需要我们从图像的总体上去把握，看看还有什么手段可以加强最终效果。比如眉、眼、发丝等局部清晰度也可以再加强点儿，可以做点局部锐化。Photo Kit Sharpener是一个图像锐化插件，很小，但它提供了完整的图像锐化工作流程，可智能地在图像上产生出极佳的锐化效果。

完成稿

六、让照片展示的软件

不论照片的拍摄动机、用途和题材有多么大的差异，始终有一个方面是一致的，那就是照片达到目的的手段：展示。展示给一个人或者大众都好，作为视觉艺术的根本特点，没有展示就会失去其价值。过去胶卷拍摄的年代，大家会把刚刚冲洗出来的照片第一时间给大家分享，免不了大呼小叫的兴奋。不过时间长了，就发现大堆大堆的照片被“遗弃”在地柜里面，潮湿、发黄、卷曲甚至粘在一起，再也没有心情去整理、观看。好在数码照片提供了非常好的解决方案。现在只要拥有一台刻录机，配合合适的电子相册制作软件，就可以轻松制作属于自己的有个性的VCD、DVD相册光盘了。常见的软件有以下这些：

（一）综合软件

这类软件虽然不是专业视频处理软件，但相比之下，通常更侧重于视频处理功能，最终我们可以得到一个非常专业的视频文件或是DVD，甚至高清视频。

摄影作品 1

1.绘声绘影10

绘声绘影(Ulead Video Studio)10 是由友利公司出产的一套个人家庭影片剪辑软件。通过它完整强大的编辑模式你可以剪辑出个人风格，点缀个人影片。在新一代绘声绘影 10 中，可直接通过 DV-to-DVD 向导，完整保留影片最原始的感动。你更可直接通过创新的 Flash 影片快剪向导，以及功能更完整强大的编辑模式剪辑出个人风格，点缀个人影片。绘声绘影 10 对 HDTV 的支持相当好。

2.卡丽来相片DVD

卡丽来相片DVD制作系统是一套在卡丽来相片VCD制作系统基础上开发的，以照片素材为主，用当今最新电脑多媒体技术，精心设计、编辑、制作成特殊 DVD/VCD 影像光盘的影像处理系统。具有批量处理照片功能、批量扫描照片功能、简单快捷的照片编辑功能、模板集成化功能、快速软压缩功能、卡拉 OK 字幕功能、添加动态前景功能、VCD 刻录功能，数字化备份功能等。优点是压缩后图像清晰度高（特别是压缩后的 DVD 视频文件，使电子相册的清晰度提升到一个前所未有的高度）、制作速度快、简单易学。

（二）电子相册软件

这类软件以静态照片编辑、展示以及转场特效为主，其显著的特点是对照片的编辑功能较强。

1.Medi@Show (魅力四射)3

由出版“PowerDVD”的“讯连科技”所研发的 Medi@Show（魅力四射）3 是一套多媒体简报制作软件，能够让你既轻松又容易地制作出含声光影音效果的多媒体简报。它整合影片、图片、声音等素材来制作，且图片与图片之间可串以 3D 转场特效，也可在图片上加上飞舞效果的动态文字，当然也能够配上旁白或动人的音乐，让简报更加生动。Medi@Show（魅力四射）3 提供超过九十九种的串场效果以及五十四种字体动画效果，绝对可以让你制作的简报具专业水准，制作好的作品支持储存成多种格式，有：FLM、EXE、SCR (屏幕保护程式)、HTML 等档案格式。

最新一代多媒体幻灯片简报制作软件 Medi@Show （魅力四射 3），具有最浅显易懂的操作界面，将单纯数码相片、影片及文字添加魅力十足的影像特效，配合全新 PhotoNow 相片处理软件，轻松完成精彩多媒体秀。

摄影作品 2

摄影作品 3

2.MemoriesOnTV

MemoriesOnTV 的前身就是 PictureToTV 。MemoriesOnTV 是一个非常不错的电子相册制作工具，该软件上手非常容易，制作的电子相册的过场特效非常专业，现在你还可以往相册中添加视频及文本幻灯。你不但可以用它来刻录电子相册 VCD、SVCD，而且还可用它来刻录DVD，且所刻视盘均可在普通 VCD、SVCD、DVD 播放机上播放。MemoriesOnTV 是目前制作电子相册光盘的“傻瓜”软件中最好的，不仅因为简单，而且因为它的输出质量非常高，可以说它是目前此类软件中输出质量最好的一款。

3.数码故事2005

数码故事PTV 制作系统是首款专业的国产 PTV 刻录软件。自 2002 年投入市场以来，已被包括美国、德国、法国、英国等在内的全球 50 多个国家数以万计的用户所选用。它简单易用，但又不失灵活性，几乎具备 PTV 制作所需的所有功能，包括设置背景音乐、特效、文字、菜单模板等。你只要有一台带刻录机的电脑就可以在数分钟内制作一张高品质的 PTV 光碟。数码故事 2005 最大的特色是可以制作非常精美的光盘菜单。

4.Photo Album Designer v1.39 中文绿色版

Photo Album Designer 是一款专业制作电子相册的工具，内置很多漂亮的边框模版，可以使你轻松制作出具有专业效果的电子相册，是你制作电子相册的最佳选择。最大的特色是它的照片边框和图层功能，软件附带了几十个不同类型的边框供你选择，如果不满意，还可以自己制作边框以丰富内容。图层功能可以简单调节图像的透明度。

Photo Album Designer 不具备光盘制作能力，纯粹是个电子相册制作软件，可以输出EXE、屏保程序。另外它还可以输出AVI 格式文件，可以自定义画面大小，因此，如果你想把你的电子相册制作成网络视频分享的话，它也是不错的选择。

5.SWF n Slide v1.119 英文绿色版

SWF n Slide是一款将数码图片和音频文件快速制作成令人震惊的幻灯 show 展示给朋友和家人的工具。支持所有流行的图片和音频，可输出为 Macromedia Flash (SWF)、HTML、win 和 mac 可执行以及 quicktime 电影格式。可选各种过渡效果、特殊效果和图片过滤，添加描述和标题文本，背景音乐、音效，摇镜和缩放效果，时髦的回放控制。鼠标单击打开网址，载入外部 SWF 文件，保存设置以便以后播放。

用 SWF n Slide 来制作 Flash 电子相册，其效果相当不错，可以媲美专业 Flash 制作软件。但因此其制作过程也相对繁琐一些。如果你想发挥自己的创意，并制作出相对专业的 Flash 相册，SWF n Slide 是非常值得推荐的一款。

摄影作品 4

摄影作品 5

注意：运行主程序前请确定系统已经安装了 quicktime 或者其编解码器，否则无法运行。

6.数码大师2007

数码大师堪称国内最为强大的多媒体数字综合制作软件，通过它你可以轻松将照片进行数码变换处理，并配上音乐、图像特效、文字特效等，制造出专业的家庭数码相册。在制作好的家庭数码相册基础上，通过简单的设置，即可自动生成移动数码相册，可以作为自己收藏分类相片之用，也可以作为礼物分发出去，并支持将照片打包导出为动态网络数码相册，放入互联网或直接以网页形式分发。此外，数码大师还支持视频导出功能，能将相框内所有情景直接导出为 VCD/SVCD，甚至是 DVD 高清晰 MPG 视频。数码大师还有一大特色功能：能将软件转变成多媒体锁屏系统，在你离开电脑时，实时锁定视窗，同时又兼具屏幕保护用途，也可方便地将其导出为自制的普通多媒体屏幕保护程序来使用。

7.MemoriesOnTV 3.17

这是一个功能非常强大的电子相册制作工具，可以帮助你快速制作出非常漂亮的电子相册，支持背景音乐，内置众多图片显示特效，自带多种漂亮的菜单模板。

MemoriesOnTV是最适合使用的电子相册制作工具，它符合广大普通用户的实际需求。MemoriesOnTV 不但体积小巧，容易上手，而且功能专一，让制作出来的 VCD/DVD 电子相册达到专业水平。首先，利用刻录机多轨道的原理，MemoriesOnTV 可分门别类地存储照片，有利于制作前的管理和浏览。同时，MemoriesOnTV具有十分专业的图片特效和转场特效，可使原本静态的照片产生一种极富动感的运动效果。并且还可以为光盘相册添加音乐，为每张照片添加文字等，使电子相册更为生动。此外，刻录出的光盘支持交互式菜单播放又是 MemoriesOnTV 的一大亮点，可方便地使用遥控器选择观看制作出来的电子相册光盘（支持 VCD、SVCD、DVD 等格式）。

8.友锋电子相册制作 2.2

友锋电子相册制作能让你快速制作出有利于分享传播的可独立的电子相册。友锋电子相册制作支持将照片制作成 EXE 格式的可执行文件，显示方式可以是幻灯播放，也可以是书本翻页。同时，你也可以制作成独立运行的屏幕保护程序，并且可在其中包含多个背景音乐（支持同步显示背景音乐的歌词）以及 200 多种相片切换效果。除此之外，你还可以将相片制作生成 AVI 格式的视频文件，并可将 mp3、WAV 等音频文件作为视频的背景音乐。最后你还可以将生成的视频相册制作成 DVD，以便做永久保存。同时可以用它快速生成网页相册，让相册直接显示在网页中，网页相册同样支持相片切换效果。

摄影作品 6

摄影作品 7

摄影作品 8

DESIGN

第七部分

商业摄影(一)

ART

一、商业摄影的概念

商业摄影是一门以传达商业信息为目的，服务于商业行为的图解性摄影艺术和摄影技术，是以现代最新科技成果为基础，以当今影像文化为背景，以视觉传达设计理论为支点的一种表现手段。商业摄影以摄影为表现手段，以商品的销售或公益性理念的宣传为目的。商业摄影通过摄影图片来传递商品信息，宣传某种观点，最终影响人们的消费倾向，从而达到销售商品的目的。

无论是产品摄影、建筑摄影、人像摄影、时尚服装摄影等，只要是以广告宣传为目的的摄影创作，我们又可以称之为广告摄影。完成的摄影经过后期修稿，配以广告语、广告文案、商标等就是一张完整的广告作品。

商业摄影有着非常巨大的创作平台

商业摄影包括很多种类，分类的方法也根据角度的不同有很多种。掌握和了解商业摄影的分类，有利于商业摄影师从整体上把握各类题材的特征，从而更加深入地研究广告摄影的技术技法、运用特点和宣传作用，也有利于摄影爱好者了解和学习商业摄影。我们从拍摄技术的角度根据被摄对象对商业摄影进行分类，可以分为时装摄影、食品摄影、室内摄影、建筑物摄影、大型机械摄影、商业风光摄影、商业人物摄影和商业静物摄影八类。这种分类方式基本上可以满足对不同被摄对象以拍摄技术进行归类的需要，是一种被广告摄影制作人员普遍接受的分类方式。建筑摄影中大画幅照相机或者移轴镜头被广泛使用，主要目的是纠正透视变形。由于大画幅照相机可以调整透视变形，在建筑摄影中还可以自由地控制水平线和垂直线，因此可很好地再现建筑本身的特点。

商业摄影的表现手法一直在不断地更新。总的来说，商业摄影按照其传递信息的方式可以分为写实摄影和写意摄影两大类。

写实性商业摄影传递商业信息的方式比较直接，也很直观。它以表现商品本身的特点为主要目的。主要通过摄影手法使观众对商品的外形、质感、色彩有一个全面的了解。写实性商业摄影以再现产品特性为主，在商业摄影中有极为广泛的应用，尤其是商品目录摄影。写实表现手法不仅要求摄影师逼真地还原被摄物体，而且要求摄影师在真实反映被摄体的前提下，尽量运用线条、影调和色彩等造型语言，使得作品标新立异、独树一帜。啤酒、手表拍摄的手法就是典型的写实性商业摄影。

写意性商业摄影往往通过摄影画面传达一些抽象信息，通常不只为表达一个固定的对象，而是通过对环境气氛、场景的塑造和渲染来表达一定的理念，从而达到影响观众的目的。写意性商业摄影作品常会运用一些特殊的艺术表现手段，将商品的魅力或受众占有商品后的快感通过画面含蓄地表现出来。写意表现手法发挥创意的余地较大，印象派、超现实主义和象征主义手法较为常用。

二、广告摄影的创意和表达方式

（一）何谓创意

创意(idea)就是产生出新概念、新构想和新意象的思考过程。创意摄影的产物就是新的商品概念、新的表现概念。透彻地了解商品的特性、消费者的心理，商品广告的策划过程是广告摄影创意的基础。

（二）广告摄影创意的原则

准确——创意可以不是最佳的，画面可以不是最美的，但传达内容必须准确到位，符合商品的特性，这是首要的原则。

创新——别开生面，独辟蹊径，而不是追随一时的风尚，仿效别人，墨守成规。

惊奇——画面视觉冲击力使观者为之惊奇，并产生继续欣赏画面细节的兴趣。

单纯——传达的内容必须单纯、集中、简洁。单纯不等于简单，而是信息的浓缩处理。

关联——在看起来毫无关联的两种事物之间寻找并建立一种具有新的意蕴的内在联系，并使之切题、可信、新颖和易于理解。

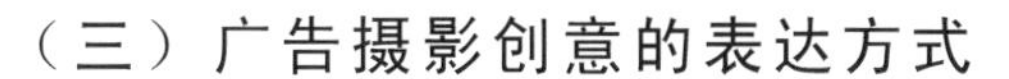

富有创意的啤酒广告

（三）广告摄影创意的表达方式

1.理性表达

通过画面直接诉诸目标观者以商品“理性的功能”。摄影画面的创意强调逻辑分析、真实表达以及通过两到三张并列式样的连续性照片来证明、示范、对比，清楚地显示出产品的优点、利益、特色，这样理直气壮地告诉消费者这个商品带给他们什么好处，进而说服消费者相信这就是他最理想的选择。理性表达的方式常用在药品、牙膏等广告创作的摄影当中。

2.感性表达

广告摄影的创意能够引发人们的某种感情、情绪，进而让消费者产生适当的共鸣(认同、喜悦、共鸣、喜欢、模仿、怜悯)，以期达到广告预期的目的。

3.公益概念表达

公益概念表达常常选择具有社会性的公益题材，诉诸人们正确的道德意识，以提醒人们明辨是非黑白、善恶忠奸，或呼吁人们支持有利于社会的活动，比如：遵守公共秩序、反对战争、预防疾病、保护动物和保护环境等。

三、影楼婚纱（人像）摄影

人像摄影是将现实中各种状态下的人物作为拍摄主体，通过描绘其外貌形态来反映其内心世界与精神面貌，或表现人物在某些特定场景中的形象。

婚纱摄影图例

（一）室内人像摄影布光

影室人像用光主要以美化被摄者、烘托照片气氛为目的。现在常用的影楼用光方法大体分为三类：

1.平光快速布光法

第一步：在被摄者前面布置三个灯，并使三灯的曝光量一致。

注意：（1）三个灯都要加柔光箱，光质要柔；（2）三个灯分别置于左45°、右45°、下15°角处构成等距离的“V”字形。V字形布光适合表现脸型较瘦、面部立体感较强的被摄者，而不适合脸型较胖的被摄者。运用底灯有利于消除被摄者的眼袋和笑沟，使其显得年轻。在运用V字形灯光拍人像时，有些摄影师只用前面三灯，不用背景灯光，如果要使背景的色彩得以如实表现，可以让被摄者尽量靠近背景，用前面三灯的余光照亮背景，在曝光时适当考虑让面部过曝一点，定光点靠近背景的准确曝光量。

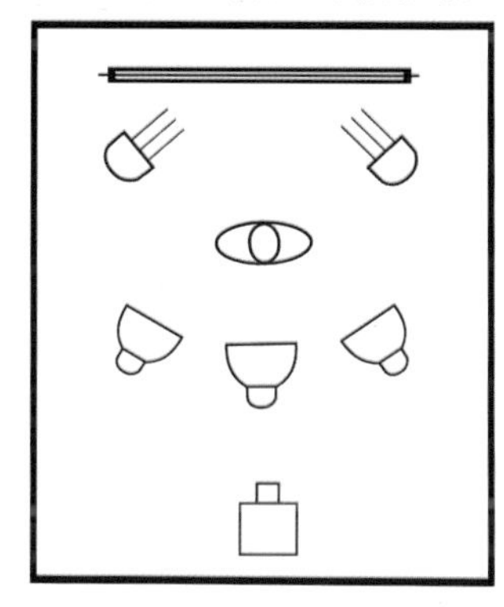

平光快速布光

第二步：在被摄者后面布置两灯，并使两灯的曝光量一致。

注意：（1）测后面两盏灯时开着前面三盏灯；（2）后面两盏灯交叉布光；（3）后面两盏灯都加上蜂巢和磨砂片、四叶片；（4）背景灯的色片与背景同色。

第三步：分别测前面三灯和后面两灯的总曝光量，并使之相等。按总曝光量过曝半级或一级进行曝光。

平光快速布光法实例

2.传统经典布光法

第一步：布主光，根据被摄者情况控制主光的光质、强度、色温以及光位，测主光时要开着辅光。

第二步：布辅光，辅光是为了表现暗部层次，控制反差，辅光不要超过主光的亮度，光质要柔。

第三步：布轮廓光，主要用于表现被摄者的轮廓线条，一般是起分离主体和背景的作用，并不是每一幅照片都需要。

第四步：设置背景光，背景是在必要才用，背景光的作用是控制画面影调，表现背景色彩，塑造背景空间。

第五步：设置修饰光，修饰光多是用小功率聚光灯修饰或突出某一需特别表现的局部。

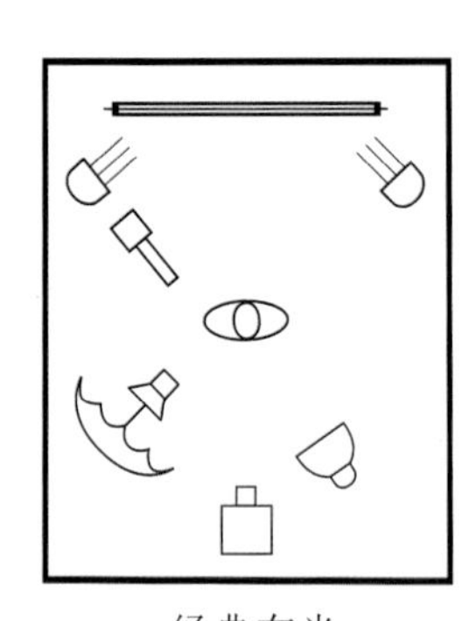

经典布光

经典布光法实例

3.现代亮丽人像布光

此种布光法应该说是传统经典布光和现代平面布光的综合应用，人物面部以平柔的光线加以美化，表现轮廓边沿，头发用较硬的立体光表现出立体感、质感。具体布光方法如下：

第一步：前面三灯，先分别测出三灯的曝光指数，再测出三灯的总曝光量，前面三灯的光质要柔，离被摄人物的距离以拍摄时“不露馅儿”为原则。

第二步：设置轮廓光。轮廓光光位在侧逆方向，光质较硬，灯光的强度以比前面三灯的总曝光量过一级光圈为宜，布光时应注意不要使轮廓光直接射入镜头。

第三步：设置背景光。背景光一般是一只，从被摄者的背后另外一侧照射背景，光质可以硬一点。背景光的亮度不要太亮，应与准确曝光量一致。

第四步：确定准确曝光量，一般以前面三灯的总曝光量过曝一级为宜，如前面总曝光量是f/11，那么准确曝光量是f/8。

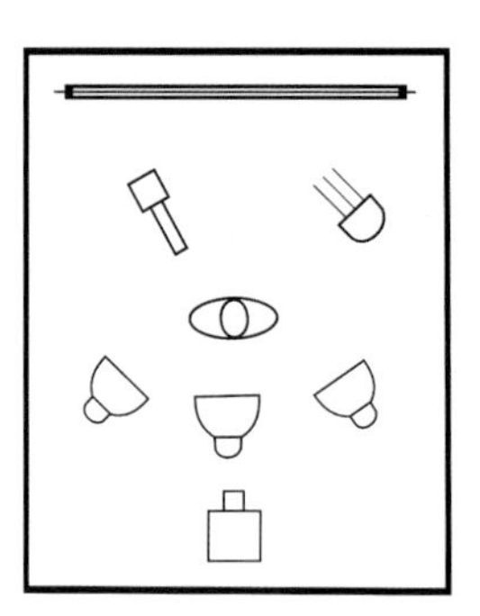

现代亮丽布光

现代亮丽布光法实例

4.恒光灯、石英灯的应用

恒光灯在影楼人像中主要用于画面色调的控制。影楼人像常用的恒灯有专用影室石英灯、影室造型灯、冷光源、民用日光灯，它们的用光方法是一样的，主要是色调、画面气氛的区别。下面主要介绍石英灯的运用方法。

石英灯的布光方法与闪光灯一样，可布成大平光，也可立体用光，还可以与不同环境配合使用，如：

（1）运用两盏石英灯拍摄，一盏主灯照射人物，一盏灯照射天花板或墙面，靠反光增加环境亮度进行拍摄。

（2）用石英灯与室内环境光组合进行拍照，创造出古典、温馨的环境气氛，运用时石英灯比环境光稍亮一点，但不能太强，否则就会破坏环境气氛。

（3）石英灯与自然光营造出室内与室外的混合光的画面效果。

（4）石英灯还可在室外阴天和早晚环境用，另有一种韵味。

石英灯布光实例

5.上下夹光布光

上下夹光布光方案是在人像摄影中较时尚的布光法，其灯光的光位组成是由两盏灯从照相机的上下方各一盏投向被摄者，第三盏灯作背景光或发光。上下夹光的造型特点是相对于其他类别的平光布光，被摄者会显瘦一些。一般上下夹光的前面两盏灯是加柔光箱的柔性光，而用于塑造背景的背景光或用于塑造轮廓的轮廓光一般是偏硬的硬性光。在上下夹光布光中，一般上下两盏灯的灯芯要对着被摄者的面部。灯光的强度一般是根据未来画面景深和虚实的需要来确定，背景光的强度要与前面两灯的强度成一定的比例关系。前面两盏灯实测总曝光量是F11时，实用曝光量是F8，背景要如实还原色彩时，背景光的强度也应是F8，如果要使背景变浅，背景光的强度就应高于F8，反之背景光就要弱于F8。

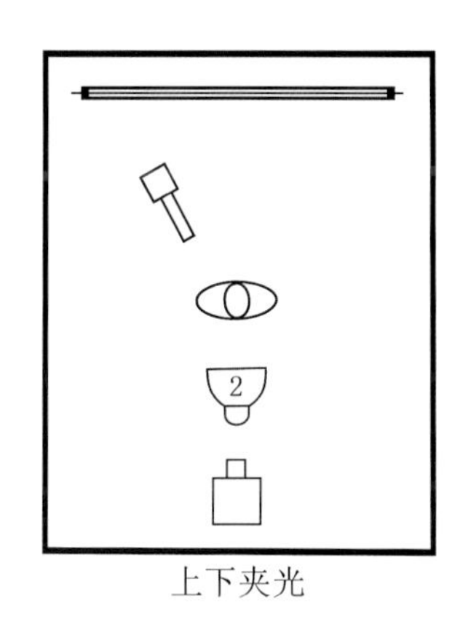

上下夹光

上下夹光法实例

6.伦勃朗式用光

伦勃朗是世界著名的荷兰画家。伦勃朗式用光是一种专门用于拍摄人像的特殊用光技术。拍摄时，被摄者脸部阴影一侧对着相机，灯光照亮脸部的四分之三。以这种用光方法拍摄的人像酷似伦勃朗的人物肖像绘画，因而得名。

伦勃朗式用光技术是依靠强烈的侧光照明使被摄者脸部的任意一侧呈现出三角形的阴影。它可以把被摄者的脸部一分为二，而又使脸部的两侧看上去各不相同。这种用光技术相当有效，因为它突出了每副面孔上的微妙之处，即脸部的两侧是各不相同的。其用光效果还可根据摄影者的意愿用辅助光任意调节。虽然伦勃朗式用光的高反差形式令人感兴趣，但适当运用反光板和辅助光，尽量减少反差，能加强整个肖像的效果，从而拍出不同凡响的作品。一般采用伦勃朗式用光需要两盏灯照明，经过改进第三盏灯用以调节反差。两盏照明灯中，一盏650瓦的石英主灯置于摄影师左上方，直接照在被摄者脸部的右边，就像他正面的一盏柔光辅助灯一样，另一盏置于摄影师的右侧，白色的长条形反光板置于被摄者的左侧，它能把一些光线反射到脸部没有照明的一侧。而头发灯能通过反光板把光射到被摄者的脸上，削弱了明显的伦勃朗三角，并加亮了肖像的总体色调。

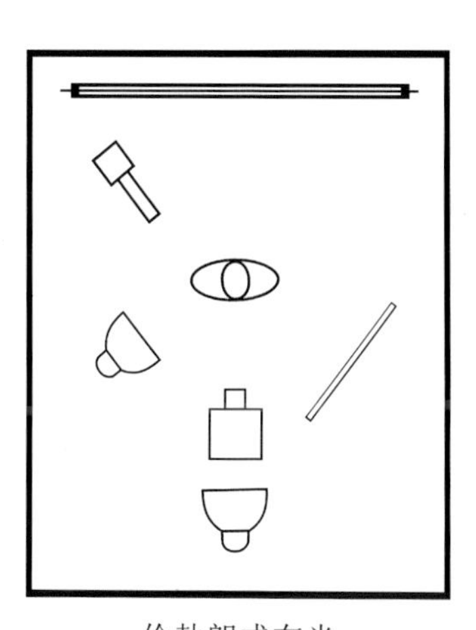
伦勃朗式布光

伦勃朗式布光法实例

7.伊斯特伍德式用光

“伊斯特伍德”式用光也是一种效果强烈的例光照明技术，由于这种用光最初见于美国西部电影明星克林特•伊斯特伍德的照片，因而得名。

“伊斯特伍德”式用光并不复杂，只用两盏基本灯和一个简单的背景。运用这种照明技术可以从各种角度突出男士脸部最美的部分。具体布光如下：主灯(A)置于略高于被摄者头部的位置，以使在额头下颚一侧边缘造成强烈的亮光。这盏灯还会以其强烈的照明将被摄者身躯的这一侧同背景区分开来。正面放一盏加柔聚光灯(B)放置在相机的左侧，基本上对着脸部强光照明的一侧，其大部分光线通过带支架的反光板变成反射光。

8.巧用窗户光

几个世纪以来，画家们都喜欢利用从窗户射进的阳光来画人像，因为这种光造型能力强，又有很好的投影。摄影家们在室内拍摄人像，也经常使用这种光线。

从朝北的窗口照射进来的光线是一种有方向性但仍柔和的光线。当你在窗户光的对面置一反光板来减弱光源所产生的阴影时，得到的效果是柔和而优雅的，对人物的脸部能起轻描淡写的作用。这种用光对彩色胶片尤其合适，为许多人像摄影家所乐于采用。

窗户光的运用

英国摄影家P·裴佐尔指出，窗户光的照明是由很多因素决定的，它的强弱变化要比眼睛所能见到的大得多。被摄者离正对窗户的墙壁越近，照明越充分。浅调的窗纱可以当柔光器用，能使光线柔和。阳光洒在彩色窗帘上所起的效果，和加了彩色滤光片的泛光灯一样。

用白卡纸等做成反光板，调整反光板的位置，可以用来控制反射光的强度和分布状况。

英国摄影家罗纳德·斯皮尔曼认为，利用窗户光拍摄人像也可以用灯光作辅助光，最好的效果可以这样取得：窗户光进入一间由钨丝灯照明的房间，从而在一侧形成一种冷光束。如果使用带反光罩的灯具照明，由于不同于一般房间的光线，因此，最好让这种光线散射，可以射向天花板或墙壁后再反射回来。

9.利用室外散射光

阴天时，室外的光线是非常柔和的散射光，用这种光线拍摄人像，能取得很好的效果。如能运用一块手持反光板还可以进一步改善光线效果，即用反光板来增加眼睛部位的光线，减轻下巴下面的阴影，从而拍出更为漂亮的人像。

使用这种光线拍摄人像的真正难处，在于要把被摄者的姿势和位置安排得能让散射光和反射光尽量照亮他的脸部，同时又要使背景部分没有任何障碍物。具体过程如下：选择一个开阔地，不要让障碍物挡住自然的散射光。让被摄者转动，这样便可以观察他脸上的光线效果，以便找到一个能得到最大限度散射光的位置。这种光线能柔化脸部的皱纹和缺陷。教会被摄者自己如何拿好反光板，以便把光线反射到下巴、脖子和眼睛。

散射光的运用

10.眼神光的运用

拍摄人像时，不论运用什么光源，只要位于被摄者面前而且有足够的亮度，就都会反射到眼睛里，出现反光点，从而构成眼神光。眼睛中显示的反光点，在形状、大小和位置上总是不同的。例如：在室内拍摄人像，光线从远离被摄者的窗户照射进来，他的每只眼睛里就会出现明亮的窗影；利用照相机上的闪光灯，就会在眼睛中央造成细小的白点；而使用反光罩或反光伞，就会形成一个反射区，这种反射通常偏向一边。

各种眼神光的效果是迥然不同的。英国摄影家戈登.安德森指出，为了拍出上乘的人像摄影作品，在按快门之前，一定要考虑到眼神光。用作眼神光的光源并不需要很强的功率，但必须注意要同环境协调。安德森认为，就个人而言，他宁愿选择自然光作为眼神光光源。在室内，最好试用超过肩膀的窗户照进来的光线制造眼神光，即使它不是主要的光源也宜这样。在室外，用反光板比用辅助闪光灯要自然得多，尤其是拍摄特写照片。

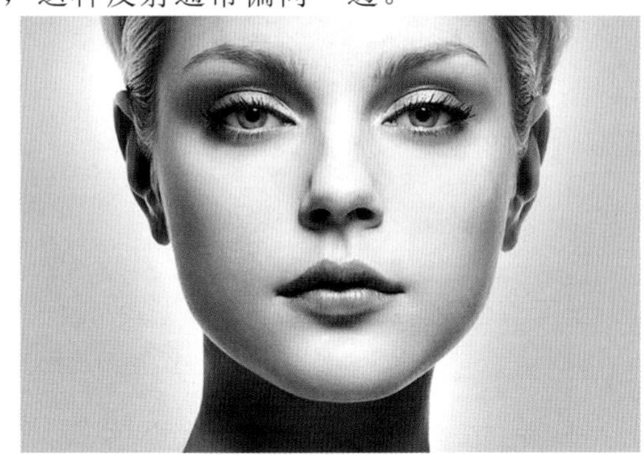
眼神光的运用

11.软调人像布光

软调人像布光是一种总色调为中间色的均匀布光方法。这种布光基本上采用多盏灯和好几块反光板，使光线最大限度地直射、漫射和反射到被摄者身上。如果布光巧妙，可以拍出相当精彩的人像作品：为了取得均匀、全面、软调子且能美化被摄者的用光效果，一般使用三盏室内摄影灯和一些反光板。在被摄者前面并排使用两盏大型的300瓦加柔聚光灯，这两盏灯要同被摄者及他

软调人像布光示意图

面前的一块装在支架上的涂铝反光板成一定角度。这样布光之所以能取得均匀的照明效果，就在于使反射光的强度达到了最大限度。因此，反光板在布光时是关键的部分。头发灯要架得相当高，并置于被摄者左侧，刚好在他头部后面。被摄者身后和两侧，还可放置一些反光板，以增加反光。

软调人像

具体拍摄时，先打开被摄者前面的两盏加柔的聚光灯，并对好角度，使之能均匀地照射被摄体，同时使架在被摄者前面的涂铝反光板能向上反射出最大限度的光量。在被摄者身后架一块反光板，左侧也架一块白色、长柱形的反光板。然后，架好头发灯，并将其升高到在被摄者的左肩上产生出强烈而均匀的照明。这盏头发灯还应高到能把光线直接打在被摄者面前那块装在支架上的反光板上。用手在各个反光的表面来回移动，检查其反光效果，最后决定曝光量后便可着手进行拍摄了。

12.高反差人像用光

它能通过运用反差分明的、硬的光线，塑造出一些鲜明而动人的形象。美国摄影家J·米切尔和J·汉纳姆在《暗房摄影》杂志的一篇文章中，提出了一种简单的布光方法：直射光或散射光作照明，一般用一个灯或两个灯为好。为拍摄方便起见，最好使用聚光灯，这样可以直接观察光效。当然也可使用闪光灯。在大多数情况下，只使用一个灯就够了。逆光剪影人像实际上也可算是一种高反差人像摄影。英国摄影家M·基普林指出，逆光照片就是被摄体背着光源所拍摄出来的轮廓影像效果。通常摄影胶片感受、表现色调的宽容度是很有限的。与之相比，人的眼睛对色调的感觉范围却要宽得多。这样，在照片上，较暗的物体就能在较亮的背景的衬托下以剪影的方式跃然而出。

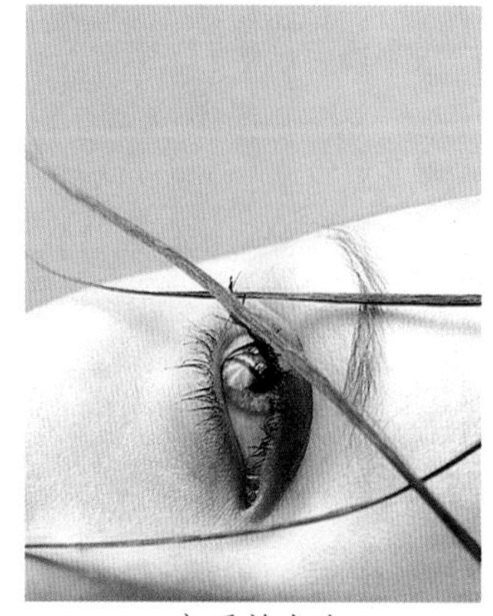
高反差布光

（二）现场光拍摄

现场光摄影只使用场景中存在的光，而不是户外的日光。例如，现场光可以是家用灯光、壁炉火光或霓虹灯光，也可以是舞台上打在芭蕾舞演员身上的聚光灯光束，或者照亮情人脸庞的烛光。现场光还可以是透过窗户射入室内的日光。换句话说，现场光仅仅是场景中已有的光——除了户外日光之外——而不是另外加用的诸如溢光灯或电子闪光灯之类的人造光源。

与户外日光或摄影室人工照明相比，现场光通常要暗一些，因此，摄影者要特别注意正确曝光。

1.现场光摄影的优势

许多专业摄影师喜欢使用现场光，其原因有如下三点：

（1）富有真实感和情调。现场光照片能传达一种真实感。因为在许多现场光照片中使用照明有限，不像使用人工照明的摄影室拍出的照片那样完美，所以观众会有一种他正在看着被摄影对象的真实感。

现场光人像

现场光不仅能传达出真实感，而且还可以传达出一种情调。场景可以是幽暗的，同时强调灰暗的阴影部分，或者它可以是明亮和高调的。它也可以是忧郁的、明快的、生动的、昏暗的或欢快的。

（2）摄影者使用起来方便自如。使用现场光拍摄，你不用携带笨重的灯具、灯架、电线或电池组。你可以迅速拍摄，用不着等待电子闪光灯重新充电。你可以自由移动，设法从不同角度和不同位置拍摄。有时甚至使用三脚架都会破坏室内的自然气氛，常常使得没有经验的被摄对象表情呆滞。

（3）被摄对象容易自然放松。在摄影逆光灯的强光和突如其来的闪光照射下，专业模特也许会自然从容，但是“普通的被摄对象”常常会显得不自然和紧张。使用现场光就容易多了。你的被摄对象多半会自然放松，忘记照相机的存在，你可以寻找更好的位置，抓拍你所追求的那种表情自然的肖像。

2.现场光摄影技巧

我们已经指出，现场光摄影的一个根本目的是捕捉场景的自然状态——真实感。为了得到真实的照片，常常需要牺牲对技术上完美的照片的追求。当然，你可以使用闪光灯或溢光灯来改进暗弱的照光条件，但是，这会破坏场景的自然感。实际上，正是照明不足才使得现场光照片显得具有真实感。

在暗弱光线下拍摄，你常常会发现，根本不可能把最暗的阴影部分、中间色调部分直到强光部分的细节都记录下来。假如强光部分和中间色调部分能够说明问题，那么你在这里并没有损失什么。没有细节的阴影部分可以提供一种实实在在的真实感。

现场光人像

如果现场不能够使用三脚架，我们可以使用快速镜头（f2.8以上的大光圈镜头）或者启用相机的防抖动功能，除非你刻意追求某种模糊的效果。

（三）针对不同人的拍摄方法

每一个被拍摄者都希望照片拍得比本人更好看，所以摄影师必须了解不同身材、长相的人在镜头前的特点，扬长避短。下面是部分实例。

1.拍摄肥胖者

让肥胖者穿深色衣服拍照，他/她看上去会苗条很多。让拍摄对象和相机成45°角。如果你不想强调他的大块头，切记别让他拍摄正面照。

2.拍摄瘦者或体重偏轻的人

拍摄瘦者要比拍摄肥胖者容易很多。让他们穿浅色衣服，用高光比和浅色背景。让瘦者的面部或身体的更多部分正对相机，这样脸看起来宽些。理想的角度是八分之七视角，并让较瘦的半边脸面对镜头。用平光照明，光比为2∶1到3∶1。由于面朝相机的半边脸被照亮，整个面部会比用短光显得宽。总的原则是：脸越宽的人，应该在阴影里的部分越多；脸越窄的，被光照到的部分应该越多，这是平光照明和狭光照明的根本区别。

3.拍摄老年人

人越老，脸上的皱纹越多。最好的方法是用某种漫射装置拍摄，但不要把人像柔化得一条皱纹也看不到。尤其男人不应当被过度柔化，因为他们的皱纹通常被看做是“个性纹”。

4.拍摄戴眼镜的人

最好让戴眼镜的人戴上由验光师为其准备的空镜架(只有镜架，没有镜片)。如果没有镜架可用，就让拍摄对象把眼镜稍微往鼻子下方滑一点，这能改变入射光的角度，有助于去除不必要的反光。

较强的机动性使摄影师更关注对象本身

5.拍摄秃顶

如果拍摄对象秃顶，相机的高度一定要降低，尽可能少拍摄他的头项。在主光和拍摄对象之间用黑布挡住照射到秃顶部分的光线。另一个窍门是羽化主光，那样光线亮度在头顶和脑后会迅速降低。秃顶部分的色调越暗，人们就越少注意那儿。不要用发型光，并把背景光开到最小。如果有可能，尽力把背景和头顶的色调混合起来。

6.拍摄宽脸

为了让宽脸显瘦点，用四分之三视图拍摄，并用窄光照明，那样大部分脸会处于阴影中。脸越宽，用的光比应该越大。如果脸实在是太宽，甚至可以用5∶1的光比。

7.拍摄瘦脸

要让瘦脸变宽，就要尽可能把面部照亮。这就要求用宽幅照明，把面对相机的那边脸照亮。从拍摄对象前面拍摄，可用八分之七的视图，光比应该小些，在2∶1到3∶1之间。再用上轮廓光和发型光不仅可增强立体感和层次感，也可进一步把面部变宽。

8.拍摄深色调皮肤

拍摄深色调的皮肤必须在曝光时运用曝光补偿，那样的人像色调才完整。如果拍摄对象的肤色很黑，以入射测光表显示的读数为基础，再开大一整挡光圈。如果肤色只是一般的黑(比如日晒变黑的)，根据测光表显示的读数，再开大半挡光圈即可。

深色皮肤

9.拍摄油性皮肤

太油的皮肤在人像中看起来发亮。如果用未经漫射的强光为油性皮肤的人拍摄，效果不会令人满意。要消除油亮的区域，就要准备好粉扑和一盒面部使用的香粉。要注意观察面部的正面部位，即额头、下巴的中部及颧骨。漫射主光也能改善油性皮肤的外观，例如用反光伞或柔光箱。

独特的用光

10.掩盖面部的瑕疵

要掩盖面部的瑕疵如疤痕和脱色，最好的办法是用短光照明和大光比把瑕疵放在阴影中。现在，很多类似问题可以用数字化修描完成。

（四）婚纱照片的色彩控制

影室人像的色彩设计比较方便，除了可以用服装的色彩来形成色调外，还可以通过选择合适的背景色彩和灵活选择灯光来控制。一般分如下几种色彩设计：

1.暖调设计的拍摄方法

一是运用服装、背景的色彩构成暖调画面。二是石英灯等低色温光源用日光片拍摄。三是在镜头前加降色温色片。四是在灯光前加暖色调滤光纸。五是后期制作偏色处理。

高调的婚纱照片

2.冷调设计的拍摄方法

一是选择以蓝、青色为主的服饰、背景、道具。二是用灯光片在闪光灯下拍摄。三是在镜头前加色温滤色镜。四是在灯光前加冷色调滤光纸。五是后期制作偏蓝、青色。

冷调的婚纱摄影

3.中间调设计的拍摄方法

一是选用绿、紫和黑、白、灰服饰、背景构成画面。二是用黑白胶片白拍摄后期扩印成偏绿、紫的照片。三是运用绿、紫色纸加在灯光前拍照。四是运用绿、紫滤色镜拍照。

4.对比色设计的拍摄方法

对比色调主要是服饰、背景、道具的色彩构成对比关系，如：色彩的冷暖对比、补色的对比、鲜晦的对比、明暗的对比。

和谐的紫色调

5.和谐构成的拍摄方法

一是选择服饰、背景的色彩用同类色、类似色、低饱和度的色彩、消色构成画面。二是运用色光，统一画面色调。

6.重彩设计的拍摄方法

一是选用纯度高、鲜艳、重的色彩构成画面。二是运用浓艳的色光拍摄。

7.淡彩设计的拍摄方法

一是服饰、背景选择那些浅淡的，明度高的色彩构成画面。二是拍摄时过曝2～3级。三是拍摄时加柔光镜和纱。

高对比画面

重彩婚纱，同时也是对比色

（五）化妆及道具

针对婚纱摄影、个人写真、时装摄影、时尚摄影，模特儿（拍摄对象）的造型和化妆几乎成为影响最终创意的最大因素。有时候甚至分不清在一个平面模特儿的系列照片中，造型师和化妆师以及摄影师各占有多少比例的功劳。在造型和化妆的部分，越来越多的人采用了项目合作的方式而不是在影楼内部专职。就是说，他们更愿意以自由的方式在圈内与自己满意的摄影师或者广告公司合作。所以，造型师和化妆师不能算是摄影系统的组成部件，但是却是一个人像摄影项目里面不可或缺的因素。

在个人造型中，化妆师必须拥有以下的技能：

第一，个人的形象设计与包装（日妆、晚妆、流行妆、梦幻妆等多种妆面的化法，及出席不同地点穿戴不同服饰等）；

看似简单的照片后面
需要多种专业的配合

第二，影楼中的化妆造型（影楼套系整体造型；影楼妆面与摄影灯光的搭配）；

第三，影楼中婚纱、个性写真的整体形象设计；

第四，造型的基础操作手法、真假发的结合、假发的使用技巧和具体应用；

第五，舞台造型、另类夸张造型、古典民族造型等；

第六，整体的色彩色系搭配；

第七，与顾客之间的沟通技巧。

此外，类似婚纱、时装、饰品、珠宝、家具等等道具以及为主题而设计的场景布置，都会在充满创意的时尚人物类摄影作品中成为决定成败的“细节”。

（六）婚纱（人像）拍摄流程

成功在于细节，在整个流程中出现的任何失误或忽略都可能导致整个工作以不愉快结束，这对于品牌形象无疑是很大的打击，所以，制定完善的流程指引是专业影楼的必修课。一般来说，婚纱（人像写真）的拍摄流程包括以下几大方面：

1.跟客人交流确定拍照的内容

一套完整的结婚照由主相册、娘家册（为父母准备的相册）、卧室放大照片及经典点缀像架组成。主相册有18寸、16寸、14寸等组成。娘家册有16寸、14寸等（一般娘家册比主相册要小些）。卧室放大照可根据新房具体放置。卧室放大照一般由水晶框、油画框、画轴等组成，大致分为60寸、40寸、36寸、 30寸、24寸等，可根据客人的具体要求来定。

2.跟客人交流确定拍照价位和套系

婚纱照套系的价位从几百元到几万元都有，要根据影楼的档次、拍照内容的不同来确定价位，针对不同层次、要求的顾客，影楼也应该为顾客设计出多款套系供选择。

3.制定拍摄计划

一般影楼都会根据客人的要求安排合理的拍照时间，例如工薪阶层以及中产阶级上班时间都没有空，周末和节假日才是影楼最忙的时候。至于拍摄地点，应该包括影棚、顾客的家、大街、地铁、郊外或任何客人想去的地方。服装当然包括一切可以利用的婚纱、时装等。只有个性化的服务，才会产生个性化的结果，避免婚纱（个人写真）千人一面的情况。

4.进行拍照

根据事先的预约来拍照，不要轻易更改日期（除非天气等非人为因素），也不要迟到，否则给顾客一种不专业、不敬业的感觉。心情不好，之后拍照的过程也势必受到影响。 拍照前一天可以给顾客一些贴心建议，例如，一是在拍照前要保证足够的睡眠

（因为拍照的过程是很辛苦的，充分的睡眠才能有出色的表现）；二是新娘在拍照前一晚少喝水，拍照当天早晨少喝水（这样在拍照时新娘的皮肤会更清润）；三是新郎们更要记住的是一定要注意自己的面部整洁，这样才能与新娘共同留下最美丽的瞬间。

婚纱摄影

拍照过程保持与顾客的交流，对顾客给予适当的鼓励是至关重要的，特别是对于大多数没有公开演出经验的人来说尤其重要。摄影师应该确保器材的稳定、安全和可靠，避免出现低级的错误。化妆师要跟妆进行造型和服装的更换。

5.约定看样日期

由于数码照片拍摄后需要一定时间的初步调色，所以影楼的联络员在顾客拍摄完成后要再次约定看样日期。

6.如约看照片小样及选片技巧

影楼应该制作出比为顾客设计的套系照片数量多出许多的照片小样，并给顾客解释这是因为在拍摄照片中顾客的表情、感觉、背景、服装、造型及不同风格的表现不尽相同，所以影楼提供了较多的照片供选择。如果顾客选择的照片超出了预定套系的照片数量，超出的部分需要另外付费。根据经验，实际上绝大部分顾客选择的会比预定多一些，顾客没有选定的照片应当场从电脑里面删除。当然还要向顾客推荐更多的服务，比如：放大照片的尺寸、改变照片装饰（水晶板、拉米娜、油画框、画轴等）、增加相册页数、改变相册内照片大小、增加或更改经典点缀像架等。

充满温馨的画面

7.制作成品

这是作为影楼经营的最关键的步骤，因为影楼做的是招牌生意，精良的制作效果可以为摄影作品增色不少，也是影楼最好的宣传方式。

8.顾客取件

取件的时间也是可以预约的，并给顾客建议：由于婚纱照的成品内容较多、幅面较大，最好找个帮手一起将照片带回家。

四、时装广告摄影

时装广告摄影按照使用的目的不同，可以粗略地分为商品目录类和高级时装类两个类别，这需要采用不同方式进行拍摄。时装广告摄影的最大特点在于需要使用模特来表现时装的款式、颜色和使用状态，因而时装的拍摄是从选择模特开始的。

（一）商品目录类时装摄影

商品目录类时装摄影在选择模特时是以顾客为参照对象的，模特的表情和动作都寻常易见，发型也按照流行的样式设计，其体型和身高应该是典型的普通妇女类型。服装广告摄影的客户，即服装厂商和零售商都想让顾客在各方面有针对性地与画面中的人物和服装联系起来。

如果拍摄商品目录类时装，客户在同摄影师进行第一次会面时往往会决定所拍摄的内容、数量和版面样式。比如宣传册中各章节内容是介绍时装的哪一类，是裙子、衬衣还是大

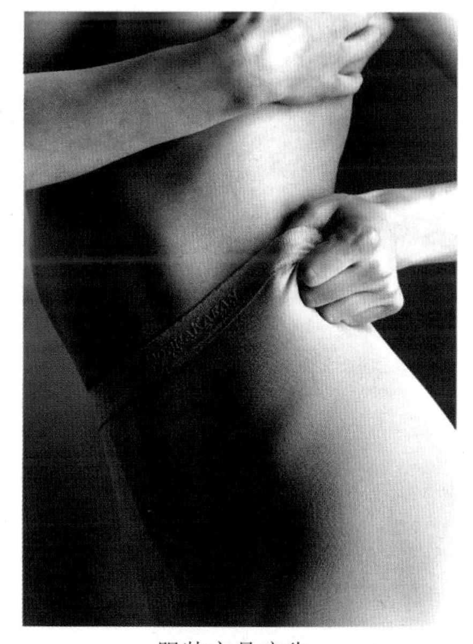
服装产品广告

衣，每部分需要拍摄和安排多少时装画面，等等。客户一般会提出一些非常具体的要求，如希望在外景地拍摄哪些时装，在室内拍摄哪些时装，以及在什么类型的外景地和环境中进行拍摄等。这些具体的要求经确认可行以后，摄影师再依此制定拍摄计划，安排好工作日程和场所。如果客户需要提供全部拍摄服务，摄影师还要预约模特、化妆师和发型师，并准备必要的交通工具。

在拍摄的前一天，无论是在室内还是在外景地进行拍摄，被摄服装都应该事先准备妥当。尽量缩短实际拍摄的时间，因为要求模特长时间保持良好的状态是不现实的。在外景地拍摄时装时，白天适合拍摄的时间非常宝贵，应该予以最充分的利用，包括模特儿的更衣、化妆、休息等时间都要考虑到。比起气温相对稳定、条件比较优越的摄影棚，在外景地拍摄时的难以预计的不利因素要更多，拍摄进度也比想象的慢很多。

在拍摄时装广告时，有可能会在炎热的夏季拍摄冬装或者在寒冷的冬季拍摄夏装。如果是在摄影棚内进行，可以用空调对工作环境的温度作一定程度的调节，但在外景地拍摄时，就不可能进行这种调节，因而更要缩短模特摆姿势的时间，此外，在外景地拍摄时，还要注意被摄环境同服装在季节上的协调。

服装与模特儿个性搭配 布光示意图

（二）高级时装类摄影

高级时装类摄影所关心的是服装的设计理念和风格，而模特则起着把这种风格演绎成形式的作用。这类模特个子高挑、身材苗条，气质和表情都十分突出。有些专门拍摄时装的摄影师可能会长时间地雇用几个固定的模特。这对拍摄非常有利，因为模特和摄影师之间的关系越融洽和谐，彼此的气质和性格特点、工作习惯就越容易沟通，这样就容易提高拍摄效率，取得良好的效果。

高级时装摄影不同于商品目录类时装摄影，它比较注重体现服装的风格，因而会形成各种拍摄流派。但是，拍摄这类服装最基本的目的是一样的，即要将贯穿在高级时装拍摄过程中的兴奋情绪，通过最佳的画面传达给观者，并且强烈地感染他们。

在技术上，摄影师应该对于拍摄高级时装时可能涉及的问题，如每次拍摄有什么具体要求，可能受到哪些限制等做到心中有数。特别要注意的是被摄服装的尺码是否适合模特的身材。高级时装摄影多在摄影棚中进行，除了需要做好器材、服装和道具的准备工作之外，还应当布置一个化妆间。化妆间内必须有令人满意的照明光线和各种化妆用具，还要备好大量的热水，供模特上妆卸妆之用。另外，对于要拍摄的服装也应该请有关人员作相应的检查，看看是否熨烫平整，是否摆放有序。

特别的道具带来新颖的感觉

（三）拍摄的细节

1.摄影器材准备

拍摄时装同拍摄其他物品有很大的区别，由于模特是在时刻活动和表演着的，动人的姿势不会保留很长时间，因此，具有能进行快速操作的拍摄器材非常重要。这包括具有连续卷片功能的照相

时装摄影

机、快速回电的影室闪光灯、可使用高速快门的大口径镜头等。

2.着装准备

应该让模特在化妆完毕和做完发型以后再穿上被摄服装，以防服装不小心弄脏。在模特着装完毕准备拍摄前，应保持站立的姿势，以避免因为坐下或者别的动作在服装上造成难看的衣褶，破坏服装的造型。在模特动作就位以后，还应该花上一点时间仔细调整服装面料的衣褶、下垂状态、领口和袖口等的所有细节。如果发现服装的衣褶不美观，可用胶带、别针、衣夹等予以调整，也可以用纸巾等物体来填充服装的局部形状。

鞋子的问题也不能轻视，除了要同服装的搭配协调外，还要注意对大型无缝背景纸的保护，任何摄影师都不能为一张照片付出一卷背景纸的代价。除非是刚购回尚未用过的新鞋，其他都会在背景纸上留下鞋印。因此，最好先在鞋底粘上同形的即时贴，再让模特走上背景纸。

3.化妆的细节

对于暴露在服装之外的身体部分，在拍摄时也不能忽略。有过分的皱纹就欠美观了。一般需要采用一些相应的措施来减弱或者消除这种现象。比如，可以运用化妆来掩盖皱纹等。凡是呈现在画面中的身体部分，都应该化妆。当然，这种化妆是淡妆，一般是使模特看起来更加自然、健康和美丽。但是高级时装摄影例外，因为摄影师和化妆师为了达到某种表现效果，可能对模特儿进行特别化妆，塑造出与现实生活有很大差异的形。

4.摄影记录

在任何时装类摄影的拍摄过程中，最好对每一个画面都做好拍摄记录。因为，在按动快门时，模特可能下意识眨眼或者出现其他动作，造成拍摄的失败，而摄影师并不能够对此都有所觉察，现场拍摄记录有利于以后重新拍摄时，保持原来的形式不变。

5.模特姿态摆设

拍摄时，在指导模特摆姿势的过程中，需注意模特的动作必须同服装的风格相称。拍摄坐姿或者靠在物体上的动作，就需要注意身体和物体接触部分的形状是否令人满意，一般尽量不要出现过大的肌肉受压变形的现象。指导模特摆姿势和动作的过程，可以当做是画面造型和构图的过程。如果拍摄的是全身时装，或者由数位模特儿共同组成的画面，应该将模特的躯干看成构图的主线，而四肢特别是上肢可以看做构图的辅助线，注意协调主次线之间的关系。这样，就容易取得好效果。另外，拍摄工作开始以后，模特儿也许会建议提出一些他们想拍摄的姿势和角度，摄影师可以听取他们的建议。

6.与客户沟通

有时客户会到达拍摄现场参加拍摄工作，做些评论或者提出部分建议。因此，可能需要对原先制定的拍摄计划做相应的改动和调整。此时，摄影师应该就画面效果的问题同他们进行必要的讨论和解释，这个做环节要尽量短暂，不然可能耽误拍摄工作。总之，每件时装应当多拍摄一些不同动态和姿势的画面以备选择。

服装广告摄影作品

姿态与风格必须与设计吻合

DESIGN

第八部分

商业摄影(二)

ART

一、产品的拍摄与制作

（一）产品摄影分类

1.大型产品摄影

大型产品是指以一切工业生产或工业加工出来的成品为主体的摄影创作，如大型机械产品—飞机、汽车、游艇、高速列车、工厂设备等。需要的设备复杂，场地大，参与人员多，对摄影师的调度、控制能力要求较高。

大型产品的摄影及制作

2.小型静物摄影

小型静物商品是指人们日常使用的小型商品，是商品广告摄影最常见的题材。这类物品的外形多种多样，质地也各不相同，因此，要有针对性地运用各种拍摄方法和表现技巧。

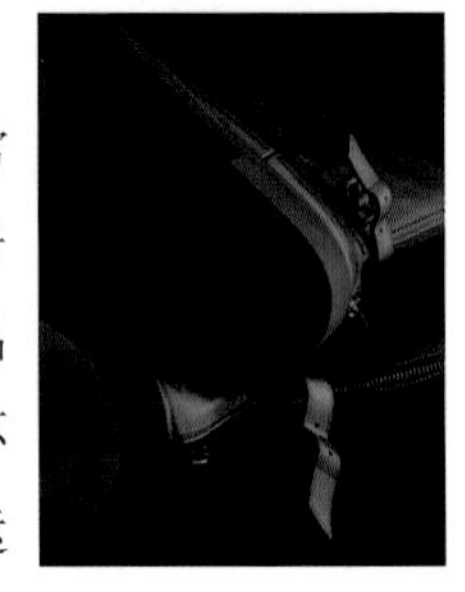

鞋类的广告摄影作品

拍摄静物商品的最大特点是需要有最为精确的视觉效果控制，取得最高的影像质量，因而大都使用大型专业座机在摄影棚中进行拍摄，这样可以排除各种环境和气候因素对于拍摄活动和画面效果的影响。有时候还能够进行精确的构图用光，以实现最大限度的对画面效果的掌握。

（二）产品广告摄影的要求

通过图片来宣传产品或服务，以刺激消费欲望和引起消费行为，是广告摄影的最终目的。因此，成功的产品广告摄影应当同一般的广告摄影一样符合以下要求：

1.突出推销意图

广告摄影是一种图解性摄影，画面的艺术性并不是广告摄影的首要目的。摄影作品所运用的表现手法明确地将推销意图传达给受众才是其主旨所在。再具有艺术性的产品广告摄影，如没有推销的意图，不能将产品很好地销售出去，就不是成功的广告摄影。

2.具有视觉冲击力

广告摄影本身就是要通过强烈的视觉刺激吸引受众的注意，因此，广告静物摄影呈现的视觉信息必须具有强烈的视觉冲击力。能在第一时间吸引观者的眼球，广告静物摄影就成功了一半，这也是广告摄影的宗旨。

3.具有深度诱惑力

广告摄影的终极目的是引导消费，因此，如果摄影画面能使观者产生某种联想或认同摄影片中的生活方式，并产生消费愿望，那就是极大的成功。

（三）产品广告摄影常用的表现手法

产品类的拍摄往往是充满矛盾的工作，一方面，产品广告摄影要尽量满足广告客户对画面的表现形式的要求；另一方面，摄影师要根据广告物的特点和大众的消费心理灵活地采用有创意的表现手法。对摄影师来说，把握这种平衡很关键。尤其是现代的产品广告摄影，已经由单一的产品介绍型转向创意表现型，既为产品广告摄影提供了很大的自由空间，也对摄影师的想象力和创意提出了更高的要求。产品广告摄影常用的表现手法有以下几种：

1.产品人格化

即把产品作为画面的第一主角，甚至把没有生命的产品人格化。强调产品的外形表现，当广告商品本身的外观和质感具有特殊的视觉效果时，借助摄影技术逼真地再现商品的外形特点。它的魅力在于加强商品的视觉冲击力。

没有酒精的啤酒广告

2.突出产品个性

这一手法是把产品从具有相似功能的产品中提升，以吸引消费者。以商品的个性化特点作为表现的焦点，可能是商品的某一局部，也可能是其功能或品质上的特殊之处。它的魅力在于突出商品的个性和特色。

3.产品内涵隐喻

这一手法表现的焦点不在广告商品的外观，而是商品的内在功能和品质，因此常常通过替代物间接地表现。它的魅力在于对商品实用价值的生动揭示。

产品成为年轻人交往的纽带

4.产品功能示范

通过极端的典型场景，让人们亲眼看到该产品优秀的功能，它能够解决什么实质性的问题，是否名副其实，展示它相对于其他产品的优势。

强调舒适的空间感

5.夸张产品感受

夸张型表现法是建立在忠实于商品真实信息的基础之上，以夸张的方式营造出商品新奇的吸引力。夸张手法应该以精神层面为主，不能夸张产品的特定功能。

急不可待（汽车广告）

6.借物联想

这一手法比较含蓄，常借助一些和广告商品本身不相干的其他物品，或者令消费者心驰神往的环境和氛围，然后将广告商品自然地置于这一气氛当中，使观者自然地将使用广告商品的感觉与他们喜欢的氛围积极联系起来。

洗衣机不会真的会引来蝴蝶

7.幽默和诙谐

现代人的工作节奏越来越快，压力也跟着越来越大，广告摄影师将含有诙谐、滑稽、调侃、搞笑的画面等进行巧妙设计，通过演员动作上的强烈对比造成一种喜剧情境，设置一种幽默效果，让人在会心一笑的轻松时刻牢牢地记住这个商品。

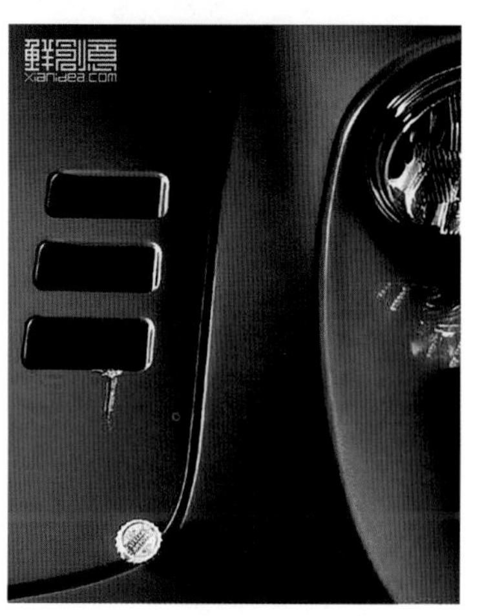

啤酒广告

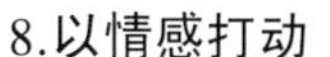

8.以情感打动

设计一个充满了情感的画面场景，将商品置入在这一富含情感性的生活场景中进行展现。商品在这一场景中可能是不经意地一放，但富含情感性的场景给人的情感体验却能深深地打动消费者，对真正的广告产品起到很好的表现作用。

摩托车广告

9.系列和递进

有时候，为了制造一种画面陈列上的动感，静物的广告可以通过多幅摄影画面来表现。即按照同一设计要素与基调，将商品放置在不同的时间和空间里分别拍摄，然后组成一个完整的整体，形成一种特殊的连续性动态效果，使商品表现得更加有说服力。递进也是一种设计，不过有时空或者逻辑上递进关系，吸引观众继续关注。

产品成为家庭的一员

10.动静态结合

数码技术为广告摄影图片的最后效果提供了很大发挥创意的空间。将影视的后期剪辑技术应用到二维的画面之中，将静物摄影画面进行新的组合，这种手法可以将不同空间的静物并置于同一空间中，形成一种特殊的视觉效果。

动静结合

11.故事过程展示

故事型的摄影表现法在当前的国外广告摄影当中经常运用到，摄影师通过精心的设计，把广告信息巧妙地融入故事情节里，观众吸引到故事中，如同看电影一般，让观众看完故事后，对广告信息留下深刻的印象。

动静结合的广告作品

12.童话型、科幻型或其他特殊效果型表现法

在童话型或科幻型的产品广告摄影的表现手法中，广告产品往往是真实存在的，而它融入的背景却是虚构的，画面背景通过电脑特技软件虚拟制作而成。画面以丰富想象力构织出童话般的画面，给人以奇特的视觉感受，具有强烈的感染力。

啤酒广告：运送啤酒的车穿梭在田野乡间

（四）产品广告摄影流程

1.摄影师在广告工作流程中的位置

广告摄影是服从于“广告目的”的摄影，摄影师接受广告公司的委托为其拍摄广告照片只是广告公司整个制作广告流程的一个环节。下面是广告设计工作的大致流程，及摄影师在其中的位置：

（1）明确广告主题及产品定位；

（2）撰写广告文案(包括对广告策略的描述和广告语)；

（3）平面设计师根据“创意”画出广告表现的草图；

（4）摄影师进行拍摄；

（5）广告创意的延伸；

（6）向客户征求意见；

（7）美工修图并完成。

如果广告公司有明确的创意思路以及具体的拍摄草图，摄影师只需要按照创意总监的要求完成拍摄即可。

有时广告公司或客户会请摄影师根据广告主题自己进行创意并拍摄。这时，摄影师必须对广告主题进行深入的分析与研究，因为主题是广告的中心思想和灵魂，是广告目的的集中体现和说明，也是广告创意和表现的基础。广告主题通常有提供信息、诱导购买和提醒使用三种目标定位。最终的广告摄影应具备三个要素：符合广告目标定位，呈现广告基本信息，能抓住受众的消费心理。

2.拍摄的核心——产品的组合

产品或静物是无生命的、静止不动的，但以产品为拍摄对象的广告摄影必须打动观者才是成功的。如何让产品充满动感、情感、魅力与诱惑呢?这就需要摄影师对产品进行组合。

成功的产品广告摄影的关键就是对产品的重新组合，这种组合可以是产品分别与产品、道具、模特、背景、环境的组合，也可以是同一组产品空间顺序的组合等等。不论这些组合怎样变化，唯一不变的是广告摄影的最终目的：突出产品的魅力与吸引力。如果摄影师必须自己提出拍摄方案，那就需要思考怎样的组合才是最有创意且最具吸引力的，这完全取决于摄影师个人的想象力和创意。

产品的组合

而一旦一个完美的创意完成了，拍摄仅仅是通过解决技术上的问题实现这一创意的过程。

你想表现的产品适合与哪些元素进行组合呢?这要取决于你所选择的表现手法，在后面我们会讲到，你可以根据你想采用的表现手法来决定与产品进行组合的其他元素。就同样的元素而言，将它们完美地组合在一个特定的空间里(即构图)需要考虑哪些因素呢?这里有一些可以参考的原则：

（1）任何组合必须符合产品的定位和广告的创意，有利于实现广告的最终目的。

（2）保留或取消某一元素时，要依据其在构图和拍摄目的达成中的作用。

（3）画面简洁是一条实用的原则，如果讲不出某一元素存在的理由，最好将其移出画面。

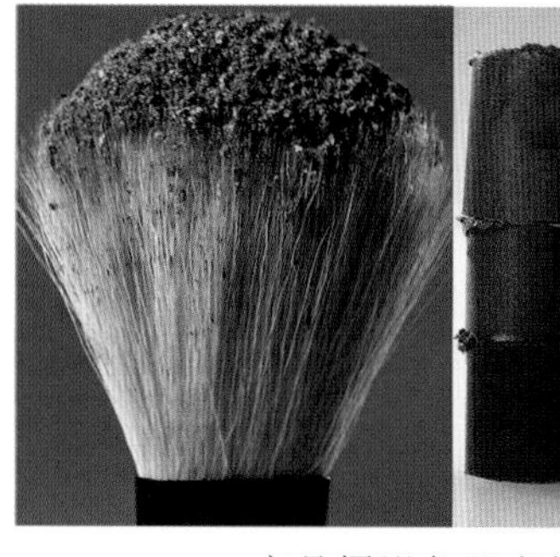

产品摄影各元素的组合

（4）在确定必需的元素后，可通过一件件地添加元素的办法获得满意的构图。

（5）广告主体一般不宜置于画面中央，这样容易使构图显得呆板。较理想的构图原则是使实际的或虚构的线条都能引伸到主体上，这样画面才更加生动，有活力。

（五）商品广告摄影的布光方式

灯光效果与最终创意必须相称

前面第五部分我们讲过普通影室摄影布光方式，这里针对商品广告，再谈一些需要注意的地方。

商品广告摄影的布光方式要根据创意的目的和要求来设计。拍摄中如何选择光位、光质、光度、光种、光比和光色，都要根据被摄物的不同特点进行周密的考虑。下面是几种主要的布光方式。

1.单灯布光

单灯布光是摄影中常采用的基本方式，对于吸光的小体积被摄物，这种布光方式几乎都能应付。单灯布光并不是简单的布光，它结合反光板使用，能营造出很自然的光照效果，特别适合小物件的照明。在外出摄影或拍摄体积较小的被摄物时，单灯布光是非常有效的。

2.两灯布光

最常用的两灯布光的方法就是一盏灯作为主光，另一盏灯作为辅光。这种布光方式适合于结构复杂的被摄物。这种布光方法一般是在主体的左边或右边配置一个灯做主光，并根据拍摄对象来确定是使用软光还是硬光，然后再设置辅光，

3.三灯布光

主光灯加辅光灯和背景灯或装饰灯，就是三灯基本照明。首先决定主光灯的位置和光质，用以塑造形体和表现对象质感；然后决定辅光灯的位置和光质，用以补充暗部亮度，削弱投影；再根据需要，或选用背景灯照射背景，或选用装饰灯强调被摄物的某一局部。

4.多灯布光

多灯布光是指主灯、辅灯、背景灯、装饰灯一起使用的布光方式。各种不同光种的灯各有其作用，但其中对被摄物的质感表现起主要作用的仍是主光灯。多灯布光时各灯光要逐一点亮，并反复调整各灯光的光位，以防多灯布光时的照明效果互相干扰。

5.部分包围布光

部分包围布光的方式常常用于拍摄反光强烈的物体，可抑制其反光。光洁度高的表面产生的高光过多会使画面产生杂乱的感觉，使被摄物失去整体感。如果将高光控制在需要的部位和最能体现产品固有质感的部位，即高光的形状能体现被摄物的形状，就能起到画龙点睛的作用。高光运用和控制得当，拍摄出的影像会产生

光彩夺目的美感。如果拍摄的物体表面较平，通常可以调整相机与被摄物的角度，使用半隔离罩和大面积光源或大张的描图纸完全反射出来所得的结果很自然。如果拍摄金属体、不锈钢、搪瓷和漆器等，通常可采用较大的描图纸对被摄物体作部分罩围，在上面加透射光，或朝一张白纸照射，利用反射光做大面积的漫射光照明，这样的散射光具有照度均匀、柔和的特点。

6.全隔离布光

用半透明无缝白纸或白布做成一个帐篷，将被摄物围在里面，帷帐的四周及顶部都要封住，仅在帐面开一个小口使镜头能伸进去拍摄。用灯光从帷帐外对其布光照明，使整个帷帐成为一个柔和、散射、均匀的光源（见第五部分“摄影亮棚”）。

7.大光量多灯布光

这是指八盏或八盏以上灯的大光量照明布光方式。拍汽车、钢琴、室内装置等都需要用这种特殊的布光方式。这种布光方式要特别注意被摄物各部位以及前后景物的受光量差别，要用测光表仔细测定。

侧面光源很好地体现了模特儿的婀娜多姿的身形

（六）常用背景布光方式

布光技术对画面的整体效果及主体的表现影响极大。而背景布光对于衬托产品主体，烘托气氛，突出产品特点很有帮助，有助于发挥你的创造力和想象力。

1.无投影布光

无投影布光是在拍摄时设法把画面上的投影去掉，制造一种梦幻般透明的画面效果。无投影布光所拍的作品，能使影像偏离人们常规的视觉感受，产生神秘或奇特的意味，因此，它是广告摄影中常用的布光手法。

（1）利用玻璃台面。进行拍摄时，应准备一块玻璃放在摄影台架上。玻璃下面要留有足够的空间和足够的高度，使被摄物的投影偏离出胶片影像以外。玻璃台面架好后，将被摄物放在玻璃台面适当的位置，在玻璃下方的地上放置一张所需色调的背景纸，然后调整相机的位置，并进行画面构图。机位角度要偏高，以对焦屏四周不露出玻璃的边缘为准。对被摄物布光既要考虑它的造型照明，又要确保被摄物的投影透过玻璃落在地上的背景纸后面。有时还可用另一盏闪光灯专门从玻璃板下方照射背景纸以消除投影。若要全黑背景的画面，可将被摄物放在黑绒布或黑衬纸上，或将被摄物放在玻璃台面上，再将黑绒布或黑衬纸放在台下拍摄。

（2）利用半透明台面（见第五部分“摄影台”）。把被摄物放在半透明的有机玻璃或塑料板上，从台面下方向上方打投射光，同样可以消除投影。用这种布光方式时，如果从下至上的光线照度不够或被摄物形象不够完美的话，还可以从上面进行补光。半透明台面通常为乳白色，由下而上的投射光如果加上色片，背景不但会有色调，而且色光还会对被摄物有映照，产生色彩趣味。当然使用有色光要得当，否则会弄巧成拙。

以上两种拍摄法适用于较小的被摄物，在拍摄时注意上下光比要适当，尤其要防止被摄物体积小、投射光较强造成的光射入镜头对胶片产生漫散的现象。遇到这种情况可在镜头前用遮光罩或黑纸挡住射入的光线。

没有投影的布光体现产品纯洁细腻的感觉

2.白背景布光

要使画面得到明亮的白背景效果，首先要处理好画面中被摄物与背景的明暗关系，任何的背景处理都是为了更好地突出主体。第一种方法是在主体的最亮处准确曝光的基础上再增加一级EV值的曝光量；第二种方法是在被摄物后安放一张描图纸或半透明的丙烯板，在描图纸或丙烯板的后面用相应的灯作强光照明，再用亮白色的背景借助照明灯的反射光营造白色背景。

在很多需要后期制作的拍摄项目中，白色或者单一色彩的背景容易把产品从背景中抠出来，减少后期工作量。

3.渐变背景布光

渐变背景就是指背景呈渐变的影调。这在商品广告拍摄中是常用的背景处理方式，除了直接用渐变背景纸外，还可以通过布光技术，令背景产生渐变效果。第一种方法是对照射在背景上的灯作局部适量的遮挡，使背景上的光量呈渐变的效果。例如，想产生上深下浅的渐变背景，可适当遮挡投射到背景上部的灯光。第二种方法是把背景纸摆放成圆弧形，通过背景纸距灯光的远近不同所造成的反射光强度的不同，使背景产生渐变的效果。

（七）典型题材的拍摄布光

1.玻璃器皿

拍摄透明的玻璃器皿，为了表现其晶莹剔透的特性，最有效的方法就是采用透射布光方式，把主灯置于半透明的丙烯板和描图纸后面，当光线透过丙烯板或描图纸照射透明的物体时，由于透明物体各部分的厚度有差别，物体的形体线条就会显露出来。

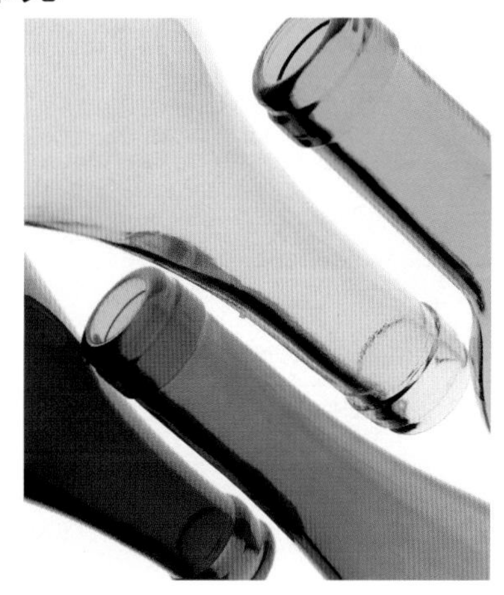

白背景体现透明感

（1）外轮廓暗线条的表现。透明物体外轮廓暗线条的表现主要是利用光的折射作用来实现的。其布光方法是将背景处理成明亮色调，并使被摄物与背景之间拉开足够的空间距离，主光几乎都不做直接照明。背景多用连底背景，目的是消除垂直面和水平面的交线。

透明物体的拍摄难度较大

（2）外轮廓亮线条的表现。透明玻璃器皿外轮廓亮线条的表现主要利用光在透明介质表面的反射来实现。要使被摄物的边缘形成亮线条，布光方法与表现暗线条的方法相反。表现亮线条必须使用深色甚至黑色的背景，才能衬托出玻璃器皿明亮的线条。

透明物体的拍摄

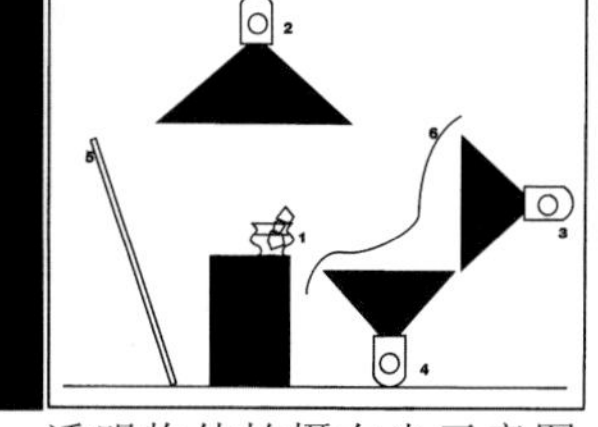

透明物体拍摄布光示意图

不论亮线还是暗线的表现，在布光时都要控制各种光源的发光面积和强度，因为亮线和暗线的明度和深度以及粗细取决于光位和光源的强弱。

2.瓷器与塑料

拍摄瓷器和塑料，在用光上一般不宜采用直射光照明，否则易产生刺眼的反光点，同时，也不宜布光的灯位过多，否则易产生杂乱的投影。

拍摄不透明的瓷器与塑料时，可采用一盏灯，用柔和的散射光来照射。你也可以把光源照向反光板，用反射光来照亮瓷器，然后根据造型的特点，尤其是曲面变化，适当地使用反光板，控制明暗反差。

拍摄半透明的瓷器与塑料时，可采用正面光与逆光或侧逆光相结合的用光方法。这时要注意两者应有足够的光比。

刻意营造的弱反光效果

3.首饰

首饰摄影在广告摄影中应用非常普遍。这类商品多是贵重的装饰品，因此，影像要充分表现出它们的精度、美感和价值。首饰实际上是一类特殊的反光物体，但其体积较小，且种类较多，因此又不同于普通的反光物体，拍摄难度较高。拍摄时，需要使用专业的微距镜头。首饰在各种商品广告作品中大都以两种形式出现：一种以首饰为主体，独立构成画面，强调造型特征和魅力；

另一种以模特为陪衬，突出佩戴它时的光彩。拍摄首饰的重点有二：一是消除杂乱的反光；二是表现首饰的造型、色泽和质地。

把首饰单独放置拍摄时，主要注重造型和款式。背景可以干干净净，也可以为引人注目而挖空心思。无论怎么拍摄，都离不开对首饰独立质感的表现。首饰相对来讲都很细小，布光相对要困难一些，要仔细、反复移动投射光，注意其每一个面、每一条棱线是否达到理想的明度。光导纤维闪光灯是拍摄小首饰的理想光源。

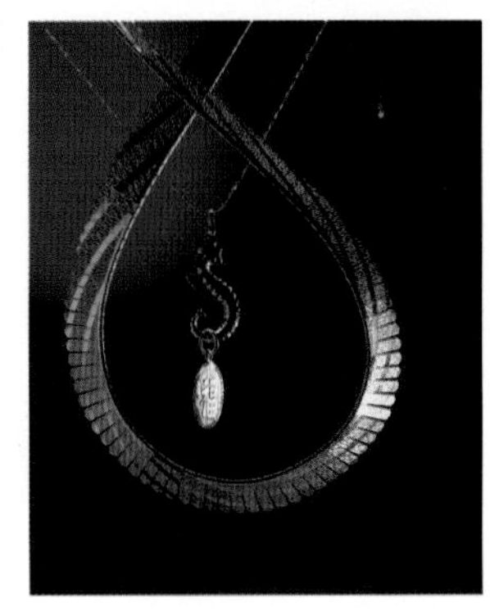

首饰的广告

4.纺织品

不同的纺织品会有粗糙、细腻、柔软、硬挺、轻重、薄厚的质感之差。棉布和毛料属吸收型物质，布光以表现纹理和花色质感为主。粗糙的面料主光可采用稍硬的直射布光，光位宜低，角度宜侧，在机位方向应加一个较柔和的辅助光，以减小反差。对于细布，主光光位可提高，光质要适当柔化，以表现出平滑、细腻的质感。印花布应主要表现其花色，有时不必过分强调其纹理。如果纺织品做成时装，穿在模特身上，则既要强调时装造型，又要表现面料质感。模特身形的起伏在主光照明后会形成部分明显的阴影，需要对其补光，光质要比主光软和弱。

5.皮革

不论何种皮革制品，亮面还是毛面，有无纹理，主光均应使用适当的散射光照明。对亮面皮革，适当地在弯曲和棱角部位营造高光是强化质感不可缺少的手法。这种辅助光有时可使用直射的泛光，但不宜过亮，必要时应适当遮挡或加蜂巢导光罩以控制范围和方向，并在灯前加描图纸以软化光质和降低亮度。

耐克鞋的广告

6.食品

广告食物的色、质、形会对人的食欲产生重大影响，食品生产厂家也对食品的广告摄影提出了较高的要求。在拍摄食品时，还要考虑该画面的媒体对象，要让画面符合各种不同媒体的具体要求。一般实用性较强的书籍中菜谱的画面应当用比较朴实的风格来表现食品，食品或者菜肴的所有用料都必须表示清楚。如果是用于杂志广告上的食品画面，则可以较多地强调气氛和用光效果，而不必像前者那么严肃刻板，可以在拍摄的过程中渗入更多的主观性。比如，可以像绘画一样，努力创造出表现情绪或者乐趣的基调，使食品达到最佳展示效果；也可以将灯光靠近食品，以产生的投影来传达某种意念；或者在饮料瓶的背后加上反光纸，使其中的液体色彩变亮，得到美化。用于包装上的食品画面的表现风格通常介于菜谱和杂志广告之间。对于拍摄食品广告，有以下几点建议：

（1）巧妙布光。合适的布光可以直接表现食品的质感和色彩，引发人们美好的味觉幻想。一般情况下，拍摄食品广告很少使用直射的硬光，而较多使用带有一定方向性的柔光。具体的布光，要根据食物表面的质地和对光线的反应灵活布光。

瞬间的美感

（2）选择与之搭配合适的道具和餐具。道具的衬托以及背景的烘托可以营造一种吸引人进餐的特殊氛围，间接地增强食品的诱惑力。在选择盛放食品的餐具时，要以简洁、明快为主。道具以及餐具的形状、纹样及色调要与食品相互协调。同时应注意餐具与道具和广告首饰摄影中的背景与模特一样，不应喧宾夺主。

不同类型的食物很好地摆出来

（3）食品拍摄常用的特殊技法。蔬菜：为了让蔬菜看起来新鲜碧绿，可将蔬菜在碱水中稍微浸泡一下。

水果：要表现水果的色泽和新鲜感，可在其表面涂一层薄薄的油脂，再用小喷壶喷洒水雾，这样在水果表面会形成一层晶莹的水珠。我们经常看看器皿苹果等水果的广告，上面的水滴好像通人性，分布很合理，使得产品看起来很唯美。工匠们通常就是用无色鞋油或凡士林涂于表面，然后喷水，它可以防止水滴的滑落，而起定型水的作用。在正式拍摄前可以用软布擦拭和抛光水果的表面，一些表面带有茸毛的水果如桃子，还可以在其表面略微上色，使它们更加诱人。

表现水果的色泽和新鲜感

菜肴：要表现菜肴的鲜美感，可用仿真的菜样模型(可以定做)代替真品，或用半生的成品代替全熟的成品；想拍到菜肴上方满意的蒸汽，可用干冰制造蒸汽。也可以用一根细的吹管吸一口香烟的烟雾，对准食物用力喷一口烟后，迅速抓拍。菜肴绝对不能烹烧过度。理想的状态是食品八成熟，此时食品的色泽最具刚出炉的鲜嫩感。

制造烟雾的方法很多

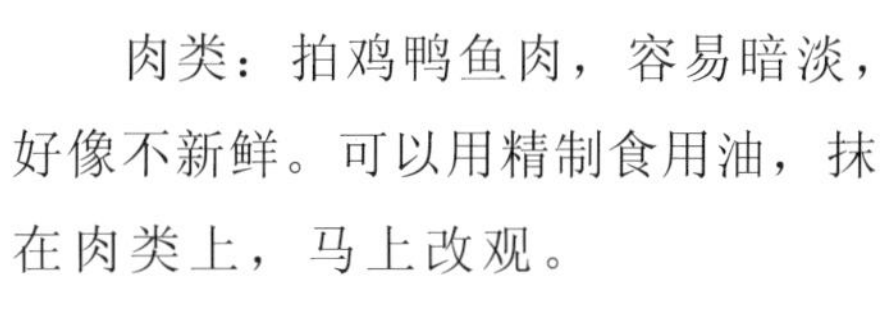

肉类：拍鸡鸭鱼肉，容易暗淡，好像不新鲜。可以用精制食用油，抹在肉类上，马上改观。

热饮：想要拍摄热饮的热气，只要在饮料里加入少量醋酸，再滴入几滴氨水即可。

冷饮：拍摄冷饮时冰块是必不可少的道具，可用有机塑料做成不会融化的假冰代替真冰。

酒类的广告摄影

啤酒：拍摄啤酒，泡沫最重要，只要在啤酒里加少量精盐就会产生想要的泡沫。

红酒：在拍摄红酒等酒类和饮料时，需要对吸收光线的液体做必要的调整，或者略微兑淡，或者略微调入颜料。

蒸汽：锅碗里面冒出来的热气可利用干冰滴水，用管子吹烟，要浓就浓，要淡就淡。

对比色的运用，使酒的颜色更加突出

沸腾：表示煮沸腾不要真煮到那样，弄个管子在下面吹泡泡，效果更好。

需要注意的是，出于某种原因，需要使用代用道具来进行拍摄时，需注意代用道具同实物商品之间的差距不能太大，否则就有可能在无意之中产生欺诈行为。

（八）大型机械产品的拍摄

大型机械产品通常是指汽车、轮船、飞机、推土机、收割机等体积较为庞大的工具。大型机械产品在画面上的展示形式主要有三种类型：第一类是带有部分环境的大型机械产品的工作或者使用场面；第二类是用简单背景衬托大型机械产品的外形特点和结构细部；第三类是表现大型机械产品的内部环境和构造特点。这里我们主要以最常见的汽车广告为例：

1.透视矫正

拍摄大型机械产品的外观造型，有时候需要使用有透视矫正功能的照相机或者镜头，以避免出现画面上被摄对象仿佛倾倒的现象。但在进行透视调整时，要注意控制画面上被摄对象的长宽比例关系，不能出现将对象拍摄得明显过长或者过短的情况。

虚和实的对比，突出汽车的速度

2.表面质感

大型机械产品的表面一般都有光亮的油漆，各种不同颜色的油漆为摄影构图提供了发挥余地。在室外自然光条件下实施拍摄，只有采用云层散射后的漫射光照明，才能使这类上漆的反光产品呈现出最佳的质感和体积感，而强烈的直射阳光容易产生炫目刺眼的点状反光，边界的投影也很生硬。这一点对于以显示外观造型为主的轿车画面的拍摄尤为重要。除非画面要追求某种特别的趣味和气氛，一般都应尽量完美地表现出被摄物的造型和性质。

通过光线表达不同的质感

3.细节整理

几乎所有的大型机械产品照片都是用在产品目录之中，因而客户都希望得到整洁、有光泽的效果。这是在拍摄时需要注意的方面。即使有时会拍摄一些推土机、压路机等工作时粘满泥浆的样子，也不妨在此之前先拍摄一个表现其被擦得整洁光亮的模样备份，以备需要。有时候，处于工作状态的大型机械产品的某些局部，可能会有不尽如人意之处，备份在画面后期加工处理时，可作为素材供局部修改选用，因为重拍大型机械的可能性非常小。

产品细节的刻画很重要

4.拍摄场地

要展现大型机械产品的外形特征和清晰细部，最理想的拍摄环境是摄影棚。摄影棚中的大型背景纸可以最大限度地简化画面，各种人造摄影光源可以最精确地控制照明效果。但是，由于大型机械产品的体积十分庞大，再加上超大型摄影棚需要巨额的设备投资，能够将之容纳并进行拍摄的摄影棚是非常少见的。因此，为了取得比较简略的画面效果，一般可以在夜间采用人造光照明，于宽阔的场地中进行拍摄。相对比较小的照明区域这能够使被摄主体显得醒目，也比较容易控制大型机械产品的照明效果（参见第四部分《数码摄影系统的建立》）。

恰当的外景与主体相得益彰

5.布光和角度

由于大型机械产品的体积十分庞大，将光线分布均匀并不容易。解决这一问题最有效的办法是使用数量尽可能多、有效面积尽可能大的照明光源。不管是在室外还是在摄影棚中拍摄大型机械产品，如果画面最终将被用在产品目录或专业性的杂志上，而且是以一个画面表现一种产品，就应该遵循大型机械产品特有的基本展示准则——3／4角度原则，即画面中的机械产品应当同时拍出正面和侧面，或者侧面和后面部分，也就是机械产品的前进方向同照相机的拍摄方向形成约45°或者135°的夹角，这样就能够比较完整地表现机械产品的形象。用于其他媒体上的画面，则一般没有这类要求。

45°的夹角拍摄能够在单张照片里体现产品更多的结构

（九）后期制作

数字化影像时代，计算机数字化影像系统这一功能强大的科技产物已经取代了传统的广告摄影后期制作方式。计算机数字化影像处理系统具有比各种传统方式多很多的加工和处理手段。借助数字图像处理软件，计算机对于各种画面效果的实现几乎是无所不能的，而且操作过程更加方便和迅速，效果的控制也更加精确，经过加工和处理的影像质量也更好。从设计角度看，计算机影像处理方式的最大优点在于设计师或者制作者可以坐在显示器前，对影像作任意修改和创作，并且在整个修改和创作的过程中，可以让商品广告客户共同参与，从而及时了解他们的意图。本书所选用的图片大都经过了计算机数字处理。计算机数字化影像处理系统将改变商品广告摄影的工作方式。

对图像的调节和修正主要用于消除胶片或者照片的偏色、划痕、由灰尘和其他物体造成的斑点、曝光的误差等，使图像的质量尽可能地完美。计算机数字化影像处理系统对图像的调节和修正能力极其显著，它甚至可以对在灯光照明下误用日光型胶片所产生的严重偏色予以校正。对图像的编辑加工目的上不同于调节和修正，这个过程主要是将胶片或者照片图像作为素材，以此为基础经过剪辑、组合或者变幻等处理制作以后，创作出全新的形象，从而完成必要信息的传达，也可以把原有照片再行加工处理，创造出靠传统方式难以达到的画面效果。计算机数字化影像处理系统强大的编辑功能为商品广告摄影的创意带来了无限的自由，几乎可以将任何意念和思想转化为视觉形象语言，而且可以对图像做无数次任意修改，发起了图像表现能力上的革命。

会飞的感觉——后期制作的创意

二、商业建筑摄影技巧

（一）商业建筑摄影的内涵

建筑摄影的目的和功用是传播建筑师的思想，把建筑师精心设计和建筑公司努力营建的三度空间的建筑物，用二度空间的照片完美地表现出来，而且不能失去原设计的精神和优点。所以建筑摄影家除了必须具备职业摄影的一切基本学识涵养和技能，更需具备建筑艺术上一切学识和审美的眼力。某著名建筑摄影师曾说：“建筑摄影作品是否合格，要看摄影师是否用建筑师的眼睛来审视和再现建筑。”因此，要成为一个好的建筑摄影师，还要学一点建筑知识。

作为商业广告用途的建筑摄影，是一种受客户委托后进行的拍摄活动，既要用摄影语言在平面上表现建筑的立体形象，又要考虑委托方对图片的使用要求。建筑照片的用途一般分为：建筑专业使用的照片、摄影专业使用的照片和新闻报道图片以及资料档案照片等。商业广告的建筑摄影委托方往往是建筑师、设计师、房产开发商或某一宣传媒体，对作品的要求介于建筑专业使用和摄影专业使用之间，既要按照建筑学的基本要求以建筑师的视角来表现建筑，传递建筑的设计精华，真实反映建筑的三维空间，也需要在光影构图上以纯几何图形的手法集中展示局部，表现色彩和线形，传递某种信息。

黑白建筑摄影

从商业摄影的角度出发，建筑摄影大多数以城市建筑为目标，包括室外和室内两种。

对色彩的充分运用

（二）建筑摄影的器材

建筑摄影所使用的器材与其他摄影所使用器材是有所区别的，因为建筑摄影普遍要求对照片中的建筑透视失真予以校正。使用普通相机平视取景时，虽然原本垂直地面的线条在照片中也能保持垂直，但此时镜头的像平面中心却无法像透视图中的视平线那样上下移动，这无疑增加了用普通相机拍摄建筑，特别是拍摄高层建筑的难度。为此，不少摄影师不得不采用仰视拍摄，以求得到建筑物的全景，但是这样取景拍摄的结果会形成建筑物原本垂直地面的线条向上汇聚的透视效果，这种效果会给人一种不稳定的感觉。

1.画幅的选择

建筑摄影大都需要使用可以调整透视关系的摄影器材。建筑摄影的首选器材自然是大画幅相机（4 × 5 或 8 × 10），因为大画幅相机的皮腔部分可做大幅度调整，尤其是近拍高大的建筑物时，这种优势极为明显；再有就是较大的底片可以更好地记录影像更为细微的部分，这对于大型广告图片的制作非常重要。不过大画幅相机的操作比较复杂，移动调整和更换胶片均较繁琐，携带安装也不便利，所以在对片幅没有刻意要求的情况下，一些中画幅相机包括35mm单反相机同样能够满足建筑摄影的基本要求。

2.透视调整

机背取景的中画幅相机禄来X-Act2、哈苏ArcBody等，在全程移轴时均有极佳的成像表现，因而非常适宜户外建筑摄影。此外，中画幅单反相机和35mm单反相机中均有一些移轴镜头可用于建筑摄影。移轴镜头可以在平视取景的前提下，把镜头的像平面中心相对焦平面中心向上或向下移位，从而在镜头的焦距范围内将建筑的顶部（地面拍摄）或底部（高处拍摄）移进取镜器内，而垂直线条在照片中仍保持垂直。中画幅相机的移轴镜头有玛米亚75mmF4.5、禄来75mmF4.5以及哈苏可做偏移的1.4增倍镜等等。

35mm相机用于建筑摄影时，可选择尼克尔PC28mmF3.5、35mmF2.8移轴镜头以及尼康推出的尼克尔PC Micro85mm1∶2.8微距移轴镜头，或者佳能移轴镜头TS-E24mmF3.5L、TS-E45mmF2.8和TS-E90mmF2.8。关于各类移轴镜头的具体使用情况，则应视拍摄的对象、照片的用途、创作者的习惯和经济能力而定。此外，稳固的三脚架、快门线和具有点测光（一般5度即可）功能的测光表都是建筑摄影所必需的辅助设备。

三脚架上最好选用带有水平仪的云台，如曼富图410，这样可以更精确地控制影像垂直。有些摄影爱好者手中只有普通的摄影器材，在用于建筑摄影时可以采用两种方式避免建筑透视失真：第一，站在被摄建筑物对面高处平视拍摄；第二，平视取景，把被摄建筑安排在画面的上部，放大时再裁掉下面多余的部分。

（三）室外建筑摄影

1.选择画面的视点

拍摄城市建筑，无论拍摄单个建筑还是群体建筑，为了寻找最佳的摄影视点，摄影者一定要事先全方位考虑一下所拍建筑周围所有可能的视点，并锁定一至两个具有代表特色的能使所拍城市建筑产生魅力和个性的视点来进行重点拍摄。拍摄时为了取得理想的效果，可以升高视点来拍摄，以尽量避免主体建筑因拍摄视点太仰或太俯而变形。高视点（俯瞰）易于表现建筑群的全貌和它们之间的布局结构；低视点（仰视）会造成建筑变形，产生主观色彩较浓的画面；正常视点（平视）可以正确反映出建筑物的形状结构。

2.把握画面的基调

把握当今建筑特征的最好方法就是运用特定季节或气候条件的光线和色彩来造成一种相应的情调。另外，日光的变化能迅速改变建筑物的外貌和色彩气氛，因此，认真选择不同季节，不同时间段的日光照射可以使拍出的画面具有一种特殊的气氛。可利用天空或水面衬托出建筑物的轮廓。为了获得建筑物的完整剪影，以天空为背景时，多以低视点拍摄，若以水面为背景则多以高视点拍摄；曝光应以衬景为准，使建筑曝光严重不足，从而产生剪影。

低视点的运用

温暖的基调

3.强调画面的冲击力

新世纪的城市建筑，通常是引人注目的。摄影者实际拍摄时，不要墨守成规，要有意识打破常规，采用灵活多样富有创新精神的方法来处理画面。特别是在画面构图上，一定要反复推敲，精心构思，拍摄时可以尝试将完整建筑结构的一部分从与之相连的其他部分中分离出来，以制造出一种抽象的、简洁的画面。另外，建筑物本身有着丰富的框架结构，拍摄时摄影者还要灵活采用机智新颖的因素，将城市建筑体四周可以利用的花草、树木、建筑物框架等作为新奇的前景全面运用，或遮蔽多余的细节，或产生装饰效果，这样才能给原本平淡的题材注入新活力，拍出令人耳目一新的好照片。

前后景的结合形成冲击力

4.调整透视

拍摄建筑，面对的是一幢幢高大的楼房，要使用建筑语汇表述建筑的面貌、特征、结构和使用功能，首先就要控制好透视。运用大画幅相机拍摄建筑，无论在地面还是天花板位置，都可以运用前后板的俯、仰、扭动，克服由于仰视或俯视所带来的透视变形。用移轴镜头也可以很大程度上解决透视问题。

透视关系的调整

5.注重建筑影像的视觉要素

建筑影像的视觉要素，主要包括拍摄范围的取舍、建筑形体和轮廓的展示、线条的处理、拍摄视点的选择、视角与画面构成的改变、尺度比例的表示，以及空间深度、光影效果、质感表现、建筑物本色、环境与光色的表现等多种内容。有时可以突出其中某几项甚至单项，但许多时候都需要综合考虑。对三维空间感觉的再现要准确，对建筑层面和细部的设计要交代清楚，对画面内可视物品的控制和构图要符合审美要求，整幅作品要有生机和活力，引人神往。

线条的美感

6.表现建筑的局部

拍摄建筑的外立面或建筑群的区域空间，不仅要表现其整体形状，同时也要反映它的局部构成，尤其是某些构件，如屋顶、墙面、柱子、楼梯、栏杆等的外形特征和内在结构。

每一个细节都可以刻画

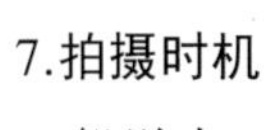

7.拍摄时机

一般说来，建筑物的拍摄和风光摄影相似，可以利用日间某些时刻，而拍摄的最佳时刻只有通过对实地的观察才能获得。对于大多数建筑物，利用早晨或傍晚的低角度光线，可以说是最佳的用光时刻，因为低角度的阳光能为画面带来很好的形式感和物体的细节。一般在建筑物正面呈45^0角照射的阳光是拍摄建筑物的最佳光线。太正面的光线会使建筑物缺乏立体感。如有些建筑物的朝向不能根据拍摄的需要选择光线照射的角度，还可以选择拍摄建筑物的夜景，有些建筑在夜景中所表现的奇特效果是出人意料的。

不同一般的时机和角度带来不同一般的感受

侧光是最富有造型能力的光线，因此需要特别重视和加以利用。强烈的直射光会产生强烈的反差，增强建筑的几何形图案效果，或使建筑的细节轮廓更加分明。柔光（阴天、雨天、雾天、晨昏等）能营造有诗意的气氛。

8.拍摄注意事项

无论使用专业相机还是普通相机，相机必须保持水平，以使建筑物避免透视失真，保持稳定感。使用小光圈、专业三脚架和快门线保证影像清晰细腻，是建筑摄影的根本，最有效的方法就是精确对焦，并用小光圈来加大景深，另外还要使相机非常稳定，并正确地用光，这样才能使建筑物的形体特征和材料质感一览无遗地表现在照片上。

（四）室内建筑摄影

室内的装修、陈设是建筑物的一部分，也是广告摄影中较为常见的题材。

室内摄影最根本的，还是如何运用布光的技巧。室内摄影的布光，虽然比较复杂，但也有其优越性，因为在室内有足够的时间来考虑和调整布光，而不用担心光线的变化。

1.巧妙布光

室内用光的选择可采用自然光、人工光以及自然光和人工光相结合的照明形式。不论利用何种光源拍摄，都必须将各处的照明加以均衡，进行各种组合，而要首先考虑的问题是尽可能保持室内原有的气氛。对一些精细的装饰则要使用人工局部补光，以达到整体效果中细节的表现。

室内摄影光线复杂

2.选好镜头

室内摄影一般都使用广角镜头，以便能将有限的空间范围表现出来，但在照片上有些物体会失真，特别是离相机位置近的物体会显得十分大。因此，应当重新安排一些用具的位置。如果室内的任何东西都不能移动，则应选择其他的拍摄角度。

3.安排好道具

室内装饰摄影的主题思想，一般是表现房间设备所独具的舒适安逸的气氛。因此要适当地考虑安排相应的道具，使消费者通过所拍摄的广告片，感受到一种亲切感。

4.调整照明

拍摄室内环境时，主要考虑的问题是照明。室内环境的照明基本上是人造光线，各种不同的灯具所发出光线的色温也各不相同。有些场所是采用自然光和人工光混合照明的，这就产生了如何使两者色温平衡统一的问题。对于这种情况，通常需要运用色温表来测定色温，计算出所需的补偿光线，或者使用平衡滤色镜。最好是采用能够分析三原色的三色色温表，它如果不能判断出照明色彩上的偏差，则应该通过试拍确定需要校正的颜色。

广角镜头的视野

（五）地产广告摄影

地产广告摄影旨在进行房屋交易。摄影师在拍摄过程中应该清楚地展现建筑物的外观造型、主要的结构和服务事项的特点。地产广告的拍摄只能够在现场进行，而且大多数情况下也只能够利用现场光线，这是与拍摄其他题材最大的不同，因而地产广告摄影所受到的制约也最多。虽然在拍摄室内环境时，可以使用部分补充光线，但一般以不破坏现场气氛为前提。

室内的色温变化

DESIGN

第九部分

附录——Photoshop 技巧集锦

ART

（一）工具操作技巧

1.快速打开文件。双击Photoshop的背景空白处（默认为灰色显示区域）即可打开选择文件的浏览窗口。

2.随意更换画布颜色。选择油漆桶工具并按住Shift点击画布边缘，即可设置画布底色为当前选择的前景色。如果要还原到默认的颜色，设置前景色为25%灰度（R192，G192，B192），再次按住Shift点击画布边缘。

3.选择工具的快捷键。可以通过按快捷键来快速选择工具箱中的某一工具，各个工具的字母快捷键如下：

选框-M，移动-V，套索-L，魔棒-W，喷枪-J，画笔-B，铅笔-N，橡皮图章-S，历史记录画笔-Y，橡皮擦-E，模糊-R，减淡-O，钢笔-P，文字-T，度量-U，渐变-G，油漆桶-K，吸管-I，抓手-H，缩放-Z，默认前景和背景色-D，切换前景和背景色-X，编辑模式切换-Q，显示模式切换-F。

另外，如果我们按住Alt键后再单击显示的工具图标，或者按住Shift键并重复按字母快捷键则可以循环选择隐藏的工具。

4.获得精确光标。按Caps Lock键可以使画笔和磁性工具的光标显示为精确十字线，再按一次可恢复原状。

5.显示/隐藏控制板。按Tab键可切换显示或隐藏所有的控制板（包括工具箱），如果按Shift+Tab则工具箱不受影响，只显示或隐藏其他的控制板。

6.快速恢复默认值。点按选项栏上的工具图标，然后从上下文件菜单中选取“复位工具”或“复位所有工具”。

7.自由控制大小。缩放工具的快捷键为“Z”，此外“Ctrl+空格键”为放大工具，“Alt+空格键”为缩小工具，但是要配合鼠标点击才可以缩放；按Ctrl+“+”键或“－”键也可分别放大或缩小图像；Ctrl+Alt+“+”和Ctrl+Alt+“－”可以自动调整窗口以满屏缩放显示，使用此工具，无论图片以多少百分比来显示都能全屏浏览。如果想要在使用缩放工具时按图片的大小自动调整窗口，可以在缩放工具的属性条中点击“满画布显示”选项。

8.使用非Hand Tool（手形工具）时，按住空格键后可转换成手形工具，即可移动视窗内图像的可见范围。在手形工具上双击鼠标可以使图像以最适合的窗口大小显示，在缩放工具上双击鼠标可使图像以1:1的比例显示。

9.在使用Erase Tool（橡皮擦工具）时，按住Alt键即可将橡皮擦功能切换成恢复到指定的步骤记录状态。

10.使用Smudge Tool（指尖工具）时，按住Alt键可由纯粹涂抹变成用前景色涂抹。

11.要移动使用Type Mask Tool（文字蒙版工具）打出的字形选取范围时，可先切换成快速蒙版模式（用快捷键Q切换），然后再进行移动，完成后只要再切换回标准模式即可。

12.按住Alt键后，使用Rubber Stamp Tool（橡皮图章工具）在任意打开的图像视窗内单击鼠标，即可在该视窗内设定取样位置，但不会改变作用视窗。

13.在使用Move Tool（移动工具）时，可按键盘上的方向键直接以1 pixel的距离移动图层上的图像，如果先按住Shift键后再按方向键则以每次10 pixel的距离移动图像。而按Alt键拖动选区将会移动选区的拷贝。

14.使用磁性套索工具或磁性钢笔工具时，按“[”或“]”键可以实时增加或减少采样宽度（选项调板中）。

15.度量工具在测量距离上十分便利（特别是在斜线上），同样可以用它来量角度（就像一只量角器）。在信息面板可视的前提下，选择度量工具点击并拖出一条直线，按住Alt键从第一条线的节点上再拖出第二条直线，这样两条线间的夹角和线的长度都显示在信息面板上。用测量工具拖动可以移动测量线（也可以只单独移动测量线的一个节点），把测量线拖到画布以外就可以把它删除。

16.使用绘画工具如（如画笔、铅笔等），按住Shift键单击鼠标，可将两次单击点以直线连接。

17.按住Alt键用吸管工具选取颜色即可定义当前背景色。通过结合颜色取样器工具（Shift+I）和信息面板监视当前图片的颜色变化，变化前后的颜色值显示在信息面板上其取样点编号的旁边。通过信息面板上的弹出菜单可以定义取样点的色彩模式。要增加新取样点只需在画布上用颜色取样器工具随便什么地方再点一下，按住Alt键点击可以除去取样点。但一张图上最多只能放置四个颜色取样点。当Photoshop中有对话框（例如：色阶命令、曲线命令等等）弹出时，要增加新的取样点必须按住Shift键再点击，按住Alt+Shift点击可以减去一个取样点。

18.使用裁切工具时经常遇到这种情况——当调整裁切框而裁切框又比较接近图像边界的时候，裁切框会自动地贴到图像的边上，从而无法精确地裁切图像。此时，只要在调整裁切边框的时候按下“Ctrl”键，就可以精确裁切了。

（二）复制技巧

19.按住Ctrl+Alt键拖动鼠标可以复制当前层或选区内容。

20.如果你最近拷贝了一张图片存在剪贴板里，Photoshop在新建文件（Ctrl+N）的时候会以剪贴板中图片的尺寸作为新建图的默认大小。要避开这个特性而使用上一次的设置，在打开的时候按住Alt键（Ctrl+Alt+N）即可。

21.如果创作一幅新作品，需要与一幅已打开的图片有一样的尺寸、解析度、格式的文件，可选取“文件”/“New”，点Photoshop菜单栏的Windows选项，在弹出菜单的最下面一栏点击已开启的图片名称。

22.在使用自由变换工具（Ctrl+T）时，按住Alt键（Ctrl+Alt+T）即可先复制原图层（在当前的选区），后在复制层上进行变换。Ctrl+Shift+T为再次执行上次的变换，Ctrl+Alt+Shift+T为复制原图后再执行变换。

23.使用复制新建层（Ctrl+J）或剪切新建层（Ctrl+J）命令，可以在一步之间完成从拷贝到粘贴或从剪切到粘贴的工作；通过复制（剪切）新建层命令粘贴时仍会放在它们原来的地方，然而通过拷贝（剪切）再粘贴，就会贴到图片（或选区）的中心。

24.若要直接复制图像而不希望出现命名对话框，可先按住Alt键，再执行“图像”/“副本”命令。

25.Photoshop的剪贴板很好用，但你更希望直接使用Windows系统剪贴板直接处理从屏幕上截取的图像。截取图像后按下Ctrl＋K，在弹出的面板上将“输出到剪贴板”点中。

26.在Photoshop内实现有规律复制。在做版面设计的时候，我们会经常把某些元素有规律地摆放以寻求一种形式的美感，在Photoshop内通过四个快捷键的组合就可以轻易得出。步骤如下：

（1）圈选出你要复制的物体；

（2）按Ctrl+J产生一个浮动Layer；

（3）按旋转并移动到适当位置后确认；

（4）按住Ctrl+Alt+Shift后连续按“T”就可以有规律地复制出连续的物体（只按住Ctrl+Shift则只是有规律移动）。

27.当我们要复制文件中的选择对象时，要使用编辑菜单中的复制命令。如果多次复制，一次一次的点击就相当不便了。这时你可以先用选择工具选定对象，而后点击移动工具，再按住“Alt”键不放。当光标变成一黑一白重叠在一起的两个箭头时，拖动鼠标到所需位置即可。若要多次复制，只要重复地放松鼠标就行了。

28.可以用选框工具或套索工具，把选区从一个文档拖到另一个文档。

29.要为当前历史状态或快照建立一个复制文档，可以：

（1）点击“从当前状态创建新文档”按钮；

（2）从历史面板菜单中选择新文档；

（3）拖动当前状态（或快照）到“从当前状态创建新文档”按钮上；

（4）右键点击所要的状态（或快照），从弹出菜单中选择新文档，把历史状态中当前图片的某一历史状态拖到另一个图片的窗口，可改变目的图片的内容。按住Alt键点击任一历史状态（除了当前的、最近的状态），可以复制它。而后被复制的状态就变为当前（最近的）状态，按住Alt拖动动作中的步骤可以把它复制到另一个动作中。

（三）选择技巧

30.把选择区域或层从一个文档拖向另一个时，按住Shift键可以使其在目的文档上居中。如果源文档和目的文档的大小（尺寸）相同，被拖动的元素会被放置在与源文档位置相同的地方（而不是放在画布的中心）。如果目的文档包含选区，所拖动的元素会被放置在选区的中心。

31.在动作调板中单击右上角的三角形按钮，从弹出的菜单中选择载入动作，进入Photoshop Goodies Actions目录，其下有按钮、规格、命令、图像效果、文字效果、纹理、帧六个动作集，包含了很多实用的东西。另外，在该目录下还有一个ACTIONS.PDF文件，可用Adobe Acrobat软件打开，里面详细介绍了这些动作的使用方法和产生的效果。

32.单击工具条中的画笔类工具，在随后显示的属性条中单击画笔标签右边的小三角，在弹出的菜单中再点击小箭头选择“载入画笔...”，到Photoshop目录的Brushes文件夹中选择*.abr。

33.画出一个漂亮的标记，想在作品中重复使用时怎么办？好办，用套索工具选好它，在Brushes的弹出菜单中选“储存画笔...”，然后用画笔工具选中这个新笔头。

34.如果想选择两个选择区域之间的部分，在已有的任意一个选择区域的旁边同时按住Shift和Alt键进行拖动，画第二个选择区域（鼠标十字形旁出现一个乘号，表示重合的该区域将被保留）。

35.在选择区域中删除正方形或圆形，首先增加任意一个选择区域，然后在该选择区域内，按Alt键拖动矩形或椭圆的面罩工具。然后松开Alt键，按住Shift键，拖动到满意为止。然后先松开鼠标按钮再松开Shift键。

36.从中心向外删除一个选择区域，在任意一个选择区域内，先按Alt键拖动矩形或椭圆的面罩工具，松开Alt键后再一次按住Alt键，最后松开鼠标按钮再松开Alt键。

37.在快速蒙板模式下要迅速切换蒙板区域或选取区域选项时，先按住Alt键，将光标移到快速遮色片模式图标上单击鼠标就可以了。

38.使用选框工具的时候，按住Shift键可以画出正方形和正圆的选区；按住Alt键将以起始点为中心勾画选区。

39.使用“重新选择”命令（Ctrl+Shift+D）来载入/恢复之前的选区。

40.在使用套索工具勾画选区的时候按Alt键可以在套索工具和多边形套索工具间切换。勾画选区的时候按住空格键可以移动正在勾画的选区。

41.按住Ctrl键点击层的图标（在层面板上）可载入它的透明通道，再按住Ctrl+Alt+Shift键点击另一层可选取两个层的透明通道相交的区域。

42.在缩放或复制图片之间先切换到快速蒙板模式[Q]可保留原来的选区。

43.“选择框”工具中Shift和Alt键的使用方法。当用“选择框”选取图片时，想扩大选择区，这时按住Shift键，光标“＋”会变成“＋₊”，拖动光标，这样就可以在原来选取的基础上扩大所需的选择区域。或是在同一幅图片中同时选取两个或两个以上的选取框。

当用“选择框”选取图片时，想在“选择框”中减去多余的图片，这时按住“Alt”键，光标“＋”会变成“＋₋”，拖动光标，这样就可以留下所需要的图片。

当用“选择框”选取图片时，想得到两个选取框叠加的部分，这时按住“Shift+Alt”键，光标“＋”会变成“＋ₓ”，拖动光标，这样就可以得到你想要的部分。

想得到“选取框”中的正圆或正方形时，按住“Shift”键就可以。

44.“套索”工具中Shift和Alt键的使用方法：增加选取范围按“Shift”键（方法和“选择框”中的1相同）。减少选取范围按“Alt”键（方法和“选择框”中的2相同）。两个选取框叠加的区域按“Shift+Alt”键（方法和“选择框”中的3相同）。

45.“魔杖”工具中Shift和Alt键使用方法。增加选取范围按“Shift”键，减少选取范围按“Alt”键，选取两个选取框叠加的区域按“Shift+Alt”键。

（四）快捷键技巧

46.可以用以下的快捷键来快速浏览图像。Home：卷动至图像的左上角；End：卷动至图像的右下角；Page UP：卷动至图像的上方；Page Down：卷动至图像的下方；Ctrl＋Page Up：卷动至图像的左方；Ctrl＋Page Down：卷动至图像的右方。

47.按Ctrl+Alt+0键即可使图像按1:1比例显示。

48.想“紧排”（调整个别字母之间的空位），首先在两个字母之间单击，然后按下Alt键后用左右方向键调整。

49.想将对话框内的设定恢复为默认，先按住Alt键后，Cancel键会变成Reset键，再单击Reset键即可。

50.要快速改变在对话框中显示的数值，首先用鼠标点击那个数字，让光标处在对话框中，然后就可以用上下方向键来改变该数值了。如果在用方向键改变数值前先按下Shift键，那么数值的改变速度会加快。

51.Photoshop除了以往熟悉的快捷键Ctrl+Z（可以自由地在历史记录和当前状态中切换）之外，还增加了Shift+Ctrl+Z（用以按照操作次序不断地逐步恢复操作）和Alt+Ctrl+Z（使用户可以按照操作次序不断地逐步取消操作）两个快捷键。按Ctrl+Alt+Z和Ctrl+Shift+Z组合键分别为在历史记录中向后和向前（或者可以使用历史面板中的菜单来执行这些命令）。

52.填充功能。Shift+Backspace打开填充对话框，Alt+Backspace和Ctrl+Backspace组合键分别为填充前景色和背景色；按Alt+Shift+Backspace及Ctrl+Shift+Backspace组合键在填充前景及背景色的时候只填充已存在的像素（保持透明区域）。

53.键盘上的D键、X键可迅速切换前景色和背景色。

54.用任意绘图工具画出直线笔触。先在起点位置单击鼠标，然后按住Shift键，将光标移到终点再单击鼠标即可。

55.打开Curve（曲线）对话框时，按Alt键后单击曲线框，可使格线更精细，再单击鼠标可恢复原状。

56.使用矩形（椭圆）选取工具选择范围后，按住鼠标不放，再按空格键即可随意调整选取框的位置，放开后可再调整选取范围的大小。

57.增加一个由中心向外绘制的矩形或椭圆形，在增加的任意一个选择区域内先按Shift键拖动矩形或椭圆的面罩工具，然后放开Shift键，再按Alt键，最后松开鼠标按钮再松开Alt键。按Enter键或Return键可关闭滑块框。若要取消更改，按Escape键（Esc）。若要在打开弹出式滑块对话框时以10%的增量增加或减少数值，请按住Shift键并按上箭头键或者下箭头键。

58.若要在屏幕上预览RGB模式图像的CMYK模式色彩时，可先执行“视图”/“新视图”命令，产生一个新视图后，再执行“视图”/“预览”/“CMYK”命令，即可同时观看两种模式的图像，便于比较分析。

59.按Shift键拖移选框工具限制选框为方形或圆形；按Alt键拖移选框工具从中心开始绘制选框；按Shift+Alt键拖移选框工具则从中心开始绘制方形或圆形选框。

60.要防止使用裁切工具时选框吸附在图片边框上，在拖动裁切工具选框上的控制点的时候按住Ctrl键即可。

61.要修正倾斜的图像，可以先用测量工具在图上作为水平或垂直方向基准的地方画一条线（如图像的边框、门框、两眼间的水平线等等），然后从菜单中选“图像”/“旋转画布”/“任意角度...”，打开后会发现正确的旋转角度已经自动填好了，只要按确定就行了。

62.可以用裁切工具来一步完成旋转和剪切的工作。先用裁切工具画一个方框，拖动选框上的控制点来调整选取框的角度和大小，最后按回车实现旋转及剪切。测量工具量出的角度同时也会自动填到数字变换工具（“编辑”/“变换”/“数字”）对话框中。

63.裁剪图像后所有在裁剪范围之外的像素就都丢失了。要想无损失地裁剪可以用“画布大小”命令来代替。虽然Photoshop会警告你将进行一些剪切，但出于某种原因，事实上并没有将所有“被剪切掉的”数据都被保留在画面以外，但这对索引色模式不起作用。

64.合并可见图层时按Ctrl+Alt+Shift+E会把所有可见图层复制一份后合并到当前图层。同样，可以在合并图层的时候按住Alt键，会把当前层复制一份后合并到前一个层，但是Ctrl+Alt+E这个热键这时并不能起作用。

65.按Shift+Backspace键可激活“编辑”/“填充”命令对话框，按Alt+Backspace键可将前景色填入选取框；按Ctrl+Backspace键可将背景填入选取框内。

66.按Shift+Alt+Backspace 键可将前景色填入选取框内并保持透明设置，按Shift+Ctrl+Backspace键可将背景色填入选取框内保持透明设置。

67.按Alt+Ctrl+Backspace键从历史记录中填充选区或图层，按Shift+Alt+Ctrl+Backspace键从历史记录中填充选区或图层并且保持透明设置。

68.按Ctrl+“＝”键可使图像显示持续放大，但窗口不随之缩小；按Ctrl+“－”键可使图像显示持续缩小，但窗口不随之缩小；按Ctrl+Alt+“＝”键可使图像显示持续放大，且窗口随之放大；按Ctrl+Alt+“－”键可使图像显示持续缩小，且窗口随之缩小。

69.移动图层和选区时，按住Shift键可做水平、垂直或45°角的移动；按键盘上的方向键可做每次1个像素的移动；按住Shift键后再按键盘上的方向键可做每次10个像素的移动。

70.创建参考线时，按Shift键拖移参考线可以将参考线紧贴到标尺刻度处；按Alt键拖移参考线可以将参考线更改为水平或垂直取向。

71.在“图像”/“调整”/“曲线”命令对话框中，按住Alt键于格线内单击鼠标可以使格线精细或粗糙，按住Shift键并单击控制点可选择多个控制点，按住Ctrl 键并单击某一控制点可将该点删除。

72.若要将某一图层上的图像拷贝到尺寸不同的另一图像窗口中央位置时，可以在拖动到目的窗口时按住Shift键，图像拖动到目的窗口后会自动居中。

73.在使用“编辑”/“自由变换”（Ctrl+T）命令时，按住Ctrl键并拖动某一控制点可以进行自由变形调整；按住Alt键并拖动某一控制点可以进行对称变形调整；按住Shift键并拖动某一控制点可以进行按比例缩放的调整；按住Shift+Ctrl键并拖动某一控制点可以进行透视效果的调整；按Shift+Ctrl键并拖动某一控制点可以进行斜切调整；按Enter键应用变换；按Esc键取消操作。

74.在色板调板中，按Shift键单击某一颜色块，则用前景色替代该颜色；按Shift+Alt键单击鼠标，则在点击处前景色作为新的颜色块插入，按Alt键在某一颜色块上单击，则将背景色变为该颜色；按Ctrl键单击某一颜色块，会将该颜色块删除。

75.在图层、通道、路径调板上，按Alt键单击这些调板底部的工具按钮时，对于有对话框的工具可调出相应的对话框更改设置。

76.在图层、通道、路径调板上，按Ctrl键并单击一图层、通道或路径会将其作为选区载入；按Ctrl+Shift键并单击，则添加到当前选区；按Ctrl+Shift+Alt键并单击，则与当前选区交叉。

77.在图层调板中使用图层蒙板时，按Shift键并单击图层蒙板缩览图，会出现一个红叉，表示禁用当前蒙板，按Alt键并单击图层蒙板缩览图，蒙板会以整幅图像的方式显示，便于观察调整。

78.在路径调板中，按住Shift键在路径调板的路径栏上单击鼠标可切换路径是否显示。

79.更改某一对话框的设置后，若要恢复为先前值，要按住Alt键、取消按钮会变成复位按钮，在复位按钮上单击即可。

（五）路径技巧

80.在点选调整路径上的一个点后，按“Alt”键，再点击鼠标左键在点上点击一下，这时其中一根“调节线”将会消失，再点击下一个路径点时就会不受影响了。

81.如果用“Path”画了一条路径，而鼠标现在的状态又是钢笔的话，只需按下小键盘上的回车键（记住是小键盘上的回车，不是主键盘上的），那么路径就马上会变为“选取区”了。

82.如果用钢笔工具画了一条路径，而现在鼠标的状态又是钢笔的话，只要按下小键盘上的回车键（记住是小键盘上的回车，不是主键盘上的），那么路径就马上就被作为选区载入。

83.按住Alt键在路径控制板上的垃圾桶图标上单击鼠标可直接删除路径。

84.使用路径其他工具时按住Ctrl键使光标暂时变成方向选取范围工具。

85.点击路径面板上的空白区域可关闭所有路径的显示。

86.在点击路径面板下方的几个按钮（用前景色填充路径、用前景色描边路径、将路径作为选区载入）时，按住Alt键可以看见一系列可用的工具或选项。

87.如果需要移动整条或是多条路径，请选择所需移动的路径然后使用快捷键Ctrl+T，就可以拖动路径至任何位置。

88.在勾勒路径时，最常用的操作还是像素的单线条的勾勒，但此时会出现问题，即有锯齿存在，很影响实用价值，此时不妨先将其路径转换为选区，然后对选区进行描边处理，同样可以得到原路径的线条，却可以消除锯齿。

89.将选择区域转换成路径是一个非常实用的操作。此功能与控制面板中的相应图标功能一致。调用此功能时，所需要的属性设置将可在弹出的MAKE WORK PATH设置窗口中进行。

90.使用笔形工具制作路径时按住Shift键可以强制路径或使方向线成水平、垂直或45°角，按住Ctrl键可暂时切换到路径选取工具，按住Alt键将笔形光标在黑色节点上单击可以改变方向线的方向，使曲线能够转折；按Alt键用路径选取工具单击路径会选取整个路径；要同时选取多个路径可以按住Shift后逐个单击；使用路径选取工具时按住“Ctrl+Alt”键移近路径会切换到加节点与减节点笔形工具。

91.若要切换路径是否显示，可以按住Shift键后在路径调色板的路径栏上单击鼠标，或者在路径调色板灰色区域单击即可，还可以按Ctrl+Shift+H。若要在Color调色板上直接切换色彩模式，可先按住Shift键后，再将光标移到色彩条上单击。

（六）Actions动作技巧

92.若要在一个动作中的一条命令后新增一条命令，可以先选中该命令，然后单击调板上的开始记录按钮，选择要增加的命令，再单击停止记录按钮即可。

93.先按住Ctrl键后，在动作控制板上所要执行的动作的名称上双击鼠标，即可执行整个动作。

94.若要一起执行数个宏（Action），可以先增加一个宏，然后录制每一个所要执行的宏。

95.若要在一个宏（Action）中的某一命令后新增一条命令，可以先选中该命令，然后单击调色板上的开始录制图标，选择要增加的命令，再单击停止录制图标即可。

（七）滤镜技巧

96.滤镜快捷键。Ctrl+F：再次使用刚用过的滤镜。Ctrl+Alt+F：用新的选项使用刚用过的滤镜。Ctrl+Shift+F：退去上次用过的滤镜或调整的效果，或改变合成的模式。

97.在滤镜窗口里，按Alt键，Cancel按钮会变成Reset按钮，可恢复初始状况。想要放大在滤镜对话框中图像预览的大小，直接按下“Ctrl”，用鼠标点击预览区域即可放大；按下“Alt”键则预览区内的图像迅速变小。

98.滤镜菜单的第一行会记录上一条滤镜的使用情况，方便重复执行。

99.在图层的面板上可对已执行滤镜后的效果调整不透明度和色彩混合等(操作的对象必须是图层)。

100.对选取的范围羽化（Feather），能减少突兀的感觉。

101.在使用“滤镜”/“渲染”/“云彩”的滤镜时，若要产生更多明显的云彩图案，可先按住Alt键后再执行该命令；若要生成低漫射云彩效果，可先按住Shift键后再执行命令。

102.在使用“滤镜”/“渲染”/“光照效果”的滤镜时，若要在对话框内复制光源，可先按住Alt键再拖动光源即可实现复制。

103.针对所选择的区域进行处理。如果没有选定区域，则对整个图像做处理；如果只选中某一层或某一通道，则只对当前的层或通道起作用。

104.滤镜的处理效果以像素为单位，就是说用相同的参数处理不同分辨率的图像，效果会不同。

105.RGB的模式里可以对图形使用全部的滤镜，文字一定要变成了图形才能使用滤镜。

106.使用新滤镜应先用缺省设置实验，然后试一试较低的配置，再试一试较高的配置，观察一下变化的过程及结果。用一幅较小的图像进行处理，并保存拷贝的原版文件，而不要使用“还原”。这样可对所做的结果进行比较，记下自己真正喜欢的设置。

107.在选择滤镜之前，先将图像放在一个新建立的层中，然后用滤镜处理该层。这个方法可使作者把滤镜的作用效果混合到图像中去，或者改变混色模式，从而得到需要的效果。这个方法还可以使作者在设计的过程中，按自己的想法随时改变图像的滤镜效果。

108.即使已经用滤镜处理层了，也可以选择“褪色...”命令。使用该命令时只要调节不透明度就可以了，同时还要改变混色模式。在结束该命令之前，可随意用滤镜处理该层。注意，如果使用了“还原”，就不能再更改了。

109.有些滤镜一次可以处理一个单通道，例如绿色通道，而且可以得到非常有趣的结果。注意，处理灰阶图像时可以使用任何滤镜。

110.用滤镜对Alpha通道进行数据处理会得到令人兴奋的结果（也可以处理灰阶图像），然后用该通道作为选取，再应用其他滤镜，通过该选取处理整个图像。该项技术尤其适用于晶体折射滤镜。

111.用户可以打破适当的设置，观察有什么效果发生。当用户不按常规设置滤镜时，有时能得到奇妙的特殊效果。例如，将虚蒙板或灰尘与划痕的参数设置得较高，有时能平滑图像的颜色，效果特别好。

112.有一种能产生较好特殊效果的技术，即对同（次数不适宜太多）。这项技术对操作滤镜来说效果特别好。当然也可以用于其他滤镜。用户还可以用同一种滤镜的不同设置，或者用完全不同的滤镜，多次用于同一选取，看看效果如何。

113.有些滤镜的效果非常明显，细微的参数调整会导致明显的变化，因此在使用时要仔细选择，以免因为变化幅度过大而失去每个滤镜的风格。处理过渡的图像只能作为样品或范例，但它们不是最好的艺术品，使用滤镜还应根据艺术创作的需要，有选择地进行。

（八）图层技巧

114.要把当前的选中图层往上移，按下“Ctrl+]”组合键，就可以把当前的图层往上翻一层；按下“Ctrl+[”组合键，就可以把当前的图层往下翻一层。

115.用鼠标将要复制的图层拖曳到面板上端的“新建”图标上可新建一个图层。

116.移动图层或选取范围时，按住Shift键强制做水平、垂直或45°的移动。

117.移动图层或选取范围时，按键盘上的方向键做每次1pixel的移动。

118.在移动图层或选取范围时，先按住Shift键后再按键盘上的方向键做每次10pixel的移动。

119.直接删除图层时可以先按住Alt键后将光标移到图层控制板上的垃圾桶上单击鼠标即可。

120.按下Ctrl键后，移动工具就有自动选择功能了，这时只要单击某个图层上的对象，那么Photoshop就会自动的切换到那个对象所在的图层；但当放开Ctrl键后，移动工具就不再有自动选择的功能了，这样就很容易防止误选。

121.不能在层面板中同时拖动多个层到另一个文档（即使它们是链接起来的）——这只会移动所选的层。

122.要把多个层编排为一个组，最快速的方法是先把它们链接起来，然后选择编组链接图层命令（Ctrl+G）。当要在不同文档间移动多个层时就可以利用移动工具在文档间同时拖动多个层了。用这个技术同样可以用来合并（Ctrl+E）多个可见层（因为当前层与其他层有链接时，“与前一层编组命令”会变成“编组链接图层”命令）。

123.在层面板中按住Alt键在两层之间点击可把它们编为一组。当一些层链接在一起而你又只想把它们中的一部分编组时，这个功能十分好用。因为编组命令（Ctrl+G）在当前层与其他层有链接时会转为编组链接层命令（Ctrl+G）。

124.用鼠标双击“图层控制”面板中带“T”字样的图层还可以再次对文字进行编辑。

125.按住Alt点击所需层前眼睛图标可隐藏/显现其他所有图层。

126.按住Alt点击当前层前的笔刷图标可解除其与其他所有层的链接。

127.要清除某个层上所有的层效果，可按住Alt键，双击该层上的层效果图标。

128.要关掉其中一个效果，可按住Alt键然后在“图层”/“图层样式”子菜单中选中它的名字；或在图层效果对话框中取消它的“应用”标记 。

129.这里有一个节省时间的增加调整层的方法。只需按住Ctrl点击“创建新图层”图标（在层面板的底部），选择想加的调整层类型。

130.除了在通道面板中编辑层蒙板以外，按Alt点击层面板上蒙板的图标可以打开它；按住Shift键点击蒙板图标为关闭/打开蒙板（会显示一个红叉“X”表示关闭蒙板）。按住Alt+Shift点击层蒙板可以以红宝石色（50%红）显示。按住Ctrl键点击蒙板图标为载入它的透明选区。

131.按层面板上的“添加图层蒙板”图标（在层面板的底部）所加入的蒙板默认显示当前选区的所有内容；按住Alt键点“添加图层蒙板”图标所加的蒙板隐藏当前选区内容。

132.当前工具为移动工具（或随时按住Ctrl键）时，右键点击画布可以打开当前点所有层的列表（按从上到下排序）：从列表中选择层的名字可以使其为当前层。

133.按住Alt键点鼠标右键可以自动选择当前点最靠上的层，或者打开移动工具选项面板中的自动选择图层选项也可实现。

134.Alt+Shift+右键点击可以切换当前层是否与最上面层作链接。

135.需要多层选择时，可以先用选择工具选定文件中的区域，拉制出一个选择虚框；然后按住“Alt”键，当光标变成一个右下角带一小“_”的“＋”号时（这表示减少被选择的区域或像素），在第一个框的里面拉出第二个框；而后按住“Shift”键，当光标变成一个右下角带一小“+”或大“＋”号时，再在第二个框的里面拉出第三个选择框，这样二者轮流使用，就可以进行多层选择了。用这种方法也可以选择不规则对象。

136.按Shift+“＋”键（向前）和Shift+“－”键（向后）可在各种层的合成模式上切换。

还可以按Alt+Shift+“某一字符”快速切换合成模式：

N=正常（Normal），I=溶解（Dissolve），M=正片叠底（Multiply），S=屏幕（Screen），O=叠加（Overlay），F=柔光（Soft Light），H=强光（Hard Light），D=颜色减淡（Color Dodge），B=颜色加深（Color Burn），K=变暗（Darken），G=变亮（Lighten），E=差值（Difference），X=排除（Exclusion），U=色相（Hue），T=饱和度（Saturation），C=颜色（Color），Y=亮度（Luminosity），Q=背后（Behind 1），L=阈值（Threshold 2），R=清除（Clear 3），W=暗调（Shadows 4），V=中间调（Midtones 4），Z=高光（Highlights 4）。

（九）色彩技巧

137.Photoshop是32位应用程序，为了正确地观看文件，须将屏幕设置为24位彩色。

138.先执行“视图”/“新视图”命令，产生有关新视窗后，再执行“视图”/“预览”/“CMYK”，即可同时观看两种模式的图像。

139.单击视窗上的吸管或十字标，就可由弹出式菜单更改尺寸及色彩模式。

140.按住Shift点击颜色面板下的颜色条可以改变其所显示的色谱类型。或者，也可以在颜色条上单击鼠标右键，从弹出的颜色条选项菜单中选取其他色彩模式。

141.在调色板面板上的任一空白（灰色）区域单击可在调色板上加进一个自定义的颜色，按住Ctrl键点击为减去一个颜色，按住Shift点击为替换一个颜色。

142.通过拷贝粘贴Photoshop拾色器中所显示的16进制颜色值，可以在Photoshop和其他支持16进制颜色值的程序之间交换颜色数据。

143.打开颜色范围对话框时，可按Ctrl键做图像与选取预览的切换。若按Shift键可使吸管变成有“＋”符号的加选吸管，若按Alt键则会使吸管变成有“－”符号的减选吸管。

144.按Shift+Backspace可直接呼出填色对话框。

145.在选色控制板上直接切换色彩模式，可按住Shift键后将光标移到色彩杆上单击鼠标即可。

146.要把一个彩色的图像转换为灰度图像，通常的方法是用“图像”/“模式”/“灰度”，或“图像”/“去色”。不过现在有一种方法可以让颜色转换成灰度时更加细腻。步骤是：首先把图像转化成Lab颜色模式（“图像”/“模式”/“Lab颜色”），然后来到通道面板，删掉通道a和通道b，就可以得到一幅灰度更加细腻的图像了。

（十）图像处理技巧

147.按下Ctrl键，用鼠标点击预览区域，图像放大；按下Alt键，用鼠标点击预览区域，图像缩小。

148.制作透明背景的图片。一般来说，网络中的透明背景的图片都是GIF格式的，在Photoshop中可以先使用指令“图像”/“模式”/“索引颜色”将图片转成256色，再使用指令FileExportGIF89a将图片输出成可含有透明背景的GIF图档，当然别忘了在该指令视窗中使用Photoshop的选色滴管将图片中的部分色彩设成透明色。在保存文件的时候不要选择保存或另存为，而要直接选“输出GIF”。然后，选择透明色，如果需要透明的部分都是白色就选白色，依此类推。做图片时把背景图片隐藏掉，然后再Save for Web就可以透明了。

149.在GIF图上写上中文，字迹是不连续的。要使字迹连续，可先把GIF转成RGB，写完字再转回Index Color。

150.如果图像明亮的色彩因执行USM锐化命令而产生过度的现象时，可以先将图像转换成Lab颜色模式，然后在明度通道中执行USM锐化命令，这样不但可以达到图像清晰的目的，也可以避免对色彩产生影响。

151.若要检查由扫描仪输入的图像是否理想，可以打开信息调板观察图像的亮部及暗部数值，亮部数值达到240而暗部数值达到10时，表明这个图像包含足够的细节。

152.若要将彩色图片转为黑白图片，可先将颜色模式转化为Lab模式，然后点取通道面板中的明度通道，执行“图像”/“模式”/“灰度”命令。由于Lab模式的色域更宽，这样转化后的图像层次感更丰富。

153.在使用Photoshop时，常常需要从大量的图库中寻找合适的素材图片，这时可用ACDSee来帮忙。可将ACDSee窗口与Photoshop窗口同时安排在屏幕上，然后在ACDSee浏览窗口中用鼠标拖动选中的图片（可通过按Ctrl键同时选择多个文件）到Photoshop窗口中，等到鼠标指针下出现“+”小图标后松开鼠标，图片就在Photoshop中打开了。

154.什么图片适合减肥？总的来说，要根据我们要求的图片质量来做出相应的减肥措施。有些图总是要进行修改，如果轻易地把它们合并之后点击存盘的话，那么日后的修改工作就会变得复杂。因为存储了之后就不能再进行还原拆分图层了。不要一味地追求容量而忽视了质量，这会给将来带来不可预知的麻烦。

155.图像文件减肥。措施主要有：

重新调整图像尺寸：较大尺寸的图像占据较多的磁盘空间，因为它有更多的像素。但如果试图使用标记中的WIDTH和HEIGHT属性来调整图像的大小，那么你将会很失望，因为那样并不节省下载时间。

使用缩略图：通过设置一个很小的图像版本，使得用户单击它来看到全图，但应该在它旁边注明全图尺寸以便用户决定是否观看全图。

以JPEG存储GIF：对有许多颜色的图像来说，JPEG压缩最适用。

增加压缩比：如果是一个JPEG文件，可以用一个更高的压缩比再重新保存它，以便减小文件尺寸。但别忘了较高的压缩比会降低图像质量。

降低颜色深度：一个GIF图像的颜色深度最多为8位（256种颜色），每一像素所存信息较少，最终文件也会较小。

156.给有字体的图片减肥。很多时候我们喜欢用Photoshop的“字体”功能给图片加上几个字，使画面更漂亮。但这个画龙点睛之笔也许会让占用的空间大小会由几十K徒然猛增为以M计数的容量。其实，面对这种情况，只需在合并图层之后，用其他工具如ACDSee转变格式或另存为其他格式，然后删除原来的图片，自然就变小啦！一般存为.jpg比较合适。如果图片的质量要求不太高的话，可以先合并图层，接着把它转变为index color（256色以下），或者在jpg格式的基础上控制size。

157.文件减肥。比如，在Photoshop里面把一个文件以*.TIF格式另存，本来100多K的文件就会变成3M多。只要再换一种格式，之后删除原来的文件就可以了。

158.黑白图扫描成何种格式文件？如果是图表的就用gif，如果是照片就用jpg。黑白图片建议先转换成灰度，然后保存为gif；如果颜色在256色以下的，最好用gif，文件size小，也不损失质量；如果是真彩色，就一定要用jpg。

159.由实到虚的过渡。在Photoshop里如何实现某一选定区域或图层的不透明度由高到低渐变呢？很简单，只要羽化选区或做个图层遮罩，再新建一个层把它做成黑白渐变，然后把需要做效果的层选取合并。也可以使用梯度的mask将这个区域或图层从上方为100%不透明度过渡到最下方的0%，这些百分值还可以随意更改。

160.图像混合叠加广告设计中，图像的合成与叠加是经常用到的。要实现此功能很简单：打开主图像，作为背景图。接着打开另一图，Crtl+A全选，Crtl+C拷贝。回到主图像，Crtl+V粘贴。在此出现一个新层。在这层中，选模式为Multiply或Screen。这时，两幅图像已经叠加在一起。最后调整图像的位置即可。

161.如何在Photoshop实现画虚线的功能？双击想用的Brush，在Spacing处把100%改得更大些，就会留下空隙了，然后用Brush画就是了。先画路径，定义Brush（Space设在200以上），打开Path面板——Storke Path。

如何将两张同等大小的图以半透明效果重叠？可以在层面板中改变上层的透明度，或者改变层的混合模式。

162.去除毛边。可以试着用路径工具或魔术棒勾出图像的外轮廓，再用“选择”的“羽化”，然后反选再删除，可能会好一些。

163.怎样才能存储抠出来的图而不要后面的底色？将虚线所选区域“Copy”，然后“Paste”，接着删掉底层，最后“Ctrl+S”。注意存储格式应为PSD格式或EPS格式或AI格式。

164.快速填充。打开要填充的图片，执行Ctrl＋A，选择全部图像，执行“编辑”/“定义图案”，将图片定义为图案，再执行“编辑”/“填充”。

165.去除图片的网纹。

（1）扫一张画报或杂志的图片。一般情况下，网纹的产生是由于画报或杂志印刷用纸的纹理较粗糙而造成的。在扫描时dpi的值应该设置得高一些，分辨率越高，扫出的图片也就越大，相对的精细程度也就越高。较高的分辨率会为下一步的图片缩小和滤镜处理创造良好的条件。

（2）把图片调整到合适的大小。在“图像”菜单下选择“图像大小”选项，弹出“图像大小”对话框，确定其下的限制比例选项为勾选状态，在像素尺寸中将Width后的像素改为百分比。此时的Width值变为100，这时你可以输入所需的百分比数值，将图片等比缩小。缩小后图片的网纹已稍稍减弱。

（3）用高斯虚化消除网纹。在“窗口”菜单中选择“显示通道”，这时出现了通道面板，四个通道分别为RGB、Red、Green和Blue。选择Red通道，图片显示为黑白效果。在“滤镜”菜单中选择“模糊”/“高斯模糊...”，即弹出高斯模糊对话框。调整半径值，控制虚化的范围，使Red通道中的网纹几乎看不到，图片内容微呈模糊状即止。接着照此方法分别调整Green和Blue通道，以使该通道中的网纹消失。最后回到RGB通道，这时的图片已经没有网纹的干扰了。注意：Radius的值不可设置得过大，以免造成RGB通道过大而使图片变朦胧。

（4）调整最后效果。如果网纹过于清晰而导致半径值设置较大，那么RGB通道中图片会有些模糊。如果想使图片的内容清晰一些，还可以执行“滤镜”菜单中的“锐化”清晰效果。最后，再用“图像”菜单中的“调整”/“色阶”或“亮度/对比度”选项设置所需的对比度等数值，以达到最终满意的效果。

参考书目

[1]（英）John Hedgecoe.全新摄影手册[M].北京:中国摄影出版社，2005

[2]（美）Jay Dickman.美国数码摄影教程（完美版）[M].北京:人民邮电出版社，2007

[3]（英）Michael Freeman.数位摄影创意表现[M].北京:视传文化， 2005

[4]（韩）金周元.摄影大师数码照片修饰艺术[M].北京:人民邮电出版社，2006

[5]（美）Tony L.Corbell.室内摄影布光基础[M].辽宁:辽宁科学技术出版社，2003

[6]（美）Dharma .Photoshop CS 人像修饰专业技法[M].北京:人民邮电出版社，2006

[7]（美）Suzette Troche-Stapp.商业数码摄影技法[M].北京:人民邮电出版社，2005

[8]（美）Scott Kelby.Photoshop CS 数码照片专业处理技法[M].北京:人民邮电出版社，2004

[9]顾欣.专业摄影[M].上海:上海人民美术出版社，2007

[10]王传东.艺术摄影大学[M].山东:山东美术出版社，2006

[11]彭国平、张宗寿.大学摄影基础教程[M].浙江:浙江摄影出版社，2005

[12]周文、张雄、 王电章.高等院校基础摄影教程[M].云南:云南美术出版社，2006

[13]王琦、陈勤.数字摄影教程[M].四川:四川美术出版社，2005

[14]（日）吉冈达夫.图解专业人像摄影采光技法[M].上海:文霖堂出版社，1998

[15]徐希景.实用摄影学[M].北京:中国摄影出版社，2002

[16]美国纽约摄影学院.摄影教材[M].北京:中国摄影出版社，2000

[17]徐东、孔凡智、丰明高.摄影技艺与作品欣赏[M].湖南:中南大学出版社，2006

图书在版编目(CIP)数据
现代数码摄影 / 马旭，尹晓燕编著. －长沙：湖南人民出版社，2008.9
(21世纪高等学校美术与设计专业规划教材 / 蒋烨，黎青主编)
ISBN 978-7-5438-5410-9
Ⅰ.现... Ⅱ.①马...②尹... Ⅲ.数码摄影－高等学校－教材 Ⅳ.TB86
中国版本图书馆CIP数据核字(2008)第136427号

现代数码摄影
出 版 人：李建国
总 策 划：龙仕林 蒋 烨 刘永健
丛书主编：蒋 烨 黎 青
编 著：马 旭 尹晓燕
责任编辑：龙仕林 文志雄 杨丁丁
特邀编辑：谭 慧
编辑部电话：0731-2683328 2683361
装帧设计：蒋 烨

出版发行：湖南人民出版社
网 址：http://www.hnppp.com
地 址：长沙市营盘东路3号
邮 编：410005
营销电话：0731-2226732
经 销：湖南省新华书店
印 刷：湖南新华精品印务有限公司

印 次：2008年9月第1版第1次印刷
开 本：787×1092 1/12
印 张：12.5
字 数：315 000
印 数：1-3 500

书 号：ISBN 978-7-5438-5410-9
定 价：58.00元